文春文庫

炎　環

永井路子

文藝春秋

炎環　目次

炎環

悪禅師

一

京の醍醐寺《だいごじ》に預けられていた今若が、異母兄頼朝の旗揚げをきいて、武州鷺沼の陣屋に駆けつけたのは、治承四年十月一日のことである。

「平家追討《ついとう》の綸旨《りんじ》をうけられたと聞いて、もう矢も盾《たて》も堪らず飛んで参りました」

得度《とくど》して全成《ぜんじょう》と名乗っていた二十八歳の青年僧、今若は、貪《むさぼ》るように異母兄の顔をみつめていた。

——ちっとも似ていないな。俺とは……。

それが彼の、初対面の兄に対する第一印象だった。もっともこれは初めから想像はしていたことだ。今若、乙若《おとわか》、牛若の三人兄弟のうち、一番常盤《ときわ》に似ているといわれた彼と、母の違う兄とに共通点がある筈はないのである。

が、全成にとって意外だったのは、頼朝のどこにも亡父の俤《おもかげ》の感じられないことだった。八つの時別れたきりの父の顔、うろ覚えに覚えている義朝《よしとも》の顔は武骨で逞しかった。なのに目の前の異母兄は色白で、ひどくおっとりとしていて、京で育った自分よりもむしろ公家風《くげふう》でさえあった。全成は妙に肩すかしをくわされたような気がした。

しかも頼朝の顔にはつい二月前までの長い流人《るにん》生活の翳《かげ》が微塵《みじん》も感じられない。石橋山で一敗地にまみれて安房《あわ》へ逃れ、両総、武蔵で態勢をたて直したばかりだというのに、肩肘怒らせた坂東《ばんどう》武者を左右に侍《はべ》らせて、生れついての総大将であるかのように、ゆったりと構えている。

——むむ、これは……。

全成はひそかに唸った。僧侶という男ばかりの集団の中でいじめられ、ひねくれて育った自分とは明らかに違うようだ。この異母兄は、肉親とは言え、殆ど見ず知らずの俺をどんなふうに迎え入れるつもりなのか？

闇の中を手さぐりするような慎重さで言葉を選びながら、全成はぽつぽつと話し始めた。

「夢のようです、兄上……寺に預けられてから二十年。どんなにこの日を待っておりましたことか……」

「………」

「夜陰にまぎれ、ひそかに寺を逃れましたものの、いつ追手に遇うかと、気が気ではありませんでした」

「……」

頼朝は無言である。謙虚に手をつかえてはいたが、全成は兄の顔に現れるどんな微細な変化も見逃さないつもりだった。

「野に伏し、山に伏し、道なき道を横切って参りましたが、醍醐での荒行《あらぎょう》が思わぬ所で役立ちました」

「……」

「醍醐は修験《しゆげん》の山です。野宿も断食も馴れております。羽黒山下降の山伏の態《てい》を装い、習い覚えた真言陀羅尼《しんごんだらに》を誦《ず》し……」

言いかけて全成はふっと口を噤《つぐ》んだ。

彼は見たのである。じっと彼に注がれていた兄の大きな双の瞳が、このとき透明な薄い膜に蔽われはじめたのを。そしてその膜が、かすかにふるえ砕けて、やがて玻璃《はり》のように光っては静かに頬をつたい落ちるのを……。

頼朝は泣いていたのだった。

千葉常胤《つねたね》、上総《かずさ》広常、江戸重長――並みいる武将の目も憚《はばか》らず、三十四歳の壮男《おとこ》であることも、源氏の総帥であることも、凡《すべ》て忘れ果てたように、彼は涙を拭おうとさえしなかった。

全成は不思議なものでも見るように、兄の頰をつたう涙を眺めていた。途すがら、いくつかのめぐりあいの形を胸に描いては来たが、こんなふうな迎えかたをされるとは思ってもみないことだった。兄を慕って命がけで飛んで来たように言ったけれども、彼はそれほど血のつながりを信じていたわけではない。いや、むしろ、実の母の常盤をさえ信じていない全成なのである。

世間では、自分の操《みさお》にかけて三人の子の命を護った常盤のけなげさに共感する声はあっても、そしる声は殆ど聞かれない。が、長ずるに従って、全成は清盛に体を許した母の行為を、ただ純粋に自分たち子供のためというように、甘く美しく考えることは出来なくなっている。自分たちとは音信不通のまま清盛の娘を生み、やがて一条長成に再嫁してまた子を生んでいる母を憎みはしなかったが、意地悪くそれをみつめ、所詮血のつながりとはそのくらいなものだ、と思うのである。

その全成が僅かな血を頼って、いま頼朝の許へ馳《は》せつけたのは、まだ見ぬ兄を慕ってのことではなく、それ自身が彼にとって一つの賭《かけ》だったからだ。

彼は醍醐での修業に倦いていた。修験の荒行が辛かったわけではない。優型《やさがた》の体つきに似合わない膂力《りょりょく》の持主で、荒法師達にも、さすが典厩《てんきゅう》（義朝）の遺児よと舌を巻かせた彼だった。いや、それだけに、長ずるに従って、男だけの集まりの歪《ゆが》んだ愛欲や権勢欲の狭さが息苦しくなり、この環境を打破る機会を、ひそかに狙っていたのである。

そこへ聞いたのが兄の旗揚げだった。これ以上の好機はなかった！　が、実の所、頼朝の顔を見るまでは、彼がどんな風に自分を受入れてくれるか、不安でないことはなかった。兄弟とはいえ、母も異《こと》にし、これまで顔も見たことのない相手なのだから……。

ところがどうだろう。兄は人目も構わず、泣いて彼を迎えたではないか。長い間人の顔色を読み、自分の感情を隠すことに馴れて来た全成にとって、兄の誰憚らない感情の流露は、まぶしくさえあった。

頼朝の前を退って陣屋を出ると、初冬の澄徹な空気が彼をおし包んだ。目にあたるのは、なだらかな丘陵にかこまれた、やさしい醍醐の自然ではなくて、ひどく素気《そっけ》ない赤茶けた草原の拡がりである。

野の果てで風が鳴った。草を分けて荒々しく押しよせて来るその風にまともに胸をむけて、全成は長い間そこに立ちつくした。

二

数日後全成は頼朝に従って鎌倉に入った。頼朝は父義朝にもゆかりのあるこの地を本拠と定め、新府作りを始めた。京から伝わって来る平家の動向には予断を許さないものがあったが、かえってそれに闘志をかきたてられて、鎌倉府の建設は目まぐるしく進んだ。

初冬の透明な空気を震わせて、鑿《のみ》の音は絶えず全成の耳に響いて来た。が、やがて、その鑿の音に気がつかなくなるほど、彼自身、多忙の渦に巻きこまれていた。坂東武者の持たない文事的な教養が役に立って、彼はいつか兄の側近になくてはならない人間になっていたのである。

頼朝は何かにつけて全成の名を呼んだ。二十年間忘れていた肉親というものの出現に戸惑《とまど》い、その距離を計りかねているようなところが彼にはあった。仔犬がじゃれるような童子めいた狎《な》れ狎れしさをふいに覗かせては、かえって自身でどぎまぎしたりしている兄を、むしろ静かに眺めているのは全成のほうだった。彼は素手の黒衣にすぎない自分が、と兄の心の中に占めてゆく重みをじっと計っていた。

とにかく万事は至極順調といえた。全成の望んだ通りの新しい人生が日一日と開けつつあった。生れたての新府は混沌とした喧騒の中にあり、何の脈絡もない雑事が、夜明けと共に潮鳴りのように彼に襲いかかって来るのだが、二十八歳の全成には、その忙しさをうけとめることが快かった。

頼朝の全成への信頼は次第に深まったようである。伊豆に隠れていた妻の政子がやって来たときも、頼朝は、まっさきに彼に引きあわせた。京女を見なれた目には、色の黒い、ちょっと険《けん》のある眼差《まなざ》しの義姉は、さほど美しいとも思われなかったが、そんな気配は毛ほども見せず、全成はただ謙虚に挨拶した。

政子の方では、女性的ともいえる翳のある彼の風貌に、かなり好意を持ったようだ。政子が来て数日後、邸宅の造営もやっと緒《ちょ》についたばかりだというのに、鎌倉では早くも陣触れの兵鼓が鳴った。平維盛《これもり》が大兵を率いて、駿河国へ押し出して来たという報が伝わったからである。十月十六日、頼朝は源氏の総力をあげて足柄《あしがら》を越えて行った。

それから毎日、留守を預る全成の許に、頼朝軍の動静が伝えられた。旗あげ以来、初めて平家の本隊と正面切って対決するわけだったが、全成の許に送られて来る情報はみな幸先のよいものだった。

十八日――黄瀬《きせ》川に着陣、石橋山の敗戦のあと、安房で別れた北条時政が、甲斐信濃の源氏の兵力を糾合してやって来た。

十九日――敵対していた伊東祐親父子を虜《とりこ》にした。

そして二十日――富士川に着陣、先手を承った甲斐源氏武田信義の夜半の奇襲に、敵は殆ど戦うこともなく潰走したという知らせが入り、それを追いかけるように、頼朝が鉾《ほこ》を収めて帰還の途にあることを報じる使者がついた。

鎌倉はまた騒々しくなり、全成は兄の凱陣を迎える準備に忙殺された。そしてやがて、脂と砂塵の匂いのする武者たちが鎌倉の街に群れはじめたとき、彼は一つの噂を聞いた。

富士川の合戦の後、黄瀬川の陣屋に、頼朝の弟と称する小冠者《こかんじゃ》が現れて対面を申し入れたという。頼朝は冠者の年恰好を聞いて、それは定めて常磐殿の末子、九郎（牛若）であろうと彼を招き入れ、手をとり、涙を流して喜んだ、というのである。

それを聞いたとき、ふっと全成は顔色を変えた。

九郎の来たことが意外だったのではない。乳呑み児の時別れて以来会ってはいなかったが、全成は九郎が遅かれ早かれ必ず現れるに違いないという気はしていた。

全成に顔色をかえさせた原因は、九郎を迎えた頼朝のなかにある。

——泣いたのか、俺のときと同じように……。

満座の中で濡れた頬を拭おうともしない頼朝の姿が想像できた。泣いたのか、二度までもぬけぬけと……全成が異母兄を心の許せない人だと思ったのはこの時からである。

が、頼朝は全成と殆ど顔をあわす暇もなく、慌《あわただ》しげに常陸《ひたち》の佐竹攻めに発ってしまった。九郎が全成を訪ねて来たのはその後間もなくのことである。

冬にしては暖かな昼下りだった。全成は九郎を海辺に誘い出した。とろりと凪《な》いだ海は青いというよりも、黄を含んだ甘い緑色にひかっている。

「暖かなんですね、相州の海は。鞍馬《くらま》の冬も陸奥《むつ》の冬も、こんなもんじゃありません」

後からついて来た九郎は、反《そ》っ歯《ぱ》を見せてにこにこ笑った。元服して義経と名乗っている九郎は二十二の筈だが、小柄なせいか、ずっと稚《おさ》なげに見える。二十年近く別れたきりの全成に向って、彼は、まるでついこの間まで一緒にいた兄弟のような人なつこさで語りかけて来た。

鞍馬でのつらい修業、奥州への脱出、平泉の厳しい冬、そして庇護者である秀衡《ひでひら》の反対を押し切っての再脱出……。

少しせかせかした口調で喋る弟をみつめながら、こいつも俺にはちっとも似ていないな、と全成は思った。全成が母親からうけついだすんなりした鼻筋、ちょっとうけ口の口許《くちもと》、京育ちらしい線の細さは、九郎の顔に痕さえも遺してはいなかった。

顔ばかりではない。同じように寺の修業をさせられて育ちながら、全成のような、ねじまげられた陰気さはどこにもなかった。反っ歯で色の黒い、貧相な体つきには源氏の嫡流らしい品格はなかったが、野育ちの向う気の強さが噎《む》せるばかりに溢れている。恐らく兄弟の中で一番いじめられ、危い目にも遇っている筈なのに、それがひとつもこたえていないらしい。命をかけた奥州への脱出行も、今度の再脱出をも、九郎はまるで楽しい冒険譚のように語った。

「でも、せっかく来たのに残念でした。一足違いで合戦が終っちまって」

「戦いに加わるつもりだったのか」

「ええ、兜首の一つや二つ、取れないことはないと思ったんです」

反っ歯の口をあけて照れたように笑うと、九郎はひょいと足許の砂を蹴った。話しながらもちっともじっとしていない敏捷な体つきの彼は、本気で、はずみのついた鞠《まり》のように敵陣に飛びこむつもりだったのかも知れない。

「兄上はお泣きになられたそうだな」

さりげなく全成が聞くと、

「ええ」

九郎は急に笑顔を引っこめて小さな声で答えた。

「ほんとに……ほんとうにお泣きになったんです。みんなのいる前で、私の手を執《と》られたまま……」

「………」

「よもや、そんなに喜んで下さるとは思ってもみませんでした。何しろお目にかかったことのない弟なんですから……そんな奴は知らぬ、とおっしゃられてもそれまでです。それを……」

九郎は声を跡切《とぎ》らせ、目をしばたたいた。あの日の感動が再び甦《よみがえ》ったのか、暫く無言で光る海をみつめていたが、

「でも、変なものですね。兄上の涙を見たとき、ああ、二十年、自分はほんとにひとりぼっちだったんだなって思ったんです。これまでは、そんなこと、思っても見なかったのに……」

そう言うと小鼻をひくひくさせた。黙って話を聞いていた全成は、その時、細面《ほそおもて》の顔をふいに九郎に向けた。

「兄上は俺の前でも泣かれた。同じようにな……」

「え？」

九郎もまっすぐ顔を向けてきた。が、やがて目を落すと、小さく、

「……そうですか。涙もろい、気のやさしい方なんですね、兄上は……」

感動をこめた声だった。

全成は一歩近づいて何か言いかけたが、九郎の睫《まつげ》の震えているのを見ると、ふっと口を閉じて、何げなく海の方へ視線をそらせた。

海は依然として翡翠《ひすい》色にひかり、波間に小さな白い鳥の一群れが、静かに浮き沈みしている。

「何の鳥かな、あれは……」

乾いた声で全成は言った。

「どれ？　どこです？」

のびあがるようにした九郎は、その時、兄の頬に薄い嗤《わら》いが泛《うか》んでいるのに気づいてはいなかった。

三

佐竹攻めを終って、頼朝はまもなく鎌倉に帰って来た。その直後、全成と二人きりになったとき、

「九郎に会ったか」

頼朝はさりげなく尋ねた。

「は、尋ねて参りました」

「………」

「兄上が泣いて迎えて下さったと、大変な喜びようでした」

頼朝がちらりと視線を投げてから、急いで顔をそらせたのを、全成はわざと気づかないふりをした。

「物心つかぬ頃から鞍馬へやられ、大分痛めつけられたようでございますな」

「………」

「陸奥の秀衡を頼るとは、なかなか思いきったやつで……」

頼朝は終始無言で、どことなく落着かず、いらいらしている様子だった。日頃不用意に見せる奇妙な狎れ狎れしさは全く忘れはててしまったような、とりつき難い表情であ

る。全成はふと思いついて何げなく言ってみた。

「但し、若気のせいでしょうか、思ったことをぱっとやってしまう所があるようですな、前後の弁《わきま》えもなく……」

頼朝の白い顔が、かすかに動いたようだった。

「源家の嫡流を汲む者としては、もひとつ器量が欲しいように思います」

頼朝はそれには応えずに、直垂《ひたたれ》の膝を組み直すと、唐突《とうとつ》に言った。

「全成、嫁を貰わぬか」

「は？」

意外な言葉に返事をしかねていると、とってつけたように例の奇妙に狎れ狎れしい笑いを覗かせて、

「いつまでも一人でいるわけにも行くまい。政子も心配して、妹をどうかといっているのだが……」

「御台《みだい》が妹御を？……」

「ふむ、年は二十四、似合いと思うが」

あの権高《けんだか》そうな女の妹をか——全成はちらりと政子の浅黒い、きつそうな顔を思いうかべた。頼朝はそれ以上は全成の返事も求めず、いつものように身辺の雑事を相談し始めた。もうすぐ出来上ろうとしている新邸のこと、来年正月の鶴岡八幡の参賀のこと

……一々答えながら、全成は、兄の心の微妙な明滅を探っていた。

九郎の話をしかけていて、突然口にした嫁取り。好意ばかりとはうけとりかねた。兄は九郎と自分が近づくのを極度に警戒しているようだ。肉親を扱い馴れない兄には血のつながりというものが大げさに映っているのではないだろうか。それで、九郎と俺が結ばぬうちに、俺を自分の側につけようとして、妻の妹との縁談を持ちだしたのかもしれない……。

——もし、九郎との対面のことを聞いていなかったなら、俺は無条件に感謝しているところなんだが……。

ひとつひとつの造作のたっぷりした、鷹揚《おうよう》な兄の頰に泛べられた狎れ狎れしい笑いを全成は思いかえしていた。それは鎌倉に来た始めに時々不用意に見せた笑顔にそっくりだったが、そのくせ、全く違うもののように彼には思われた。

——造り笑いか……ま、それもよかろう。

ちらりと、浅黒い、険のある政子の顔が眼に浮んだ。あの女の妹か……余り気の進む相手ではなかったが、御台の妹を貰うということは悪い取引ではなさそうだ。素手でやって来た自分が、とにかく二か月足らずのうちに、頼朝にとって、意識の外に捨てておけない存在となったことだけで、今は満足すべきだった。

年が明けて全成と政子の妹保子《やすこ》との婚儀が行われた。全成にとって意外だったのは、保子が全く姉に似ていないことだった。北条時政の子供のうち、政子、保子、四郎義時は一つ腹の姉弟で、政子と四郎は、同じように浅黒いひきしまった肌を持っているのに、保子は色白でふくよかである。そうした外形ばかりではない。政子が勝気をむき出しにし、四郎がなにげなくそれを隠しているというような違いはあっても、等しく胸にこつんと来るなにかを感じさせるのに、保子にはそれが全くないのである。御台の妹というような意識は始めからどこかへ置いて来てしまったように、無邪気で屈託がない。だから政子や四郎とはとかく反《そ》りのあわない時政の継室牧《まき》の方《かた》にも可愛がられている。

薄紅い、ちょっとしまりのない唇を持った保子は、甘い声でよく喋った。結婚してからも暇さえあれば政子の所に出かけては喋っている。家に帰るとまた全成の前でその日政子に聞いて来たことを、洗いざらい喋りまくって、やがて、

「ああ、疲れた、わたし……」

軽く小さなあくびをして目をつむる。全成の胸の中で、

「こうしているのがいちばんすき」

ひどく無邪気に言ってのける保子なのである。

が、そのうち全成は、こののんき者の保子が、男女の間の噂となると、驚くほど早耳

なのを知った。
「御所が新田義重どののことを、とても怒っていらっしゃるの、なぜだか知っていま
す？　あれは、新田どのの息女のことがもとなんですって」
こういう全成の知らない話の種を仕入れて来ると保子は得意そうである。
「その御息女は亡くなられた御長兄の源太義平さまの御後室だったんです。その方に祐《ゆう》
筆《ひつ》の伏見広綱どのを通じて御所が熱心につけ文されるので、新田どのは困って御息女を
どこかへ隠してしまったんですって。それで御所は御立腹なんですとさ」
保子はひょいと肩をすくめて見せた。はれぼったい瞼の下で茶色の勝った瞳がいきい
きと輝いている。
「そりゃあ、新田どのもお困りでしょうよ。御所の仰せに従えば、姉上がお怒りになる
し……姉上はとてもお妬《や》きになる方だから」
「まさか、保子、それを義姉上《あねうえ》に言いはしないだろうな」
全成はさすがに釘をさした。
「え？　わたしが？　まさか……」
保子はきょとんとして無邪気に首を振ったが、余りあてになる表情ではなかった。
また、頼朝の側女の亀の前の秘密をいちはやく聞きつけて来たのも保子だった。
亀の前は良橋太郎入道という御家人の娘である。伊豆に謫居《たくきょ》していたころからの深い

馴染みで、暫く途絶えていたのを、頼朝は最近になってまた召出し、鎌倉を出はずれた小坪の海近くに住む小中太光家というものの家に隠れ住まわせ、ひそかに通い始めたらしい。

「伊豆に籠っていらっしゃる頃からのおなじみですってねえ。姉上とどちらが先なのかしら」

茶色い瞳には好奇心が溢れていた。

「姉上が御懐妊で比企谷《ひきがやつ》にお移りになってから、随分繁くお通いになっているっていう話だけれど……」

言いかけた保子を抑えて、全成は、

「何しろ兄上は都育ちだからな。都じゃあ、気のきいた公家ずれなら、三か所や四か所の通い所はあたりまえさ」

「まあ、そんな事を姉上が聞かれたら」

「ふふふ、それが都と東国の違いだ」

それから急に真顔になって全成は声を低めた。

「言うなよ、姉上には……お体にさわるといけない」

「ええ、言うものですか」

保子はおとなしく肯いたが、薄紅く濡れたしまりのない唇が、その約束を守り切れるかどうか、全成はふと不安になった。

それでも数か月は何事もなくて済んだが、政子が男児を生んで戻って来ると、間もなくそれが知れ、怒った政子は、継母の牧の方の一族、宗親をやって、そのころ亀の前をかくまっていた伏見広綱の家を散々に打壊させた。

広綱からこれをきいた頼朝はよほど腹に据えかねたらしい。宗親を呼びつけて難詰し、怒りの余り彼の髻《もとどり》を切り捨ててしまった。

ところが騒動はそれだけでは納まらなかった。宗親が牧の方に事の次第を訴え、牧の方にそそのかされて、夫の北条時政が、その日のうちに手勢を纏めて伊豆へ引揚げるというところまで事態が発展してしまったのである。

夜明けも待たず、霜月の月明に、出陣のようなものものしさで、時政が黙って鎌倉を出て行ったと聞くと、

「なに、北条が伊豆へ?」

傍にいた全成が驚くほど、頼朝は大きな声を出した。額《ひたい》に静脈を浮かせ、拳を握りしめて、思わず立ちかけたが、思いついたように、

「四郎もかっ」

義時の動静を聞いた。

「さ、それまでは、よく……」

かすれた声で言った。折から御所に詰めていた梶原景時《かじわらかげとき》の長男、源太景季《かげすえ》が命じられて馬を飛ばせたが、景季が帰って来るまで、頼朝はいらいらして部屋を歩き廻っていた。

「見にやれ、早く！」

「北条めが、何の断りもなしに……」

「宗親の奴、いらぬ事をしおって」

「――こうと知ったら、叩き斬ったものを」

言葉は勇ましかったが、全成には頼朝の体が小刻みに震えているのがわかった。大きな瞳はかっと見開かれ、そのくせ、目の前の全成の姿を見てはいない。これほど緊張した兄の素顔を、この二年間、全成は、一度も見たことがなかった。

景季はまもなく帰って来た。四郎は居るという。聞くなり頼朝は、どさりとその場に坐りこみ、四郎をすぐ呼んで来いと言った。

「この夜分に……」

「呼べ、なんでもいいから呼ぶんだ」

打って変った朗らかな声で頼朝は言った。やがて四郎が現れると、頼朝は相好《そうごう》を崩して、

「来たか四郎、夜分御苦労だった。いや、なに、宗親があまり出すぎたことをやったのでな、ちと折檻《せっかん》が過ぎたやも知れぬ、は、は、は……」

「………」

「ただ、それだけのことなのに、舅《しゅうと》殿も気が短い」

「………」

「が、ま、四郎、そなたはよく動かずに居った。礼を言おう。いや、追って何か褒美をとらせねばなるまいな、は、は、は……」

卑屈ともみえるはしゃぎようと、若いくせにいやに落着いて黙っている四郎の静かな笑顔が対照的だった。

その夜はじめて全成は兄と北条一族との関係が解ったような気がした。表面は武門の棟梁《とうりょう》として構えてはいるものの、それは結局、北条氏に支えられてのことなのである。——してみると、俺と保子の結びつきの価値は、もう一度考えてみる必要があるかもしれない……。

ひそかにそう思ったものの、当の保子はそんなことにはとんと関心がないらしく、相変らずの頼りなさなのだ。事が一段落したとき、

「まさか、お前が姉上に告げ口したのではあるまいな」

尋ねるとびっくりしたように首を振った。

「いいえ、わたし、何も言いません」

「誰にも言わなかったのだな、ほんとに」

「ええ?……ええ」

　今度は正直に瞳の色が揺れた。保子は嘘のかくせないたちなのだ。

「言ったであろう」

　問いつめると、あっさり、牧の方に喋ったと白状した。

「ちっ!」

　全成は舌うちした。

「継母《はは》上からすぐ洩れるってことに気がつかないのか」

「だって……」

　保子は不服そうだった。

「わたし、継母上に、誰にも言わないでって約束してからお話ししたんですよ」

「馬鹿だな……」

　全成は呆れた。

「うまく納まったからいいようなものの、もしまかりまちがえば、とんでもない事になったかも知れない」

　保子はおとなしく肯いた。

「気をつけることだ。ちょっとしたことが、大きな事を引起さないとは限らないんだからな」

「そう?……そうかしら」

肯いてはいるけれども、解っているにしては罪のなさすぎる笑顔であった。

四

全成と保子との間には、やがて男の子が生れた。このことは鎌倉での彼の位置を更に安定させたようだ。保子を通して、政子や義時へのつながりを深めていった全成を、頼朝も明らかに他の弟達と区別しているらしかった。

例えば、鶴岡八幡の宝殿の上棟式の折、工匠に与える引出物の馬を、頼朝は九郎に命じて曳かせたことがある。御家人《ごけにん》の畠山重忠や土肥《とい》実平《さねひら》に混って馬を曳くことが九郎には心外だったようで、立渋っていると、頼朝は、

「卑しい役と思ってか。畠山次郎も曳くものを、なぜ九郎は曳かぬ!」

黄瀬川の対面の時とはうって変った厳しさで言い、否応なしに曳かせてしまった。お前だって御家人の一人に過ぎぬといわぬばかりの頼朝の仕打は、気のよい九郎には相当こたえたようだ。

が、一座に混っていた全成は、この間じゅう、全く無表情だった。彼は兄が、近頃、例の狎れ狎れしい笑顔をまるきり見せなくなったのに気がついていたからだ。

——九郎、血のつながりとは、所詮、そのくらいなものなのだ。が、今更それを九郎に言ってやるつもりはなかった。兄のあの笑顔と涙に夢中で飛びついて行った九郎と、今はむしろ北条の婿のひとりとなっている自分との距離を、全成は静かに計っていた。

この養和から寿永にかけての数年、鎌倉には、嵐の前の静かさに似た奇妙な無風状態があった。これは木曾義仲の挙兵に追われて、平家の鉾先《ほこさき》が頼朝に向けられなかったためで、この隙を狙って頼朝は着々と地盤の強化に努めたのである。

が、京洛ではこの間に、清盛の死、義仲の入京、平家の没落、と激しい変動があった。しかも義仲は入洛《じゅらく》早々後白河法皇と対立したので、後白河は、前々から連絡のあった頼朝に義仲追討を促して来た。

時はいよいよ来たのである。鎌倉は俄かに活気を帯び、畠山重忠、梶原景時、土肥実平、小山朝政などの有力な御家人が、手勢を揃えて続々集まって来た。

と、そのうち、全成はふと、思いがけない噂を聞いた。今度の合戦に頼朝は出陣せず、代りに大手の大将には蒲冠者範頼《かばのかんじゃのりより》、搦手《からめて》の大将には九郎義経が命じられるだろう、というのである。

——なに？　範頼と義経が？

全成は耳を疑った。範頼は彼と前後して頼朝の許へやって来た兄弟のひとりである。頼朝とも全成たちとも母を異にし、遠州池田の宿《しゅく》の遊女と義朝との間の子供だったが、頼朝に次ぐ年長だったから、兄が動かぬとすれば彼が名代になるのは、まあやむを得ないことだった。

が、問題は搦手の大将である。なぜ自分をさしおいて九郎が任ぜられるというのか……これは全く合点《がてん》が行かなかった。自分の方が六つも年上であり、兄の許《もと》へ駆けつけたのも自分が先だった。確かに九郎は身のこなしが敏捷で勇敢ではあるが、自分とても醍醐の荒法師の異名をとったくらいだから、膂力においては九郎にひけを取るとは思えない。勿論実戦の指揮はとったことはないが、これは九郎にしても同じことである。ただ違うといえば自分が僧形であることだが、黒衣の武将が出陣したとて何の障りがあろうか……。

しかもこの数年間、彼は遥かに兄の信任を得て来た筈だった。その上北条氏とのつながりもあり、鎌倉の中で彼の占めていた比重は九郎とは比べものにならなかった筈である。それをこの期《ご》に及んで……全成はみごとに頼朝から肩すかしを食わされたような気がした。

全成はさりげなく頼朝にあたってみた。が、頼朝はその事だけはなぜか言葉をぼかし、容易に本心を明かそうとはしない。

——これ以上突くのはまずいな。

兄の性格を知っているだけに、全成はそう覚えると、真正面から持込むのは諦めて、保子を通して政子を動かそうとした。これは案外うまく行くかも知れない。北条を背景とした政子の発言力の強さは、これまでも屡々《しばしば》目にして来たところである。

全成は保子にそれとなく自分の意向を吹きこんでいった。九郎は軽はずみで大将の器量に欠けていること、年から言っても、京馴れていることでも、また才覚からみても、全成の方がずっと大将としてふさわしいことなどを。保子は一々うなずいて聞いていた。素直でお喋りな妻というものは、こんなときは、まことに都合《つごう》がよかった。

が、どうしたことか、全成が思った通りの結果は得られなかった。寿永二年の冬になると、噂通り義仲征討の両将には範頼と義経が任ぜられてしまったのだ。少からず落胆して、

「言ったのだろうな、御台所にあの事は……」

念を押すと、保子は素直に肯いた。

「言いました……でも……」

「でも?……どうしたのだ」

「大将になれば行っておしまいになるんでしょう」

真剣な顔で保子は全成の瞳をのぞきこんだ。

「いやなんです、いらしっては」

「馬鹿な」

「だって、もし負戦さになれば、このまま帰っていらっしゃらないかも知れないじゃあ、ありませんか」

「……」

「いやです、わたし……太郎は小さいし、それに……」

保子は次の子を妊《みごも》っていたのである。うっすらと隈《くま》の出来た目は、全成をやりきれない気持にさせた。


大将の任命が内定すると、九郎は全成の館に挨拶に来た。

「しっかりやって来ます。まだ半分は夢のようですが……」

反っ歯をむき出しにして、喜びを押えきれないというふうに彼は喋った。

「兄上はおっしゃるのです。九郎、お前は年も若いし、実戦の経験もない。が、ここ一両年のお前の器量を見込んで、敢てお前を大将に選んだのだって……これまで何もおっしゃらなかったけれど、やっぱり兄上は私を見ていて下さったのですね」

「……」

兄の知遇に酔い、全成もまた同じように壮途を喜んでくれていると思いこんで疑いも持たない九郎だった。

「お前は、畠山や梶原のように多くの子飼いを持っているわけではない。が、お前はこの頼朝の分身だ、どんなことがあっても、兄がついていることを忘れるな、とおっしゃって……このお言葉が九郎にとっては百万の味方です。きっとやって来ます。どうか御覧になっていて下さい」

「見ているとも……」

全成は乾いた声でそれだけ言った。

「鞍馬はもう雪でしょうね、何年ぶりかなあ、京を見るのは……」

目を細くした九郎の見ていたのは削《そ》げて蒼白んだ全成の頰ではなく、洛外の山脈であり、都大路だったのかもしれない。

それから間もなく、九郎は先発隊として、数百の兵を率いて鎌倉を発っていった。その朝全成は、鎌倉の西口、稲瀬川のあたりにしつらえられた桟敷《さじき》から、頼朝とともに軍勢の鹿島《かしまだ》立ちを見送った。

その日、海を渡って来る風はひときわ冷たく海辺の砂を巻き、林立した白旗をひきちぎれるばかりに吹きあげていた。

法螺《ほら》はまさに鳴ろうとしていた。

黒々とした精悍な兵団に囲まれて徐々に近づいて来る九郎の赤地錦の直垂《ひたたれ》に紫裾濃《すそご》の鎧姿がひときわ凜々《りり》しく鮮かだった。全成には小柄な弟が、その日突然、ひとまわりもふたまわりも大きくなったように思われた。胸を反らせた九郎が、馬上で頭を傾けるたび、兜の鍬形《くわがた》の黄金《きん》がきらりと光って全成の目を刺した。

本隊が桟敷に近づくにつれて、送る者と送られる者とのどよめきは激しくなった。

「武運を！」

「功名を待っているぞ」

「おう、木曾の山猿武者、何ほどのことがあろう」

ちょうど桟敷の正面に来たとき、九郎は、頼朝に向って軽く一礼した。若さと気負いが瞳に溢れている。が、彼は、兄の側にいる全成には気づかないのか、とうとう全成とは目をあわせずに行ってしまった。

身もひきしまる冷気の中で闘志の塊のように燃えている九郎の後姿を、全成は黒衣の袖を風に吹かれながら、じっと見送った。

五

範頼、義経勢は、入洛すると同時に、義仲をあっけなく蹴ちらしてしまった。そしてまた余勢を駆って、一ノ谷で平家勢と戦い、圧倒的な勝利を得た。万事は頼朝の方寸通りだったわけである。が、ずっと彼の側にあった全成は、この間に、兄の心が微妙な屈折を見せるのに気がついた。

鎌倉に九郎から義仲制圧の捷報が齎《もた》らされたのは、寿永三年一月二十七日である。塵にまみれた大童《おおわらわ》姿の使者を北面の石壺に召出して、頼朝はその報告を聞いた。全成や義時を側近に侍らせ、彼は頗《すこぶ》る上機嫌で、合戦のさまを繰返し繰返し尋ねていた。

と、そこへ、軍監、梶原平三景時からの使者がついたという報せがあった。

「なに、平三からもか。一足遅かったな。ま、これへ召出せ」

頼朝の言葉で、景時の使も石壺へ導かれた。埃じみた大童の姿は他の使者と同様だったが、彼は一礼するや、懐ろから大事そうに一通の書状を取出した。それを手にするなり、頼朝の表情がすっと変った。九郎の使者には退るように言い、景時の使者だけを近く召寄せて、

「さすがに平三、打首、生虜《いけどり》を一々注した思慮は神妙であった」

と、特に褒詞があった。そして、

「九郎の使者は口頭だけで心許ない。戦場からの報告というものは、すべからく景時のようにありたいものだな、全成」

兄がふりかえったとき、全成は自分の心を見すかされたのか、とはっとした。大将に抜擢《ばってき》された弟を秘かに憎んでいる自分を知っていて、兄は巧みに俺と九郎を操ろうというのか……いや、それだけではなさそうだ。兄の言葉には何か翳《かげ》があった。

——底の知れない人だな、やっぱり……。

兄をそういう思いで見るのは、これで二度目だ、と全成は思うのだった。

その後範頼はいったん鎌倉に帰って来たが、九郎は依然京に止まって警固に当ることになった。鎌倉に九郎の名声が伝わり始めたのはその頃からである。出発するときは、まだ未知数の弱冠でしかなかった彼は、神速な義仲追討と、一ノ谷合戦に於ける鵯越《ひよどりごえ》の果敢な奇襲とによって、一躍英雄にのしあがってしまった。

が、頼朝は、九郎の名声を聞く度に、微妙な反応を見せた。それを誰よりも早く気づいたのは全成だった。彼は兄が九郎のことを語るのを聞くたび使者の一件の折に感じたと同じ何かの翳を感じずにはいなかった。そしてその翳は日を逐《お》って、深みを増すようにさえ思われたのである。

その頃、頼朝は、後白河に対して関東武士の行賞は自分が検討して上申するからと申し入れていた。これは後白河が、任官によって関東武士を釣り、頼朝と乖離《かいり》させようとすることを恐れての処置である。そして先ず、範頼や一族の平賀義信、姉婿の一条能《よし》保《やす》等の任官を申請したが、なぜか、九郎の行賞については一言も触れなかった。

　やがてその年の六月に除目《じもく》が行われ、頼朝の申請通りに、範頼は参河守《みかわのかみ》、義信は武蔵守、能保は讃岐守《さぬきのかみ》というように、それぞれ任官した。それから半月程経って、除書《じょしょ》（辞令）が着いた時、鎌倉殿で小宴が行われた。

　それは六月二十一日——よばれたのは範頼以下除目に預った数名と、全成とか、最近京から下向して執事となった三善康信《みよし》（のちの善信）など数人の人々である。風が死に絶えたひどくむし暑い夜で、潮を含んだなまぬるい空気が、べっとり肌にはりついて来た。が、そよとも動かない燭を据えた中でも、正面に座した頼朝だけは、紗の直垂をすがやかに着て、一向に暑げな風も見せなかった。暑くても寒くても、いつも彼は端正なのである。

　盃は幾度となく廻され、特に除目に預った範頼や義信は上機嫌だった。宴が酣《たけなわ》になったころ、頼朝は範頼をさしまねき、

「蒲冠者、いや参河守、もう一つ盃をつかわそう。長い征途、大儀だったな、改めて礼を言うぞ。何にしてもお前の勲功が第一だ。芽出度いな、今度の除目は……」

　自分でも大盃をあおってから、ごくあっさりと、

「いや、九郎めも除目に預りたいと申しておったが、わしは許さなかった。何といっても蒲冠者、お前が先だ。先でなければならん。な、そうであろうが……や、これは、酒を過してくどくなった。は、は、は……」

酔って口をすべらせたふりをしているが、傍の全成は、兄が決して酔っていないのを知っていた。が、範頼はそれには気づかなかったようだ。足をとられるほど、自身酔い過していた彼は這うようにして近づくと、とろりとした目をあげて、首をふらふらさせながら、

「まことか、兄上。うわ、は、は……範頼、御厚恩は生涯忘れは致しませぬ」

それなり、がくっと肩を垂れて、わけのわからないことを呟き続ける範頼の方は見ないふりをして、全成は、ひっそりと雉《きじ》の楚割《すわり》を突ついていた。

六

その年の八月、範頼は改めて西国の平家追討の総大将として鎌倉を出発した。秋晴れの下に進発する軍勢を、今度も全成は兄とともに稲瀬河畔で見送った。

林立する白旗も、陣馬のどよめきも、香染の直垂をすがやかに着て将士の挨拶をうける頼朝の横顔も、去年の暮と全く同じである。が、そのくせ、送るものと送られるものの間に流れている何かが、前回とは全く違っていることを全成は感じていた。

この前は、鎌倉勢の命運をかけているという悲壮と気負いがあったが、今度は既に一敗地にまみれている平家に更に追討ちをかけるという気分的な余裕がある。

――だが、それだけではなさそうだ……。

今年の二月、一ノ谷の勝利を得たあと、頼朝は、京都警固の兵力だけを残して、主力をさっと鎌倉に引揚げさせた。それ以来半年、度々慫慂《しょうよう》をうけながらも、追討軍の出発を延ばして来たのは、一つには院に対する駆引もあったかもしれない。が、一方、その間に、頼朝が、じっくりと武家の棟梁としての地位を固めてしまったことを、いま全成は、はっきりと知ったのだった。

関東御家人の行賞権を一手に握ったのもその一つだ。頼朝は範頼や義信を推挙する一方、大内維義が、伊賀平家討伐の恩賞を望んで来たときは「これ頗《すこぶ》る物儀に背《そむ》く」とにべもなくはねつけた。また富士川の陣に功績のあった甲斐源氏信義の子、一条忠頼を、図に乗って威勢を振ったという廉《かど》で、鎌倉の殿中で殺したのも、この間のことである。

陣馬の列はあとからあとから続き、やがて中軍に護られるようにして範頼が現れた。列の中で彼は、馬上からまぶしげに、人のよさそうな笑顔を見せた。紺の村濃《むらご》の鎧直垂に小具足をつけた行装は前の出陣の時と変りはなかった。が、その笑顔を見たとき、全成は、いまの範頼が、既に兄の名代ではなく、その手足に過ぎなくなっているのを感じた。

傍の頼朝は鷹揚に肯きかえして、範頼を見送っていた。そしてその後姿が、黒々とした人の流れに溶けこんだとき、静かに全成を振りむいて言った。

「見たか、あの栗毛。参河守には過ぎた逸物だったな」

範頼の乗った栗毛の馬は、その前日、特に頼朝が餞《はなむ》けに贈ったものだったのである。

その物静かな面差しを見つめながら、全成はふと九郎を思いだした。

凜冽《りんれつ》の朝、燃えるような赤地錦の鎧直垂を着て、自身火の塊のように気負っていた九郎には、いまの兄のことは決して理解は出来ないだろうという気がした。

——たしかに、九郎には兄の微妙な変化は解らなかったようだ。範頼が進発すると間もなく、九郎の使者が京都から着いた。去る六日、左衛門少尉《さえもんのしょうじょう》（検非違使尉《けびいしのじょう》）に任ぜられたというのである。

「兄上の御許しもなく如何かとは思いましたが、度々の院の仰せ、どうしても御辞退しきれずに」という報告をきいて、顔を見あわせたのは、執事の中原（のちの大江）広元や、留守を預る北条時政や全成たちだった。

頼朝の怒りは披露する前から想像できた。特に彼が九郎の任官を望まぬらしい様子に感づいていた全成はなおさらのことだった。

が、広元が恐る恐るその趣《おもむき》を披露すると、

「そうか」

なぜか頼朝はひどく緩慢な反応しか示さなかった。

「……………」

ふと全成は兄の顔を見守った。穏かで、むしろ懶《もの》げでさえあるその表情からは、何を考えているのか、全く摑むことができない。しかもその後も、頼朝は九郎を叱責する様子もなく、かえって、京の平家家人の家屋敷の処分を彼にまかせたり、わざわざ彼の為に河越重頼の娘を妻に選んで京へ上らせたりした。

その間に範頼は京に入り、やがて西国に向ったが、平家追討は遅々として進まなかった。西国は平家長年の根拠地である上、味方の兵站線が延びきって兵糧も途絶え勝ちになったからだ。

そのうち、平家の主力が四国の屋島と彦島に集結したという報せが入った。が、疲れ切っている範頼勢ではどう見ても勝目はない。すると、頼朝は、

「九郎をやれ」

頬の筋も動かさず、さらりと言った。

——あの九郎殿を?

——無断任官した九郎殿を……。

顔を見あわせたのは、むしろ側近だった。

都を発った九郎の働きは目覚ましいものがあった。大しけにもまれて四国に渡り、背後から屋島の平家を衝き、更に息もつかせず壇の浦の決戦に持ちこんだ。範頼が半年かかってなし得なかったことを、九郎はたった一月のうちにやってしまったのだ。

九郎の名は日増しに高くなった。この戦功によって、彼の無断任官の軽挙も赦されるのではないかという噂がまわりでも囁かれ始めていた。

が、頼朝は、至極当然のように戦さの報をうけただけだった。彼は九郎の無断任官を怒らなかった代り、今度の戦功もさして喜んでいる風は見せず、湖の様な静かな態度を変えなかった。これはその後、九郎が軍監の梶原景時と衝突ばかりしているとか、戦勝に驕《おご》って専横な振舞いが多いという噂が流れて来たときも全く同様だった。

——お変りになられたな、兄上は……。

傍にあって全成は時折その顔色を窺ってみる。人よりも嫉妬や猜疑《さいぎ》の激しい筈の兄が、こうして静かさを保っていることが、むしろ彼には薄気味悪く思われた。

平家追討が一段落すると、頼朝は範頼に暫く鎮西に止まって平家の旧領を沙汰することを命じ、九郎には、捕虜になった平宗盛以下を連れて下向するようにと伝えて来た。

そして、九郎が鎮西を発つと間もなく——突如頼朝は、無断任官した御家人たちに、ひどく激越な叱責の下文を下したのである！

この時までに、院は平家追討の行賞として、二十数名の御家人を兵衛尉《ひょうえのじょう》や馬允《うまのじょう》に任命していた。頼朝は、自分の許しを得ないでこれに応じた御家人一人一人の名をあげ、激しい罵言をあびせ、本国に帰らずに院に仕えるがいいと言い、更に尾張の墨股《すのまた》川以東に足を踏み入れれば本領を召しあげ、斬罪に処するとまで言い切ったのである。が、この時もその中に九郎の名は混っていなかった。もし、これらを罪人とするなら、九郎とて同罪である。いや、九郎の無断任官こそ、秩序を破る基を開いたものではなかったか……。

兄は九郎をどうしようというのか？　全成は九郎に対する決定をなぜか避けているようにみえる兄の動きを、じっと見ていなくてはならない、と思った。胸のうちでは既に九郎への嫉妬も憎悪も消えていた。いや、そうしたものを既に超えた、何か摑みどころのない兄と九郎のからみあいを、息をつめて見ていることが、唯一つ、自分の生きる道であるような気さえしていたのである。

九郎は尾張墨股川を越えた。それでも頼朝は黙っていた。頼朝は彼を制止はしなかった。そしてやがて彼は、足柄を越えた。

鎌倉では漸く不審の声が昂まって来た。

——どうするのだ、九郎殿は……。

——御舎弟とて、無断任官の事実は事実。それを御所は見過されるのか？

先に無断任官を譴責《けんせき》された人々の中には、有力な御家人の子弟も混っていたから、その親達の間で、まず、こうした意見がくすぶりだした。

——いくら捕虜護送の大任があるとはいえ、鎌倉殿の掟を破った人に鎌倉の地を踏ませてよいものか。

——それでは鎌倉殿の命令の権威のほどが疑われようが……。

声は九郎が酒匂《さかわ》の駅につき、明日は鎌倉入りをするという時に到って最高潮に達した。

その日の昼下り——全成は海辺近い自分の屋敷から御所への出仕の途次にあった。ふと異様な気配に目をあげたとき、御所の方から砂埃をあげて西へ向って行く騎馬の一団を彼は見たのである。ひどく慌しげに鞭をくれているその中には、日頃頼朝に近侍している小山朝光の顔もあった。若い朝光は緊張した面持で前方を見据え、すれちがった全成にも気づかない様子だった。その黒い旋風が、五月の陽光の下でみるみる小さくなって行くのを見送った全成は、御所まで行きつかないうちに、それが九郎の鎌倉入りをさしとめる使いだということを知った。無断任官した九郎は鎌倉殿へ目通りは許されず、捕虜受取りには、改めて北条時政が差しむけられるのだという。

——うむ、む……腕を組んだまま振りかえったが、黒い旋風は、すでに余塵さえも残してはいない。砂まじりの若宮大路を相変らず太陽が灼き、懶げな鬻女《ひさぎめ》が二人三人、腰をひねりながら、ゆらゆら歩いて行く——いつに変らぬ鎌倉の街だけがそこにあった。

が、全成は弦から放れた矢のゆくえを追うように、じっと朝光たちの行った方向をみつめていた。そしてやがて、ひょいと向きをかえると、御所には出仕せず、そのまま家に戻ってしまった。

それから半月ばかりの間、全成は病気をいいたてて門を閉じ、妻の保子にも言い含めて誰にも会おうとしなかった。が、朝光の口上を聞いた九郎の驚愕、腰越からの款状《かんじょう》の捧呈、頼朝の拒否、九郎の失望、帰洛……これらは嫌でも彼の耳に入って来た。それだけではない、兄への取りなしを頼もうと九郎の使がひそかに会いに来たことさえあったのだが、彼はとうとう病気を理由に門をあけなかった。

「御所に会わせてくれ。会えばわかる。きっとわかって頂けるんだ！」

地団太踏んで九郎はそう言ったという。そして遂に頼朝が赦さないと知ると、よし、それならそれで俺にも考えがある、鎌倉に不満を持つ輩はついて来い、と広言して京へ引揚げたということだった。最後まで兄を信じていた九郎が、それだけ絶望も深く、激情は抑えかねたであろうことが、全成にはよくわかった。

が、すべてはもう終ってしまったのだ……。

全成はある夜ふと、浜へ出て見る気になった。嵐でも近いのか珍しく漁火《いさりび》ひとつ見えない海に、潮鳴りだけが高かった。久しぶりの海の風が、しめりを帯びて全成を取巻き、足下の砂は濡れて重かった。

彼は、数年前、足の下の砂を蹴り蹴り無邪気に喋っていた九郎を思い出していた。その九郎は、今は鎌倉の砂を踏めない遠くにあった。そしてまた、兄の頼朝も、全成とは既に遠く離れた存在になっていた……。

——治承の冬、兄上の所に来たとき、俺は今の姿を想像したろうか……。

かすかな波あかりに向って、黒衣の腕を組んだまま、全成はそこに立ちつくしていた。

——二十八の俺はもっと野心に燃えていた筈だった。なのに、今の俺は、兄と九郎の間に立って、殻に閉じこもることによって、わずかに自分を支えているだけではないか……。

長い間手綱を弛ませておいて、まわりからの批難の盛り上ったときを狙って急に綱を引いて九郎の足を掬《すく》った兄を、今更非情と咎めるつもりはなかった。孤独に育ち、肉親の非情には既になれている筈の自分達兄弟なのである。が、今の兄は、更にそうしたものを超えた遥かな存在になりつつあるようだった。

——それなら俺はこの先……。

そこまで考えた時、ふと彼は目を上げた。暗い沖に顔をむけたまま、いま彼は、胸の中にある何かを必死に押し撓《たわ》めようとしている自分を感じていた。

それは二十八の時、醍醐から抱えて来た彼の野心かも知れなかった。いや、押し撓めるのではない、それは今夜、この足許の砂の中に埋めてしまわなければならないものだった……。

潮を吸って脆《もろ》くめりこんで行く足許の砂を踏みながら、が、しかし全成は、自分が決して源氏の嫡流のひとりであることを忘れはしないだろう、と思った。

七

帰洛した九郎が、頼朝への謀反を企てているという噂が鎌倉に伝わって来たのは、それから間もなくである。頼朝は土佐坊昌俊等の刺客を差向けたが、失敗に帰した。その後、頼朝追討の宣旨を戴いた九郎の挙兵、その没落。頼朝方の九郎追討の宣旨の要請、九郎の逃避行、探索——と、めまぐるしい変化があり、四年後の文治五年の四月、奥州衣川《ころもがわ》での九郎の自殺によって凡ては終った。

その間、全成はこの事について頼朝と話すことを意識して避けていた。頼朝が時には激怒して追手をさしむけたり、ためらいながら弟追討の宣旨を請うたりするのを、全成はただ黙って見ていただけだった。

その年の六月、九郎の首が奥州から届いた時、さすがに頼朝はそれを検《あらた》めようとはせず、梶原景時と和田義盛をやって、腰越浦で実検させ、その報告だけを受けた。全成が頼朝によばれて、御所の北の持仏堂に行ったのはその日の夕方近くである。

枝を垂れた橡《とち》の木にかこまれて、庇《ひさし》の深い持仏堂はひっそりと静まりかえっていた。ひときわ鮮かな落日の輝きの中を歩いて来た全成は、足を踏み入れかけて、堂の中の空気の澱《よど》みと薄暗さに思わず立ちどまった。

堂の中には、うっすらと香の匂いが流れている。漸く暗さに目が馴れかけたとき、

「来たか」

奥から声がして、白いぼんやりした人影がかすかに動いた。頼朝は先刻からひとりでそこに坐っていたらしい。それきり彼は何も言わなかった。やや離れた所に全成が坐ってからも、紗の水干《すいかん》の居ずまいを崩さず、長い間黙っていてから、やがて、

「九郎の首が今日ついた」

静かな声でそれだけ言った。全成はその方を見ず、僅かに首を下げた。

沈黙はまた暫く続いた。裏の竹群を俄かに夕風が渡り始めたとき、頼朝はもう一度、静かに言った。

「九郎は死んだぞ」

「……………」

薄闇の中でゆっくり自分に向けられつつある視線を感じて全成が顔をあげると、頼朝の大きな瞳は、蒼味をおびた湖のような寂《しず》かさを湛《たた》えて、彼をみつめていた。

「全成……なぜ、黙っている?」

「は?……」

「お前はいつも黙っていたな」

目を逸《そ》らせた全成を追うように、かすかな衣ずれの音をさせて、頼朝は身をよじった。

「これまで、一度も、お前は九郎のことを言いはしなかった……」

全成には、その言葉の中に不思議な笑みがこめられているように思われた。黒衣の胸でそれを受けとめるようにして、彼は、兄の顔は見ずに、ゆっくりと言った。

「何も申しあげることはございませんでしたから……」

「……言うことがないというのか？」

「は……」

「九郎の死んだ今もか……」

一瞬の沈黙の後、全成は初めて自ら兄の瞳をまともに見て言った。

「兄上は武家の棟梁でいらっしゃいます。私の申し上げたいことはそれだけです」

ふいに頼朝の顔が厳しくなった。

「まこと、そのように思うのか」

「は……」

「しかとだな」

「は」

「……」

頼朝の水干の肩がぴくりと動いたようだった。そして目を閉じると、

「梶原もそう言いおった……北条も広元も……」

前よりも深い沈黙が来た。そして暫くして目をあけると、頼朝は静かに言った。

「全成、経を読め」

「経を？」

「そうだ、読んでやれ」

ひどく穏かな声であった。

薄暗い中で全成はゆっくりと数珠をつまぐっていった。九郎の死について何の弁明もしなかった兄を見事だと思った。

——いつの間にか、兄上は王者の風格を備えられた……。

九郎の死をめぐって囁かれている群小の噂は、露ほども兄を傷つけはしないだろう。

経の声を跡切らせた時、あたりの静寂を截《き》ってふいに蜩《ひぐらし》が鳴き始めた。

八

奥州の藤原泰衡が九郎を殺し、その首を送って他意ないことを示したにも拘らず、頼朝はその直後、突如兵を起して奥州を席巻した。泰衡がその部下に殺され、頼朝が奥州全土の処分を定めて鎌倉に帰って来たのはその年の十月である。

翌建久元年の十月、彼は初めて上洛した。旗揚げ以来十年目、それまで院の上洛要請を拒み続けた彼は、十一月、三百余騎の随兵に護らせて都入りし、人々の目を驚かせた。その時任じられた権大納言《ごんのだいなごん》、右大将の両職は、すぐ辞してしまったが、翌年の正月、鎌倉では、前大納言《さきの》、前右大将として、ことさら大げさな盛宴を張った。

こうして頼朝の権威が益々強められていくことに目を見張っていた人々は、その間に傍らにある全成が、徐々に身を潜め、努めて周囲の注視を避け始めたのに殆ど気づきはしなかった。いや、誰にも気づかせないほど、彼の韜晦《とうかい》が巧みだった、というべきなのかもしれない。彼は相変らず御所に出入りし、いつも頼朝の傍にあった。それでいて、彼は段々人の目につかない存在になって行ったのだった。

彼は所領を望まなかった。遠州阿野庄を与えられると、それだけで満足し、人々にすすめられても、笑って首を振るだけだった。こんな時、彼が僧形であることは絶好の隠れ蓑《みの》になったようだ。

そのうち、音もなく御所の廊下を歩く彼を、人々はものの影でも見るような目でしか見なくなった。彼がいつも頼朝の傍に近侍していても、そこにいるのは才気を蔵した御所の舎弟ではなく、護持僧の一人、阿野禅師《あのののぜんじ》がいるにすぎない、と思うようになっていた。

全成がこうしたくすんだ存在になったことを妻の保子は決して不満には思っていない

ようだった。結婚した当時ののんびりした性格は、子供が次々と生れた現在もちっとも変ってはいない。彼女の一族も、夫の一族も、この数年間にそれぞれ国の守になったりしている中で、夫一人が相変らず一介の黒衣の僧であることを、全く気にかけていない様子である。何人子供を生んでも童女のようにみずみずしい肌を失わないかわり、頼りなさもお喋り好きも、もとのままで、暇さえあれば政子の許に出入りして一日中喋りくらしている。

こうして、海辺に近い阿野禅師の館では、凡そ将軍と御台所の弟妹らしくない平凡な生活が、ひっそりと続けられて行った。全成は全く野心というものを失ったようだった。が、そのあと彼は一度だけ、はっきり自分の意志を示したことがある。

建久三年、政子が妊《みごも》ったときのことである。いち早く感づいて、それを告げたのは例によって保子だった。自分もそろそろ五か月近い体になっていた保子は、共犯者じみた目つきで忍び笑いをしながら、

「ね、男かしら、女かしら？　姉上の子は」

ひどく熱心に政子の様子を説明した。それから暫くの間、保子の関心は政子の生む子が男か女かに集注した。

「もし、私の生む子が男だったら、姉上の子も男でしょうよ」

「どうしてだ？」

「どうしてって……別に……ただそんな気がするだけ」

他愛もないお喋りは涯《はて》もなく続く。そのうち保子はどうしたわけか、姉の子は男に違いない、と言い始めた。

「どうしてそれが解る？」

全成が問うと、

「なんとなく……で、あなたは、どちらがいいとお思いになる？」

「別に――どちらでもいいではないか」

「御所は、男の子が欲しいといわれたそうですよ」

「御所が？」

「ええ、だから帯がおすみになったら、御所がご自分で毎日法華経をおよみになるんですって」

「ふうむ……経をな」

ふっと全成は何かを考える目つきになった。

「だから、きっと、私、男の子が――」

妻の言葉を抑えて、何を思ったか、

「保子、もしお前の生む子が男の子なら、きっと御台も男の子を生む」

力のこもった声で言った。それから底光りのする目でじっと保子を見据えて、彼は低

い声でゆっくりと、

「その時は……お前が乳母になるのだな」

「え？」

保子は妊婦らしい懶げな眉をあげた。

「そうしたら、私たちの子は？　姉上の御産の頃は、まだ、こっちだって乳がいります」

「二人を養えとは俺は言っていない」

「じゃあ……」

「赤ん坊には乳母をつければいい」

「それなら始めからその乳母を、姉上に……」

言いかけて、保子が夫の瞳に射すくめられたように口を噤《つぐ》んだ時、彼はもう一度ゆっくり繰返した。

「お前が乳母になるのだ」

保子はひどく心細そうな顔をしたが、それでも素直に肯いた。結婚して十年余りも経っていたが、やはり保子は素直な妻だった。全成はすぐこの事を頼朝に申入れ、いつになく執拗に是非とも保子を乳母にしてほしいと頼みこんだ。

当時の乳母というのは後世のそれとは大分性格が違う。乳母となったものは、その夫ともども一家を挙げて、その子が成人するまでの養育のすべてを負担するのである。たとえば、頼朝の乳母になったのは、比企掃部允《かもんのじょう》の妻の比企の尼や、首藤《すどう》経俊の母、小山政光の妻、三善康信の母の姉などだが、中でも比企尼は、彼が伊豆に配流されていた二十年間、つねに生活の糧《かて》を送って何くれとなく世話をした。またその謫居を慰め、挙兵の当初から頼朝を助けて働いた安達《あだち》盛長、河越重頼、比企能員《よしかず》らはこの比企尼の娘婿である。

こんなわけだから、その養い君が成人した暁には、乳母一族が絶大な力を持つ。先に長男の万寿が生れたとき、有力な御家人が争って乳母を差出すことを申し出たのはこのためである。

結局、万寿の乳母は、河越重頼の妻が、大功ある比企尼の娘ということで乳付けに選ばれ、このほかでは同じく尼の娘である比企能員の妻、甲斐源氏平賀義信の妻、寵臣《ちょうしん》梶原景時の妻などが乳母になった。が、今度はもし男が生れたとしても次男だから、むしろ目立たない乳母がいい――こう思っていたらしい頼朝はすぐさま全成の願いをききいれた。

政子が着帯してしばらくすると保子が男の子を生んだ。それと前後して頼朝は征夷大将軍に任じられた。これは彼が前から望んでいたにもかかわらず、後白河法皇の拒否にあってなかなか実現されなかったのだが、その少し前に後白河が死んだので、急速に実現を見たのである。

征夷大将軍任命の除書をもった勅使が鎌倉へ来、鄭重なもてなしを受けて帰洛した直後に政子は男の子を生んだ。出産と同時の鳴弦は平山季重、上野光範。引目役は和田義盛。こうした儀式は長子万寿の時と同じだったが、時が時だけに、凡てがいっそう華やかに行われた。参賀の武士たちでごったがえす御所の奥の局《つぼね》で、頼朝が一人になった僅かな時間を捉えて全成はするりと近づいて、

「祝着《しゅうちゃく》でございます。大将軍の御子がお生れになりました」

低い声でそれだけ言った。

「うむ、む」

頼朝の顔色は明らかに動いたようだった。

「妻が御乳付けに上っております」

「大儀だな、それは」

一礼すると、もう彼は頼朝の側を離れていた。

その日以来、全成夫婦は嬰児の養育にかかりきりになった。それまで我子をさえも余り抱いたこともない全成が無器用な手つきで千万と名づけられた嬰児をあやすのを、保子はおかしそうに眺めている。

千万はよく乳を呑み、よく眠った。

——そっとしていてくれ、俺は今、乳を呑んで眠るのが仕事なんだ。そして早く大きくなるんだ……。

千万は無言でそんな主張をしているかのようだった。歯のない小さな口からのぞく小さな舌を、全成は不思議なものでも見るように、長い間眺めていたりした。

が、このふにゃふにゃした生きものは、全成にとって、まったく扱い難いものだった。ちょっとしゃっくりが出てとまらなかったりすると、

「このまま、しゃっくりが出続けて、死んでしまうのではないか」

不安そうな目を妻にむけた。保子は相手にもせず、

「そんなこと、太郎も次郎もよくありましたよ」

「そうかな?」

「ほほほ、そのころはあなたは赤ん坊なんか見むきもなさらなかったのに……こんどはどうしてむきにおなりになるのかしら」

そのくせ、保子自身も、いつか姉の子の乳母であることに熱中し始めていた。どんな

環境にも素直について行くたちなのか、いまは自分の生んだ四郎よりも千万の養育に心をとらわれている保子であった。

その翌年、富士の裾野で、頼朝は大規模な巻狩りを行った。曾我《そが》十郎祐成《すけなり》、五郎時致《ときむね》が工藤祐経《くどうすけつね》を討ったのはその巻狩の最中である。折からの大雷雨で燭の消えた現場は大混乱し、多くの怪我人まで出たので、謀反騒ぎかと人々は色めきたった。こんな時につきものの流言蜚語《ひご》が乱れとび、頼朝の身に変事があったような噂さえ鎌倉には伝えられた。

鎌倉は一夜のうちに不安に巻きこまれた。長男の万寿は頼朝に従っていたし、政子と幼い千万のほか御所の中は殆ど手薄である。全成はじめ残っていた数少い御家人達が早速呼び集められた。駆けつけた中には参河守範頼も混っていた。彼は九郎の死後ひどく頼朝を恐れ、なるべく顔をあわせないようにしているらしかったが、さすがに驚いて駆けつけ、

「御台様、範頼がついております。御心配遊ばしますな」

と、しきりに政子を慰めた。

が、この事が後に範頼自身の墓穴を掘ることになった。狩から無事に帰って来た頼朝

がこれを聞き、「ほ、参河守に何が出来るというのか」と言ったというのである。全成はこの時も用心深く頼朝に近づくのを避けていたが、御所には俄かに梶原景時や北条一族の出入りが頻繁になった。

そのうち範頼が決して他意ない旨の起請文《きしようもん》を捧げたという噂が立った。この時も文中の源範頼という文字を見て頼朝が「源とわざわざ書いたのは一族だという意味か。過分の思い上りだ」と言ったとか、いや、そういってそそのかしたのは梶原景時だとか、さまざまの風聞が流れた。起請文は結局受理されなかった模様である。

その数日後、夜半過ぎてから急に鎌倉中が騒がしくなった。鎧や太刀の擦れあう音と乱れた足音がもつれて響き、

「蒲殿が……」

「なに？　御謀反か——」

などと口々にわめくのを聞くと、全成はがばとはね起きた。が、身じまいをして、同じように暗闇の中を御所に向って走りながら、全成は他の人々のように決して慌ててはいない自分を感じていた。いつかはこのような日が来ることを、前から自分は知っていたような気がした。

その夜、妻の保子は千万に侍して御所にいた。彼は頼朝のいる表方には廻らず、まっすぐ、政子や千万のいる奥へ駆けつけた。が、政子は頼朝を案じて表へでも行ったのか、

そこには保子がひとり、不安げに千万を抱いていた。

「灯りを暗くするがいい」

そういって坐ると、全成は保子の腕から千万を抱きとった。ちょうど誕生日を迎えたばかりの千万は、何も知らずにすやすやと眠っている。その柔かな重みを腕の中で確かめながら、全成はじっと外の物音に耳をすませた。

御所の中ではかえってざわめきは遠くに聞える。それでもひとしきりかん高い叫び声などが聞えていたが、暫くすると、切りとったようにふいに静かになった。不慮の騒動にしては、不自然なほど余波も何もない静まりかたである。急に戻って来た無気味な静寂の中で、夜の闇は少しずつ薄れてゆくようだった。

やがて、警固の侍の触れ歩く声が、かすかに聞えて来た。

「各々方、お引取り候え。騒動は既に鎮まった。御所の御寝所を窺《うかが》った不敵の賊は参河守殿の家人当麻《たいま》太郎。はや小山七郎どの、梶原源太どのによって召取られましたぞ」

あの当麻がか――全成は日頃見知っているその家人の実直そうな赫《あか》ら顔を思いうかべた。

――うまく出来すぎている、何もかも……起るべくして起ったような事件である。が、ともあれ、これで、範頼は、如何なる弁明も許されないだろう。そして彼の命の灯の消えるのも、さして遠いことではないだろう……。

──とうとう俺ひとりになったな。御所と血のつながっているのは……。

ふっと顔をあげたとき、全成は、傍《かたわ》らの保子が、この場に不似合いな無邪気な笑顔を見せているのに気がついた。

「いま、何を考えているか、お解りになります?」

おっとりした口ぶりで保子は言った。

「え?」

「もしも、あのとき、私が……」

「……」

「私が姉上に、あなたを大将にしてくれとお願いしていたら、あなたはもう鎌倉には帰っていらっしゃれなかっただろうということ……」

全成はぎょっとして保子の顔を見直した。いままで従順で頼りないばかりだと思っていた保子に、ふいに心の中を見すかされたような気がしたからである。保子はさりげなく立ち上った。

「灯を消しましょうか。ずいぶん明るくなって来ました」

灯のゆらめきに代って訪れた、かわたれどきの薄ら明りの中で、保子の白い顔は、まだ笑っているようだった。

九

頼朝が死んだのはそれから六年後、正治元年正月である。

既に元服して頼家と名乗っていた万寿が後を嗣ぐと、鎌倉の営中には微妙な変化が現れた。彼が母の政子の一族、北条氏を煙たがり、代りに側室の若狭局《わかさのつぼね》の一族である比企氏を重用しだしたからである。こうした新旧勢力の対立に、さらに有力者の複雑な利害がからんで、早くも鎌倉の政情は不穏の色を帯び始め、複雑な曲折のすえ、頼家は遂に独裁権をとりあげられ、大小の訴訟はすべて北条氏、比企氏などを含めた宿老十数名の合議制によることになってしまった。

勿論頼家は不服である。その腹いせに、彼は側近の比企三郎、四郎、小笠原弥九郎等の数人以外の目通りを禁じたり、彼等側近だけは鎌倉中で狼藉《ろうぜき》勝手という無茶な指令を出したりした。不満と敵意の交錯する営中で、渦中を避けてひとり静寂を守っているように見えたのは、全成だけだといってもよかった。

彼は頼朝の死後も殆ど何の変りもなく千万の養育に励んでいるようだった。数年間の韜晦がそのまま身についてしまったのか、彼が落飾《らくしょく》した政子と幼い千万の住む尼御所に出入りしても、舅の北条の館を訪ねても、所領の阿野庄に下っても、いまは殆ど誰も目にもとめはしなかった。ましてや彼が伏目がちの瞳で、この時じっくり機を窺っていようとは思いもしない事だった……。

が、いま――彼は、長い間封じこめていたものが、胸の中で徐々に疼《うず》き始めるのをひそかに感じていたのだった。

――長い道のりだったな、と彼は思う。二十八歳で醍醐を脱けてから、既に二十一年の歳月が流れていた。その昔気負いこんで抱いて来た野心はさすがに消えていたが、今それとは違ったものが、彼の中でかすかな胎動を始めているのである。

そのことを彼は誰にも洩らしはしない。ただ、保子と二人で千万の傍にあるとき、ふとこんなことを言うことがある。

「五年経てば千万君はおいくつになられる?」

「十三におなりです」

「御元服だな。その時俺はいくつだ?」

「いやですわ、五十四じゃありませんか」

「ふむ……」

全成は遠くをみつめるような瞳をする。

手足のよく伸びた千万は、八歳という年よりずっと大人びて見える。全成が醍醐寺にいたころ叩きこまれた和漢の素養を口うつしに注ぎこんだせいか、読書力も群を抜き、詩文の才のひらめきさえ窺われた。少年ながらも落着いた王者の風格を備え、病弱で短気で淫蕩な兄の頼家とはまるでちがう人となりである。

――今の様子では、頼家が長い間その位置を保ちつづけるとは到底考えられない。そうだとしたらその後を継ぐのは頼家の子の一万か、この千万か？……。もしこの千万であったとしたら、その時こそ、自分は黒衣の宰相として、凡てを握る事が出来るかも知れないのだ。

が、彼は急ぐつもりはなかった。彼は保子を通じて北条とのつながりを強めながら、頼家を取巻く人々の動向を静かに見ていればよかったのである。

果して間もなく、御家人たちの間にはまた違った動きが現れはじめた。頼家の独裁に対しては一致して対抗した宿老たちの間に微妙な対立が生れたのだ。

全成がまず感じとったのは、比企能員の梶原景時への敵意である。二人はともに頼家の乳母夫《めのと》であり、さらに能員は側室の父でもある。当然頼家を担いで手を握るべき間柄だが、どうやら能員はそのためにかえって景時が邪魔になるらしい。

だいたい景時は、石橋山で敗れた頼朝を、敵方にありながらわざと見過して一命を助けた人間だと言われている。誰も現場を見たわけではないのだが、その噂を裏づけるように、頼朝はいつも彼に一目おいていた。それをいいことに景時はいつも傲岸で言いたいことをはっきり言った。おかげで失脚したり命を失ったものも九郎を始めかなり多い。

——御所は梶原の言いなりだ。彼に讒言《ざんげん》されたらおしまいだ！

こんなふうにさえ言われていた景時なのである。能員は自分のゆくてを遮る人物として景時への目を必要以上に光らせているようだ。

——景時と能員の間は早晩何かあるに違いない……。

全成はそう思っていたが、案外、表面は何事もなく、その年の秋を迎えた。

と、ある日、一日尼御所に行ったきりだった保子がひどく疲れた顔で帰って来た。奥の部屋に入るなり、体を投げ出すようにして、

「ああ、辛気《しんき》くさい。一日、お念仏なんて、顎が疲れてしまった」

げっそりした顔で頬をなでた。

「どうしたのだ？」

「一万遍のお念仏——」

「ほう、今日仏事があるとは聞いてなかったが」

一息入れて、ふだんののんびりした笑顔に戻ると、保子は、小山七郎朝光の発案で急に侍所《さむらいどころ》で念仏が行われ、尼御所もそれに倣《なら》ったのだと語った。

「小山どのが夢を見たのですって、御所の夢を——それで急に思い立たれて。御所の菩提の為とおっしゃるんですもの、仕方なしに皆やってました」

朝光は幼い時から頼朝に近侍し、最も寵愛をうけた一人である。頼朝の没後の情勢に

なにか不安を感じて念仏を思い立ったものらしい。「忠臣は二君に仕えずと申すが、後れ奉ったのが口惜しい」という彼の真心に感じて人々は念仏を唱えたのだった。

ここまで話すと、保子は何を思ったか、くすりと肩をすくめた。

「でもね、梶原殿はお気に召さないんですって、今日のことを……」

「ほう……」

「あのかた侍所の所司（責任者）でしょう。断りなしに侍所で念仏とはけしからんという顔をしておられたそうよ。臍曲《へそまが》りな方……」

そのとき、全成の瞳がふいに底光りをみせた。

「今度は朝光の番か——」

「え？」

保子はきょとんとして聞き返した。

「いや、なに……」

全成は薄い嗤いを泛べた。

「……」

「迂闊《うかつ》なことをしたものだ、朝光も」

「景時に憎まれるとはな……」

「ま」

保子は小さく叫び全成の言葉の意味を了解したようだった。

全成はそれなりわざと抛っておいた。が、お喋りな保子は昔からの馴染みでもある朝光に早速耳うちしたらしい。朝光は慌てて日頃親しい三浦義村を訪ねたようだ。更に安達盛長や和田義盛ら有力御家人の動きが頻繁になった。

全成はぬかりなくそれを舅の北条時政には伝えたが、依然知らぬ顔をしていると、騒ぎは益々大きくなり、遂に有力御家人から景時弾劾《だんがい》の連署状が頼家の手許に出される気配になった。朝光が讒訴される前に彼等は先手を打つつもりなのであろう。畠山、千葉などの豪族も皆名を連ねているようだ。政子の所からその話をききつけて来た保子に、

「比企能員は？」

と尋ねると、それも入っているという。全成は薄い嗤いを洩らした。

——万事はうまく行っているな……。

しかも、いざ訴状が出されてみると、当の景時は抗弁もせず、恭順の意を表わして所領の相模一宮に退ってしまった。これには全成は、いくらか拍子ぬけしたくらいだった。

それから間もなく——年があけて正治二年になると、景時が謀反を企み、秘かに上洛しつつある、という風説が流れて来た。すわや！　と鎌倉は色めきたち、比企能員や三浦義村が追討に向ったが、その軍勢が追いつかないうち、景時の一族は、駿河の御家人たちによって、あっけなく討取られてしまった。

——これでよし……と全成は思った。彼の手を血でぬらすこともなく、頼家を支えている大きな柱が一本倒れたのである。残るのは比企一族だけだった。が、景時に比べれば、能員はじめ一族の器量は格段に劣っている。何も恐れることはないのである。

——ただ待つのだ。待つだけだ……。

と彼は思う。とも知らず、頼家はこの頃から蹴鞠《けまり》に凝《こ》り始めた。武家の棟梁でありながら、裁決権を取上げられた彼の、半ば自棄的な耽溺と思われたが、その執着ぶりは少し常軌を逸している。

わざわざ京から鞠の上手をよぶ、鞠庭には柳がよいと、大さわぎして庭木を柳にかえさせる、鶴岡八幡には代参で済ませても、鞠の会だけは休まない、勿論諫言《かんげん》などは始めから受付けもしない……しかも度の過ぎた熱中によって、もともと丈夫でない体は蝕《むしば》まれ顔色が次第に悪くなって行くばかりだった。それを横目で見ながら、全成は北条一族と手を握って秘かに比企一族を打倒する計画を進めて行った。勿論自分の野望はおくびにも出さず、ただ彼は保子ともども北条氏の手足となることを申し出たのである。比企打倒である限り、時政にも政子にも異存はないはずだった。

その時期は、頼家が病気で倒れたとき、と決められた。建仁三年の初夏頼家の健康が衰えてくると、ひそかに北条方は子飼いの郎従を集め始めた。比企方の目をくらますため、暫く阿野庄に下っていた全成も海辺の館に戻って来た。

それと前後して鎌倉には奇妙な噂が流れ始めていた。頼家の子の一万が鶴岡八幡に参拝し、神楽《かぐら》を奏している最中に、巫女《みこ》に神霊が憑《つ》いて、

「いとしやの、一万。家督を継げぬ身とも知らいで……」

と口走ったという。そして驚く人々に、

「見よや人々、木々に緑のあるうちは、その根が枯れても知らぬもの。あわれ、将軍家の血筋も、おおかたそのようなものであろうかの、ふ、ふ、ふ」

薄気味の悪い笑いを残してそのまま巫女は気絶してしまったというのである。

それを聞いた全成はかすかに嗤いを泛べた。用意周到な北条一族が仕組みそうな流言だと思ったからだ。


が、とにかく——時は迫って来ていた。頼家という根の枯れる日はもう遠くはない。そして比企を制圧して千万が将軍の座につく時こそ、自分が晴れてその傍に坐る時でもあるのだ……。

そして五月十九日——。

ひどく寝苦しい夜だった。保子は尼御所につめていて帰っては来ず、ひとりで床についた全成は、夜半過ぎやっと浅い眠りにおちたと思うと、比企討伐の夢を見た。

雄叫《おたけ》びを上げる兵団の先頭に彼はいた。鴾毛《つきげ》の馬に鞭をあてて、ふと気がつくと、彼は赤地錦の鎧直垂に紫裾濃の鎧をつけている。

お、これはいかぬ……赤地錦は九郎が着ていたのではないか……俺は黒衣だ。黒衣でなくてはならん。が、敵はもう眼前だった。黒糸縅《おどし》の鎧をつけた能員が大長刀を振っておめき叫んでかかって来る。太刀を抜きあわせようとすると、腰に太刀がない。

これはどうしたことだ。こんな筈ではない、こんな筈では……。

敵のどよめきが耳を蔽ったと思ったとき、すでに無理矢理手足を摑まれていた。

あっ！

この時初めて全成は現実の声を聞いた。

「阿野禅師、武田信光見参《げんざん》！」

「な、なんと！」

「御所までお越し願いたい」

「この夜中に、どうして――」

「問答は無用でござる」

手をとり足をとられて御所に運ばれ、頼家の前にひきすえられるまで四半刻とはかからなかった。

「禅師、来られたか」

燭のゆらめきをうけながら、正面の頼家は土気色の顔を歪ませて薄く笑った。その傍には、比企能員がむっとした顔で控えている。

「謀反を企てられたそうな。大儀なことだ」

頼家は冷たい笑いを泛べたまま、他人事のように言いすてた。

御所につれて来られるまでに全成の覚悟は既にきまっていた。

「知らぬ」

全成は短くそれだけ言った。その一言で押し通すつもりである。

「知らぬとな？　しらを切るな禅師」

傍らの能員が居丈高に怒鳴ったとき、その顔が、夢の中の能員と同じ表情になった。

「知らぬ！」

「ちっ！　証拠は揃っているぞ」

逸《はや》りたつ能員を頼家は面倒臭げに押えた。

「ま、知らぬならそれでもいいではないか」

それから彼は全成に笑いかけた。

「叔父御、今夜から当分ここに泊って貰おう。多少窮屈でもあろうが……」

それなり全成は御所の一室に押しこめられ厳重な監視をつけられた。

が、この時まだ全成は絶望していなかった。この騒動は、夜が明ければ必ず北条や尼御所に伝わるであろう。そうすれば保子が抛っておく訳はない。保子は政子に訴えるであろう。何といっても政子は頼家の母である。いざとなれば、彼を動かすのは政子を措《お》いてない筈だ。政子にしても、全成が長く捕えられて比企討滅の証拠を摑まれるより、早く釈放された方が都合がよいにきまっている。

しかし、二日経っても、三日経っても外からは何の気配もなかった。その間、頼家は日に一度は彼を呼び出し、なぶるような口調で言うのだった。

「どうだ叔父御、白状した方がよくはないか」

「知らぬ」

日を重ねるにつれて全成はこうした問答を続けることに疲れて来た。外からは相変らず何の働きかけもされてはいないようだった。次第にいらだちはじめた彼が、何度めかの頼家の訊問に、

「知らぬといったら知らぬ。何を証拠に――」

と言いかけたとき、頼家はふっと厳しい目つきになった。

「禅師、俺はいま二十二だ。物心ついてこのかた、十数年、俺が禅師を見ていなかったと思うのか……」

全成はぎくりとしてその顔を見た。思いがけない陥穽《かんせい》におちた感じだった。彼は兄の一挙一動に注目していた余り、この蕩児の甥の瞳を見過していたのかもしれない。目をふせたとき、頼家は急にやさしい口調になった。

「禅師、源家の血は冷たい……な、そうは思われぬか。しかし冷たいのは、源家の血だ

けではなさそうだぞ、禅師……何か叔父御は思いちがいをしておられぬか」

時政、政子、四郎義時などの顔が目の前に泛んでは消えた。

——裏切ったな、さては……。

そして最後に全成の瞼を保子の白い笑顔がよぎった。——私がもし姉上に申しあげていたら、あなたは鎌倉には帰っていらっしゃらなかったでしょう……当麻太郎の捉えられたあの夜、そういったときの笑顔だった。


やがて全成は常陸国に流罪ときまった。護送の兵にまもられながら、彼は二十数年前見た武蔵野のひろがりを再び見た。兄の許にかけつけたあの日、赤茶色に素枯れていた武蔵野はいま草いきれに満ち、眼路《めじ》の果てにうずくまる森の群れは、夏の日の下で黒い炎をあげて燃えているかのようだった。

常陸国について間もなく、彼は下野《しもつけ》国に移され、その地の豪族、八田知家の監視をうけることになった。

下野で十日も過さぬある日、知家の郎従が改まった表情でやって来た。その顔を見て、全成は凡てをさとったようだった。

「悪禅師、御生命を頂戴つかまつる」

白刃が頭上に光ったとき、全成はかすかに笑って言った。

「悪禅師……か」

全成五十三歳、行年は兄頼朝と同じだった。

黒雪賦

一

「御所が石橋山の合戦で利を失われた折、命拾いされたのは、ひとえに梶原殿のお力によるということだが――」

こう尋ねられたときの梶原景時の答はいつもきまっていた。

「いや、それは御所の御武運によるものだ」

ぶっきらぼうにそう言いながら、彼は太い眉の下のぎろりとした瞳を相手に据える。

「御許《おこと》――なにも今更、そのようなことを口にされるまでもないと思うがの」

少し濁《だ》みた低い声でそう言われると、相手はたいてい口をつぐんでしまうが、それでも景時の視線は、相手が目をそらすまでは執拗《しつよう》に追いかけてくる。特にそれを言い出した人間が景時におもねる下心があったときなど、いい加減どぎまぎし、せっかくのお世辞が全く逆効果でしかなかったことを覚らざるを得ない——そんなふうな目の光らせ方を景時はするのである。

それ以上彼は何も言いはしない。が、いま鎌倉では多くの人が、当時敵方にあった景時がわざと見逃したからこそ、頼朝は一命を全うしたのだ、と思っている。中には討手の総帥の大庭景親《おおばかげちか》とともに、頼朝のありかを尋ねていた景時が、木の洞穴に潜んでいるのを、それと知りつつ、わざと弓を突込んで、

「何も居らぬ、ほれ、この通り、中は蜘蛛《くも》の巣ばかりだ」

と、景親をだまして危急を救った、とまるで見て来たようなことを言う者もある。

が、そんな話を聞くと、

「ほ、うますぎるな、その話。もしそれが真実ならば、あの平三《へいざ》の口が、何で黙っておるものか。それをいやに勿体ぶって話したがらぬというのがおかしい」

首をかしげる者もないではない。

このような景時と頼朝の結びつきが、とかく噂にのぼるのは、敵方にあった景時が、鎌倉にやって来て一年と経たないうちに、御家人のうちで五指にも数えられるほど重要な人物にのしあがってしまったからなのだ。

だいたい、頼朝は緒戦に敵対した者には極めて厳しい態度で臨んでいる。大庭景親は、頼朝が黄瀬川畔で平家軍を却《しりぞ》けて鎌倉に凱陣した直後、降人《こうにん》として出頭したが、詫びを

容れられずただちに梟首《きょうしゅ》された。そのほか河村義秀とか荻野俊重とか、景親に同心したものは容赦なく斬罪に処せられている。

なのに景時は例外なのだ。彼は景親の一族でもあり、石橋山で敵方にいたことは明らかであるにも拘らず、頼朝からは一言の咎めもなかった。景時が初めて頼朝の前に伺候したのは、景親が梟首された二か月ほど後のことだが、この時彼は降人としてではなく、鎌倉殿に馳《は》せ参じた家人の一人として目通りを許されている。しかもその直後から、彼は頼朝の信任を得て、新邸の建築や囚人の管理をまかされているのである。

——あの疑《うたぐ》り深い御所が、敵方だった者にあれほど目をかけられるとはな……やはり何かわけがあると見るほかはない。

人々はそう思うのだ。が、景時が語らぬ以上、なぜ彼がかくも鮮かに敵方から側近へと変身をとげたか、石橋山で何かのいきさつがあったのかどうなのか、本当のところは誰も知らない。

もっとも、人々の中には、景時が頼朝に目通りする一月も前からひそかに鎌倉へやって来て、土肥実平の邸にかくまわれていたことを知っているものもあった。

「実平と景時は旧知の仲だ。うまく実平をくどき落して、御所へのとりなしを頼んだのだろう」

「なにしろ実平は石橋山旗あげ以来の功臣だからな。御所もそうすげなくは出来まい」

「それにしても、景時にそれほど尽す義理があるのか、実平は？……」
こうしたささやきは景時の耳に入らないわけではない。が、彼はそれらをすべて黙殺している。言いたい奴には言わせておけというようなその態度がひどく傲岸な印象を与えることも、それが更に人々の反感と嫉妬をあおりたてるであろうことも承知の上という様子である。そしてたとえ誰に聞かれようとも、あの日のいきさつは生涯口にすべきではない、と彼は思いこんでいるふうだった。

あの日——石橋山の合戦の行われた治承四年八月二十三日の夜はすさまじい嵐だった。横なぐりの雨と、枝をひきちぎって狂い廻る颷風《ひょうふう》の中で、頼朝と大庭景親は対決したのである。いや、対決したというのは当らないかも知れない。景親方は三千、頼朝の手勢は三百。勝負ははじめからわかっていた。景親の夜襲をうけた頼朝勢は、矢唸りに追われ、喚声に追われ、風雨に追われて、ただ泥濘と暗闇の中を四分五裂して逃げ廻るだけだった。

が、この嵐が、ある意味では頼朝に幸いした。景親方は苦もなく頼朝勢に圧勝したとはいうものの、暗闇とぬかるみに遮られて、たやすくは相手に止めを刺すことが出来なかったからだ。散り散りになった相手を四方に手分けして探しても、地唸りに似た嵐の咆哮の間を縫って聞えるのは味方の雄叫《おたけ》びばかり。双方とも一晩中雨に叩かれて、鎧の下までぐしょ濡れになって這いずり廻っているうち、いつか薄明はついそこまで来ていたのだった。

暁方になると、嵐は嘘のように収まった。ふいに静寂が訪れたとき、あたりには乳色の靄《もや》が生れ始めていた。泥濘との戦いに疲れ、ものを言う元気もなくなっている兵士たちを、それは徐々にやわらかく包んで行った。

この時、梶原景時は、石橋山の後峰にかなり深入りしていた。泥と闇の中でいつか手勢とも別れ別れになって、従う者も数えるほどだった。しかもかすかに蒼味を帯びた朝靄はみるみる濃さを増して、今は数少くなった郎従たちをさえ景時から押しへだてようとしている。戦場というには余りに静かすぎる乳白色の世界の中に、わずかに黒々と濡れた樹肌をのぞかせている杉の木に身をよせると、暫く彼は立止まった。

――結局夜戦はまずかったな。

と思う。夜戦を主張したのは景親だったが、たかが三百の敵を相手にぶざまな戦さをしたものである。戦さに勝ちはしたものの、敵は闇にまぎれてうまうま逃げてしまったにちがいない……。

と、そのとき――

ぴしっ！

斜め前で、かすかに小枝を踏み折る音がした。先駆の小者か？　何気なく靄をすかしてみようとして、景時ははっとした。彼の視線がその人影を捉えるより一瞬早く、さっと身構えた相手に、異様な殺気を感じたからである。

「動くな！」

声を殺して鋭く言うと、刀の柄に手をかけた。相手は無言である。恐らく刀は抜きはなっているのだろう。こちらの隙を窺っている気配である。

「誰だ！　名乗れっ」

低くそう言うと、景時はその影に近づいた。が、数歩間隔を縮めたことによって、その人影の輪廓が分明になったとき、思わず彼は立止まった。

「お、土肥……」

その人影は、まぎれもなく敵方の土肥次郎実平だったのだ。今度の頼朝の旗揚げに北条と並んで最も有力な後楯となっている実平は同じ相模の国の豪族として旧知の仲だった。一本気で合戦好きで、四十を過ぎた今でも打物とっては若い者に負けないと自慢する元気な実平だったが、今の姿はどうだろう。兜は失い、鎧の草摺りも引きちぎれ、額のかすり傷に血をにじませ、頰を泥だらけにして幽鬼のように靄の中につっ立っているのだ。なおも景時が近づこうとしたとき、

「寄るな！」

思いがけない激しさで実平は言うと太刀をかまえた。殆ど生気を失った顔の中で、落窪んだ眼窩《がんか》の奥の瞳だけが、手負いの獣のそれのようにきらきら光っているのに気づいた。二人は黙ったまま、靄の中で睨みあっていた。

どのくらいたったろう。靄の中の異様な気配に気づいたのか、景時の郎従たちが次第に近づいて来る様子である。

「殿！」

「殿っ！　どこに？」

実平の頬に絶望の色が走った。が、このとき、

「寄るな！」

短く言ったのは景時の方だった。彼はふりむくと靄の中へ再び言った。

「寄るな、者ども！」

それから彼は低い声で実平に言った。

「刀を収めるがいい、土肥の次郎」

一瞬実平の表情がゆれたとき、景時はゆっくりその方へ近づいていった。刀を構えたまま実平は反射的に後に退った。景時の大きな瞳はその間じゅう、まばたきもせず実平に注がれていた。そしてやがて、実平の肩から力が抜けて、刀が鞘に収められたとき、景時は後をふりかえり、気づかわしげに太刀を抜きつれて集まって来た郎従たちを目で

そこから退らせた。

郎従の姿がすべて靄の中に消えてしまうと、あたりはまた静かになった。気が抜けたように手をだらりと下げた実平の口がかすかに動いて、

「見逃してくれるのか、忝《かたじけな》い……」

「俺にお前が斬れると思うのか」

景時がそう言ったとき、初めて実平の頬に泣き笑いのような表情が泛《うか》んだ。靄は一段と濃くなったようだ。日が昇り始めたのか、甘いほのあかるさを加えた靄は二人を外の世界から完全にさえぎってくれた。

長いこと二人は黙っていた。暫くして景時が口を開いた。

「裏山づたいに逃げるがいい。大庭も追わぬようにしておく」

「すまない……」

「早くゆけ、靄の霽《は》れぬうちに」

「うむ……」

着崩れた鎧をゆすりあげる実平にさりげなく景時は尋ねた。

「佐殿《すけどの》（頼朝）はどこにいる？」

瞬間実平の手がとまって、

「聞いてくれるな、それだけは……」

顔をこわばらせてそう言うのを景時は深くは追わなかった。

「では聞くまい、どのみち、戦さはもう決ってしまったのだからな」

実平は景時をみつめ、何か言いかけたが、唇を嚙んで黙った。日頃の負けず嫌いが頭をもたげたのだろう。が、次の瞬間それは自嘲に似た嗤《わら》いに変った。

「恩に着るぞ」

行きかける実平に景時は言った。

「悪い夢を見たな、次郎……」

「夢？」

足をとめると実平は鋭く景時をふりむいた。

「夢だって？　夢ではないぞ平三！」

今しがたまで湛《たた》えられていた敗北感と自嘲の嗤いは既に消えていた。日ごろの一本気をむき出しにして向ってくるその瞳に、

「夢でなくて何なのだ。たかが三、四百の手勢で流人《るにん》の佐殿を担いで天下を取ろうとでもいうのか」

「おおさ、夢なものか。平三、お前は知らないのか、佐殿はいま坂東《ばんどう》一帯に廻状をまわして兵を募っている。三浦介《みうらのすけ》義明、千葉介常胤、上総介広常……源家に志を寄せる武者どもは日ならずして立上る筈だ。ただ我々はちょっと時期が食いちがっただけだ」

「何を、この場に及んで負け惜しみを」

「負け惜しみではない。三浦勢は明日にもお前たちの背後から襲いかかってくるだろう」

「……ふふ、だがな、次郎。坂東武者どもが、そうおいそれと流人の佐殿の言うことを聞くかな」

「平三……」

急に実平の瞳が厳しくなった。

「平三、もう平家の世は長くはないぞ。やれ大番の、やれ雑役のとこきつかわれて、いつまで我々が黙っておられるか」

「……」

「時が来ているのだ。平三、もし命長らえて再び逢う日が来たら、その時はきっと世の中は変っている」

「……」

「見逃してくれたことは有難い。が、それだけは覚えておいてくれ」

景時は実平の瞳を見つめたまま黙っていた。ただの負けず嫌い、一徹者の意地とは言いきれない輝きが、そこにあったからだ。狂気にさえ似た異様な底光り。それは何かに賭けてしまった人の瞳だ、と景時は思った。既に不惑を過ぎ、土肥郷一帯に押しも押されもせぬ勢力を築き上げている実平が、今更何を好んで危機に身を曝《さら》そうというのだろう……。

が、実平の後姿は、その狂気を嗤いすてさせない何かを感じさせるものがあった。傷を受けているのか、片足を引きずりながら、それでも昂然と肩を聳《そび》やかして歩いてゆく実平がすっかり靄にかくれてしまうまで、景時はその後姿をじっと見送っていた。

一月経たないうちに事態は実平の予言どおりになった。石橋山から箱根へ、箱根から土肥へと逃れた頼朝は、真鶴岬《まなづるみさき》から安房へ渡ると、千葉常胤、上総広常等、坂東の勢力を糾合して勢力を挽回し、やがて武蔵から相模に入って、源家の棟梁として鎌倉に新府を定めたのである。敵対した者への詮議が厳しくなったころ、景時はひそかに土肥実平の邸にやって来た。実平は勿論あの夜のことは忘れてはいなかった。

「何しろ平三は命の恩人だ。ひいては御所にとっても恩人であるわけだからな。ま、悪いようにはせぬ。まかせておけ」

実平のとりなしで、景時は一月経たないうちに頼朝に召出されることになった。

「降人ではないのだぞ。御家人として御目見得《おめみえ》を賜ることになった」

一本気な実平は、自分のとりなしがうまく効を奏したことがひどく得意げであった。

治承五年一月十日——

頼朝の館に景時が召出されたその日、暖かい鎌倉の海はもう春の色を湛えていた。ゆるやかな微風が潮の香を時折漂わせてくる昼下り、景時は実平に導かれて、木の香も新しい鎌倉御所の門を初めてくぐったのである。

降人としてではない、御家人としての目見得である、と、かねてきかされてはいたが、実平に従って頼朝の前に出ると、それでも景時は遥か下に退って手をつかえた。

「石橋山のみぎり、心ならずも大庭に組し、矢を向け奉りましたことは——」

「いや、よいよい」

頼朝は皆まで言わせず、自分から手を振った。

「実平から凡て聞き及んでいる」

初めて見る頼朝の蒼味を帯びた大きな瞳は、静かな笑みを湛えて景時をみつめていた。凜々《りり》しい眉、ぽってりした唇、顔の造作がすべてたっぷりして、ぎすぎすした所がなかった。色が白く体の線も丸やかで、おっとりしている。

頼朝はひどく機嫌がよかった。それきり石橋山のことには触れず、その後の景時の動静をも尋ねようとはしなかった。鎌倉の冬の暖かなこととか、新築した御所の造作のことなど、とりとめのないことを、十年来の腹心に対するような気易さで頼朝は語りかけて来る。景時は専ら聞き役に廻っていた。そのうち、ふと頼朝が問いかけた。

「平三、男の子は持たぬか」

「源太景季《かげすえ》二十歳、平次景高十九歳、以下景茂、景則、景宗等九人居ります」

「ほう、それは見事、羨しいな。頼朝三十四歳の今日まで男の子を持たぬ。で、子息どもは皆召しつれて参ったか」

「いや、景時への御許しも如何かと思われましたので、本領に謹慎させております」

「そんな心遣いは無用だったぞ、早速召しつれて来い。よい馬を遣わそう」

「忝うございます」

そのうちいつか話題は都のことに及んだ。大番で先頃京に上ったという景時に、頼朝はあれこれと町の様子を尋ねて、

「京を離れてもう二十年になるからな。都の手ぶりも忘れはててしまった……」

しんそこ京を懐しんでいる様子だった。

「左様でございましょうか。私のような無風流な者には、どうも京は住み心地が悪うございます」

いいかける景時を傍らにいた実平が遮った。

「いや何の、平三はなかなかの風流者でございます」

「ほほう。それは――」

「こやつ、和歌をたしなみます」

「和歌をな」

「いや、そのようなことは——ほんの腰折れでございまして」

急いで景時は手を振ったが頼朝は満足そうに大きく肯いていた。と、そこへ近習《きんじゅう》が入って来て何か報告を始めた。どうやらそれは箱根権現がどうとか、武蔵の某寺を源家の祈願所にするとかというような事らしかった。頼朝はかなり熱心な様子でそれらの細部にわたって一々問いただしたりしていた。

頃合を見て頼朝の前を退ると景時は実平の邸に戻って来た。一足遅れて帰って来た実平もひどく上機嫌で、

「おい、うまく行ったな」

肩を叩き、

「おい酒だ、酒だ」

家中に響くような声で怒鳴ると、自ら先にたって大騒ぎをして燭を灯させた。酒が入ると更に実平の口は軽くなった。

「佐殿はえらい御満足だったぞ。大分平三がお気に召したらしい様子でな。坂東者はみな無骨《ぶこつ》でいかんが、あれだけは口のきき方を心得ておるとな」

俺はろくに喋らなかった筈だ、と景時は思った。実平はそれに構わず大声で続けている。

「ま、とにかく結構だ。目通りも無事に済んだからな。ところで、どうだ、おい、佐殿は……立派なお方だろうが」

「ふむ」

景時は軽くうなずいた。

「あの折の事を一言も口にされぬあたり、見事なものだ。いつの間にか度量も広くなられたようだ」

「……」

「いや、まったく、恐ろしいようなものだ。時の流れというものは……今では押しも押されもせぬ源家の棟梁だな」

「……」

それから急に実平は声を落した。

「あの頃の佐殿を思うと夢のようだ」

「え？」

「平三だから話すのだがな。実はあの時、俺は佐殿と一緒に居た」

「そうか、やはり……」

「だから正直言ってお前に、佐殿は、と聞かれたときはひやりとしたぞ」

「……」

石橋山で朝をむかえたとき、頼朝の許に集まったのは、実平以下、加藤五景員、宇佐見祐茂など、たった七名に過ぎなかった。

「あの場合だ。俺はこの七人でも多いと思ってな……」

実平は人目につくのを恐れて解散を主張した。頼朝一人なら自分が一月でも二月でも、命にかえて守りぬく、その間各々は時節を待つようにと言ったのである。

「すると、佐殿はひどく心細そうな顔をしての……」

実平は苦笑を泛べて更に声を低めた。

「ま、無理もないさ、平治の乱の時はほんの十三、四。父御《ててご》に引張られての戦さだったわけだ。こんどの旗揚げが、いってみれば、佐殿にとっては初めての戦さだった。それが旗揚げ早々いっぺんにやられてしまったのだからな……」

「……」

こうしてみすみす敵の餌食になるか、万が一の僥倖を狙うか、御決心は今にかかっております、と、半ばおどすようにして実平は頼朝と家人を引離したのだという。

「それがどうだ。あれから四月と経ってはいまい。もう立派な大将軍ではないか。血筋というものは恐ろしいものだな」

一徹な実平が目を輝かせて語るのをちらりと見やりながら、景時は黙って盃を重ねていた。あの目はやっぱり何かに賭けてしまった目だ——と彼は再び思っていた。

彼の目には実平が惚れこんでいるほど、頼朝が風格ある武家の棟梁とは映らなかった。いや、顔を見たときから、彼の頼朝への期待は凡て裏切られたといってよい。公家的な風貌、身のこなし、人ざわりのよさ……あれが武家の棟梁とよばれる人間なのか？　自分から座をとりもつような上機嫌な態度も、わざと旗揚げ当時のことに触れない態度も、むしろ景時が京で接したことのある公家連中の狡猾さに通じるものが感じられる。しかも近習とのやりとりをみると、頼朝はかなり神事仏事に熱心な様子である。鎌倉に新府を開いたばかりだというのに、早速神仏いじりに明けくれるというのは、武家の総帥としてなすべきことだろうか……。その振舞が優雅であればある程、彼は頼朝への失望を禁じ得なかった。

が、失望すると否とにかかわらず、このとき既に頼朝に賭けてしまった自分を景時は感じていた。今はもう、実平の憑かれたような瞳を傍観していた彼ではなくなっている。道は既に踏み出されたのである。そして——踏み出してしまった以上、その失望がいかに大きくとも、それを人にいってはならなかった……景時が頼朝との結びつきについて生涯口にすまいと思ったのは、実はこのときからのことだった。

二

景時が初対面の頼朝に失望を禁じ得なかったにもかかわらず、その直後から、際《きわ》だって頼朝に用いられ始めたというのは、いかにも皮肉なことだった。

小御所の新築とか、鶴岡若宮の造営とか、謀反人の監視、処分とか、はてはそのころ懐妊した御台所政子の産所の奉行まで、あらゆる雑事は景時に任された。頼朝はその度に、

「心きかぬ坂東武者どもに、かような事はまかせられぬ。御苦労ではあるが、平三、頼みに思うぞ」

と言うのだった。その信任が口さきだけのものでなかったことは、何事につけても秘密主義の頼朝が、景時にだけは、かなりあけすけに何事も打明けることでも知られた。が、人の目をそばだたせるようなこの頼朝の信任は、景時の最初に感じた失望をぬぐい去るものでは決してなかった。いや、むしろ頼朝という人間に近づけば近づくほど、その失望感を深くすることさえあったのである。

例えば——公家かぶれの神仏いじり、性こりのない女癖……鎌倉は一時平穏であるにせよ、信濃の木曾義仲は蠢動《しゅんどう》を始めていたし、平家や院方の向背も予断を許さない今は、

本来なら、そんな事には拘ってはいられぬところである。

もっともそれを感じていたのは景時ばかりではなかった。武骨な坂東武者の中には、あからさまに頼朝の行動を批難したり、時には蔑《ないがし》ろにする気配を示すものさえあった。上総介広常などはその第一人者である。

広常は保元、平治の乱に義朝に従って奮戦した勇者で、上総一帯に強大な勢力を誇っていた。頼朝が治承四年、安房からその地に入った時も容易に帰服しなかったという経歴の持主で、帰服した後も兵力を恃《たの》んで強い発言力を持っていた。黄瀬河畔で平家が崩れたったとき、一気に京へ攻め上ろうという頼朝に反対したのも彼だったし、その直後、強引に常陸の佐竹攻めに頼朝を引張り出したのも彼だった。かねがね所領を接した佐竹に脅威を感じていた広常は、この機会に頼朝をかついで一気にこれを屠《ほふ》ってしまったのだ。

介《すけの》八郎と呼ばれた広常はその後益々傲岸になった。粗野な銅鑼《どら》声をはりあげて、時々彼はわめきちらす。

「御所が今日あるのは、つまりは我等が力を供したからだ。な、そうであろうが……」

たしかにそうである。が、面と向ってそう言われてもただ曖昧《あいまい》な微笑を泛べている頼朝を見ると、景時は何ともいえないいらだたしさを感じるのである。

――武家の棟梁たるものがこれでいいのか？

何とかしなくてはならない、という気持が次第に景時の心の中に芽生え始めていた。

ある時、三浦義澄がその所領の三浦三崎に頼朝を招待した。広常も招かれてその席にあったが、皆が砂上に平伏して頼朝を迎えたときでも広常ひとりは馬上で挨拶しただけだった。人々がそれを咎めても、

「何が無礼だ、介八郎の家はな、三代このかた、これ以外の挨拶の仕方は知らぬわ」

といってとうとう馬から降りようとはしなかった。また宴がはじまると頼朝の前も憚《はばか》らず岡崎義実と口論し、すんでの所で刃傷に及びかけた。この間、正面にあった頼朝は一言も発せず、薄い笑みを泛べて盃を重ねていたという。

その場に居あわせなかった景時は、あとになってこのことを聞き、頼朝の態度にひどく失望したが、こうしたことが度重なるにつれて、頼朝のそうした折の微笑が、ただの微笑ではないことに、次第に彼は気づきはじめたのである。流人生活の中で身についた韜晦《とうかい》というべきなのだろうか、頼朝の表情は、時折複雑な屈折をみせることがある。彼が曖昧に微笑するとき――それは人一倍彼の自尊心が傷つけられたときなのだ。表面穏かさを装っているものの、そんな時の彼の瞳が底知れない冷たいひかりを放っていることでそれは知られた。

もちろん、誰もこの事には気づいてはいない。一、二年側近にあって頼朝をみつめつづけた景時が、やっと窺い知った微妙な感情の屈折なのである。

広常が傍若無人の言動をするとき、頼朝はよくそんな表情をした。

——なんとかしなくてはならんな。

その度に景時はそう思うのである。

一方、そのころ義仲は礪波《となみ》山で平家を破ると、怒濤の勢で進撃して、またたく間に京を席巻した。が、勝ちにおごった義仲軍はまもなく京中を劫掠《ごうりゃく》し始めて、みるみる人心を失って行った。こうした情報は刻々鎌倉に入ってくる。一方、後白河院からは、義仲追討のための上洛をしきりに促して来た。

兵を起すべきか否か。鎌倉の論議は日を重ねるに従って激しくなって来た。挙兵反対の旗頭は上総広常である。黄瀬河畔でも上洛に反対した彼は、

「俺はごめんだな。今更京まで出かけていって義仲を討ったって、何の得にもならぬ」

赫《あか》ら顔を振り振り、言下に出兵に反対した。その勢いに押されて皆押しだまっていると、彼は更に言いつのった。

「何が院の仰せだ。院の、おおやけのと、大体御所は京方を大事にしすぎる！」

「…………」

「何の、公家のひょろひょろ面、見とうもないわ。坂東でこう気ままにして、誰の指図も受けん方が余程気楽でいい。なあ、御所、そうではないか」

そんなとき、頼朝が例の微笑を泛べていることに景時は早くから気づいていた。彼は

頼朝が、心中、上洛の機会は今を措いてはない、と思っているのを知っている。にも拘らず、広常の拒否にあって、動くことも出来ずに、自分の無力さに腹をたてている頼朝。御所と呼ばれるひとが、いつまでもこれでいいのか。武家の棟梁というものはもっともっと毅然たる存在でなくてはならないはずだ……。

——このままではいけない。

そうした思いはますます強くなった。

ある日、何気なく景時は頼朝に向って言ってみた。

「介八郎は何とかしなくてはなりませぬな」

「？……」

頼朝は意味が解らない、といった表情をしてみせた。あたりには人はいない。御簾《みす》ごしにみえる前栽《せんざい》の穂薄が、風もないのにひそやかに揺れている晩秋の昼下りである。

「何とかしなくてはなりませぬ」

重ねて言ったとき、頼朝はかすかに笑ったようだった。そして暫くしてやっと口を開いた。

「平三もそう思っていたか」

低い、静かな声だった。

「あのままでは御所の御威光にもかかわりましょう」

「が、しかし……」

頼朝はためらいの色を見せた。

「今、八郎を討つことは……」

「左様、表むき八郎を攻められるのは如何かと思われます。上総での兵力はなかなか侮《あなど》りがとうございます」

「では……」

「景時にお任せ下さいますか」

言い切った時、頼朝の蒼味を帯びた大きな瞳がひたと景時に向けられた。それから頼朝は暫く何も言わなかった。そして、やがてゆっくり、大きく肯いたのであった。

二人の会話はそれきり跡切《とぎ》れた。と、その時、

――きっ！

鋭い鳥の声が屋根をかすめた。

「百舌《もず》か」

そう言ったときの頼朝の表情はもういつもの穏かなものに戻っていた。

以来景時はひそかに折を狙っていたが、なかなか機会はやって来なかった。その年の

暮も押しつまったある日、出仕して新年の鶴岡八幡への社参のことなどの打合せをすませた景時が侍所へ戻って来ると、珍しく広常がひとり退屈そうに坐っていた。

「お、平三、今年の鎌倉は滅法《めっぽう》冷えるな」

直垂の背をかがめて手をこすりながらそういう広常にさりげなく景時は言った。

「八郎殿、退屈しのぎにどうです、双六《すごろく》を一局……」

侍所からやや離れた御所の小部屋で二人は対局した。始めから景時は勝負などはどうでもよかったが、わざと目を間違えて勝ったふりをしてみせた。果して広常は腹を立てて怒鳴り出した。

「汚いぞ、平三。今のは俺が勝ちだ」

「冗談を。私の勝ちです」

「嘘つけ、賽《さい》の目をごまかすとは太い奴だ」

今にもつかみかかろうとする腕を払うふりをして、すっと近づくとみせて、脇差をぐさと広常の脇腹へ突立てた。

「な、なにをする、平三……狂うたか」

「狂いはせぬ。上意だ」

「上意?……」

言いも終らせず止めを刺した。

直ちに侍所の武者を呼んで、謀反の志のあった広常を誅《ちゅう》した旨を告げて死体の始末をさせ、自分は血しぶきをうけた衣服を改めて頼朝の前に進んだ。

「仰せに従い、介八郎を仕止めました」

「そうか」

そう言っただけで、頼朝は朽葉《くちば》色の直垂の膝も動かそうとはしなかった。

「これで心おきなく御上洛なされますな」

そう言ったとき、頼朝のたっぷりした頰にほのかな笑みがよぎったようだった。

が、やがて、鎌倉中に、どこからともなく、広常の謀反は冤罪《えんざい》で、頼朝自身も広常を誅したことを後悔している、という噂が立ち始めた。噂は当然、景時の耳にも入って来る。

——また御所の弱気が始まったか。

と、景時は思った。その頃謀反人の烙印に承服しない広常の一族が強硬な反訴に押しかけて来ていた。彼等は上総一宮に広常が奉納した小桜縅《おどし》の鎧に頼朝の武運を祈る願文が付けてあったことを証拠に、執拗に頼朝に迫ったのである。

それから間もなく、景時は彼の面前で頼朝が、はっきり広常の無実を証する言葉を聞いた。

「わしは知らなかったのだ。いや、間違って知らされていたのだ」

人々の前で頼朝はこう言ったようだ。介八郎はいい奴だった。率直で剛毅で、しんからの坂東武者であったものを……」

「たしかに広常は謀反を企んではいなかったようだ。介八郎はいい奴だった。率直で剛毅で、しんからの坂東武者であったものを……」

そこに景時が居るのにまるで気づきもしないように頼朝は語った。

その間じゅう景時は、大きな瞳をまっすぐ正面に据えてじっと坐っていた。

——みごとに裏切られた気持だった。

そういえば広常を誅したことを報告したとき、頼朝から何のねぎらいの言葉もなかったことを彼は思い出していた。が、彼は決して自分が間違ったことをしたとは思わなかった。

やがて広常の謀反の罪は取消され、一族の縁座はゆるされた。広常の冥福を祈るために、上総一宮に神田が寄進されて、大がかりな祭も行われた。鎌倉中の目は一転して景時を讒言者《ざんげんしゃ》として畏怖と批難を以て見るようになった。しかも頼朝から景時へはこれについて何の言葉もないのである。

が、その後間もなく景時は突然侍所の所司《しょし》に任じられた。これは別当（長官）に次ぐ要職で、家人全体を統轄する役目である。

——これはいったい恩賞なのか……。

景時自身が戸惑っているうち、いよいよ、義仲追討のための鎌倉勢の上洛が決定した。

頼朝は動かず、弟の範頼、義経が大将として出陣することになったが、景時は二人の後見をする軍監に任じられた。

海風の激しい冬の朝、反感と警戒の瞳を周囲に感じながら、黒糸縅の鎧を着て黒馬にまたがった景時は、まっすぐ首をあげ、吹きつけて来る風を胸で押しわけるようにして出陣していった。

三

木曾勢はまたたく間に蹴散らされた。景時が同行した九郎義経は敏捷で勘が鋭くて勇敢で、全く小気味よい若武者だった。

「何しろ、俺にとっては初陣《ういじん》だからな……」

時折、はにかんだような笑いをみせるが、数千の兵士の指揮ぶりも鮮かなものだ。鎌倉での数年の間に、景時はこの小冠者に接する折がないわけではなかったのだが、これほど武将としての才能があるとは思ってても見ないことだった。

――ふうむ、これは兄者以上の器量かもしれぬ。

ひそかに舌を巻く思いである。九郎がさらにさわやかなものを感じさせるのは、公家臭がひとつもついていないことだった。それはそうかもしれない――襁褓《むつき》のうちに母の常磐とともに平家に捕えられ、やがて鞍馬にやられたのを、あとで身一つで飛び出して陸奥へ走ったという彼なのだから……およそ頼朝とは似もつかない、野の匂いのする自然児なのである。

彼等が木曾勢を駆逐してしまうと、院からは、つづいて西国の平家追討が命じられた。九郎や景時は慌《あわた》だしく鎌倉へ使者を飛ばせると、すぐさま兵を率いて西国へと出発した。

まもなく一ノ谷で平家との決戦が行われた。ここでも九郎の働きは際立っていた。意表を衝いての鵯越《ひよどりごえ》の奇襲——残雪の残る道なき道を押切っての襲撃に、平家陣は大混乱に陥ったのである。この日大手に加わっていた景時は九郎の戦さぶりを直接見ることは出来なかったが、彼には紫末濃の鎧も鮮かな義経が、まるで飛鳥のようなすばしこさで馬を馳せつつ陣頭指揮をしたであろう姿が想像できた。

——流石《さすが》、源家の嫡流だ……。

こうした感慨を持ったのは景時ばかりではない。源氏軍の中には九郎を讃歎する声が日ましに昂まって来ていた。景時の息子の源太景季も——彼は父と共に大手に属して奮戦し、特に鎧に梅枝を挿しての風流な戦さぶりを敵味方に讃えられた若武者だったが、年が若いだけに、九郎への傾倒ぶりは手ばなしだった。

「みごとなものではありませんか。あの嶮岨な山路から奇襲をかけようなどとは、凡人の到底考え及ぶ所ではありません。生れついての武略の才を持っておられるのですね、

　憧憬に近い熱っぽい口調で語る景季に、景時は大きく肯いた。そして、この時、あの勇敢さ、決断力が、頼朝にあったなら……とふと思ったことも事実である。

　やがて京へ戻った景時が一ノ谷の詳報を送ったのと入違いに、先頃義仲追討を報告にやった使者が、鎌倉から戻って来た。

「御所は大変お喜びで、特にお褒めの御言葉を頂きました」

　埃にまみれた姿のまま館の庭先に使者は手をつかえるとそう言った。

「そうであろう。どの使の齎《もたら》したのも吉報ばかりだからな」

「いえ、特にお褒めに与《あずか》ったのは、私だけでございます」

「はて？　なんと……」

　使の言うことはこうだった。範頼、義経、景時などの急使は御所につくと、ともに頼朝の前に進んで報告したが、その中で景時の使者だけが詳しい首の数や捕虜の姓名を載せた報告状を持っていたので、さすがは平三、と頼朝から直々の褒詞があったのだという。一方義経の使者は殆ど口頭の報告だったのが気に入らなかったのか、ろくに言葉も賜らなかったということだった。

　聞いているうちに、ふと景時の表情が固くなった。なおも細々と報告する使者に、

「もうよい。退れ」

あごをしゃくった。使者が一礼して戻りかけたとき、更に厳しい声が背中に飛んだ。

「只今のこと、他言無用！」

使者が立去ったあとも、景時は長い間そこにじっとしていた。

褒められたのは決して悪い気持はしなかった。が、それよりも、景時の瞼には、頼朝の微笑が泛んで来たのである。冷たい、複雑なあの微笑が……。

やがて、景時は一ノ谷で捕虜になった平重衡《しげひら》を連れて鎌倉に帰ることになった。頼朝は二度の戦勝にすっかり満足している様子だった。重衡にも勝者らしい余裕のある応対を見せた彼は、景時には特にねんごろなねぎらいの言葉があり、義経の事も優しい調子で尋ねた。

「九郎は元気か」

その言葉には何の翳《かげ》も感じられなかった。

が、六月、再び彼が京へ戻ってくると、堀川の宿所では、息子の景季が待ちかねたようにして口を切った。

「平家追討の行賞がありました。蒲殿《かばどの》は参河守。御所の御姉婿一条能保殿は讃岐守《さぬきのかみ》です。ほかにも二、三源氏御一統の方が叙任されましたが……」

「何か」

「九郎殿には何の御沙汰もないのです」

景季は納得のゆかない顔つきである。これより先、頼朝は鎌倉方の叙任は、彼の推挙によって行われたい、と院に申入れていた。

「父上、すると御所は九郎殿を推挙なさらなかったのでしょうか」

「……」

「父上が鎌倉に帰られた折、御所は何か仰せられましたか」

「いや、別に――」

景時はむっつりして、うるさそうに首を振った。

そのうち、都には西国へ奔《はし》った平家が、四国、九州で勢力を挽回し、還都の機を狙っているという噂が入って来た。源氏勢は今度こそ徹底的に彼等を打倒しなければならなかった。鎌倉からも陸続として西国攻めの武者が入洛して来る。それらを迎えて出陣の準備に追われていたある夜――六条の九郎の館に行っていた景季が帰って来て言った。

「六条のお館は大変な騒ぎです」

「出陣の仕度でか」

「それもあります。が、そこへもって来て、院から内々お使が見えて……」

「……」

「九郎殿を左衛門少尉《さえもんのしょうじょう》に任じられるという話です」

言いも終らぬうちに景時は立ち上っていた。

「まことだな、景季」

「は」

「馬の仕度を言いつけてくれ」

景季は急には呑みこみかねる様子だった。

「父上、どこへおいでです」

「六条へ」

「私も御供を……」

「いらぬ！」

厳しい瞳の色に思わず景季はたじろいだ。

景時が六条の館に着いたとき、夜はかなり更けていたが、義経は白拍子《しらびょうし》たちを侍らせて盃を手にしていた。

「お、平三か、よく来たな。どうだ一つ」

盃をとらせようとする義経に、笑顔も見せずに景時は言った。

「お人払いを願います」

白拍子達がなまめかしい絹ずれの音を残して去ると、あたりは急に静かになった。

景時は入って来たときから、義経の瞳をみつめ続けていた。相手に目ばたきするひまも与えないような執拗なみつめ方である。

「院の仰せ、よもやお受けではありますまいな」

低い静かな声だった。義経は、恥じらうような笑みを見せた。

「もう聞いたのか。誰からだ」

「よもやお受けではありますまいな」

答えずに景時は繰返した。

「どうしてだ、受けてはいけないのか」

「なりませぬ」

「なぜだ」

「鎌倉殿の御推挙をお待ちになるべきと存じます」

一瞬、義経の頰がぴくりと震えた。景時は静かに膝をにじらせた。強い視線はじっと義経にむけたままである。

「もし御任官なされたとして、その先どのようなことが起るか、お考えなされましたか」

「………」

「景時の申し上げたいのは、今は御兄弟の間に波を立てるときではないということ、鎌倉武士は御所の御推挙のない限り、叙任に与ってはならぬということ、この二つだけでございます」

義経は明らかに不満の面持である。

「ふむ、たしかに兄上の御許しは得ていない。が、院は仰せられるのだ、今回の九郎の働きを見過すことは出来ぬ、とな……」

「……」

「九郎も源家の嫡流、左衛門少尉は決して分に過ぎた任官ではない。鎌倉とて、よもや不当の叙任とは思うまい、是非受けよ、という重ねての御沙汰なのだ、そうまで仰せられるものを、むげにお断りも出来ないではないか……」

かすかな風にゆれる短檠《たんけい》の灯影をみつめていた景時の頰に、その時かすかに失望の色が拡がり始めたのに義経は気づいてはいなかった。

六条の館から堀川の宿所まで戻る道に溢れた虫の音は、馬の蹄の音にも止む気配はなかったが、暗闇に目を据えた景時の耳には、それさえ入っては来なかった。

――九郎殿には解ってはいない。

九郎任官を聞いたとき、恐らく泛ぶであろう頼朝の冷たい微笑が想像できた。自分の権威が傷つけられたときに浮べる、あの冷たい微笑である。しかも景時は、頼朝の心の底に流れる抽《ぬ》きがたい都への憧れを嗅ぎあてている。荒っぽい坂東武者にかこまれながら、ともすれば公家ごのみの生活に傾きかける頼朝――その彼が、自分をさしおいて、九郎が院に近づいたと知ったら……。

しかも恐るべきは後白河法皇を始めとする都方の動きである。彼等が、それらの事情を知って、九郎に餌を投げ与え、頼朝との乖離《かいり》を策していることは明らかだ。一本気の九郎はとも知らず、その思う壺にはまろうとしている。

——任官は絶対に止めねばならぬ。

が、真闇《まやみ》をまっすぐにみつめながら、景時は決して九郎が任官を思い止まるまいという気がしていた。

——もし、九郎殿が任官したそのときは……。

景時の頬は闇の中で厳しくなった。彼はこのとき、武家の棟梁にふさわしいとさえ思っていた九郎よりも、優柔で陰湿な頼朝を、ためらいもなく選んでいる自分を感じていた。鎌倉に目見得に出たあの日、彼の道はすでに決められてしまったのだ……。

——俺はいま、石橋山で土肥次郎が見せたような目の光らせ方をしているかもしれない。

景時はふっとそんな気がしていた。

景時が九郎の任官に反対したという噂は、まもなく在京の御家人の間にひろがった。先に任官に洩れた九郎に彼等の多くは同情的である。

——今度は御沙汰をお受けしてもいいではないか。むしろ平三は御所に御口添えすべきだ。


——弟君なのだから、掟《おきて》をやかましく言わなくても……。

——結局、ねたんでいるのさ、平三は。九郎殿の御出世を……。

それらの声を景時はすべて無視した。

若い九郎はまわりにそそのかされたのだろう、とうとう頼朝には断りなしに左衛門少尉に任官してしまった。するとすぐに院から五位に叙するという沙汰が来た。五位になってもなお尉《じょう》に止まることは、叙留《じょりゅう》といって極めて名誉なこととされている。しかもそれを追いかけるようにして更に院内の昇殿を許された。

いままで公家臭とは全く無縁だった九郎は遂に官位の魔力に捉えられた。参内《さんだい》のために八葉《はちよう》の車を用意させたり、大騒ぎで殿上の作法を覚えたり、九郎はみるみる因習にがんじがらめになって行った。

初めのうち、頼朝はこうした九郎を無言で見守っていた。

——それ見ろ、御所は何も仰せられぬぞ。

——平三め、いらぬ口出しをして……。

が、景時は九郎側近のこうした声も全く無視した。彼には頼朝の例の微笑が目に泛ぶようだった。果せるかな、暫くすると、頼朝がどうやら、九郎の任官にいい顔をしていないらしい、という噂が流れて来た。九郎や側近は俄かに慌てだし、景時に八つ当りした。

――御所は平三に乗《じょう》ぜられておいでだ。

――平三は御兄弟の仲を割《さ》こうとしている。

景時は今度もその声を無視した。

景時と九郎の対立が、ますます激しくなったのは、壇の浦の決戦のときである。その半年前の寿永三年の秋、景時は範頼と共に西国の平家追討に陸路九州へ向って出発した。が、この西国攻めは苦戦の連続だった。その年の不作に加えて、山陽道はもともと平家の勢力範囲だったので、食糧の徴発もままにならず、どうやら長門《ながと》までは進んだものの、九州へ渡る船を購《あがな》うことさえ出来ない始末だったからだ。

ところが、別働隊として海戦の準備を進めた九郎義経はその翌年の春、これと対照的な鮮かさで屋島の平家の本拠を陥れてしまった。範頼から離れた景時が、百四十艘の兵船を調達してやっと屋島に到着したのはその数日後のことである。

海上に逃れた平家軍に対し、九郎は速戦即決を主張した。が、景時は、

「それは御所の御志に叶うまい」

範頼あての頼朝の書状を披露した。それには、

八嶋におわすおおやけ、並びに二位殿女房たちなど、少しもあやまち、あしざまな

ることなくむかえとり申させ給うべし
神器や安徳帝を無事に取戻せという指示があったのである。

「なに？　屋島から平家を追出したのが気に入らぬと？」

「平三は、九郎殿の勝利にけちをつける気か」

「ろくな働きもせずに、何をつべこべ……」

勝ちに乗った九郎側は鼻息荒く速戦を主張し、結局その一月後に壇の浦の戦さが行われた。教盛、知盛、経盛等は戦死、宗盛父子は生虜。建礼門院は入水《じゆすい》後助けられたが、八歳の前帝安徳と二位尼は行方知れず……徹底した源家の勝利の中にその日の戦さは終ったのである。


船いくさというものくらい悽惨でしかも果敢《はか》ないものはない。いっときは阿修羅《あしゆら》地獄のような雄叫び、矢唸り、血しぶきが、海面を蔽いつくすが、勝負が決したとなると、痕も残さず消えてしまうからだ。それでも暫くは鎧の袖や切りとられた片腕や主なき船が波間に見えかくれてはいるが、それもやがてどこへともなく漂い去ってしまう……血《ち》腥《なまぐさ》い首なし屍体や折れた刀が散乱し、幾日も屍臭が消えない野戦と違って海は敗者の凡てを呑みこんでしまうのだ。特に壇の浦のように潮の流れの激しい所はなおさらである。

敗者の一切が消え去ったあと、むしろ悽惨なままで取残されるのは勝者である。手傷を負い、髪をふりみだした姿のままで彼らは夜をむかえていた。

海はいま静まりかえって死者の側にあった。単調な潮騒《しおさい》は倦きもせず、死者への鎮魂の曲を奏でて勝利者たちをいらだたせる。彼等はつとめて暗い海を避け、灯の許に集まって酒をあおって、無理にも陽気に振舞おうとしていた。

「酒を汲め、酒を」

義経も死者をかかえた海から顔をそむけて酔いの中に陥ちこもうとしているひとりだった。潮風はその間にも数十の灯影を間断なくゆらめかせ、血の興奮からさめきらぬ男たちの高笑いはその風に載って、うつろに波間を渡って行く。

祝いの宴に盃の廻る間、景時はじっと瞳を閉じていた。

「それ呑め、歌え」

自ら宴の音頭をとらんばかりの義経とは凡そ対照的な姿である。

「呑まぬか、平三」

目をあけると、土肥実平が盃をつきつけていた。

「うむ、じゃあ、一杯」

「どうした、平三。元気がないぞ」

実平は盃と瓶子《へいし》を持ったまま、傍らへどさりと坐りこんだ。既にしたたかに酔っている様子である。

「長かったなあ、今度の戦さ」

「……」

「周防国《すおうのくに》で食糧が尽きたときは、正直、どうしようかと思った。矢も恐れぬ、太刀風も恐れぬ俺だが、飢《ひも》じいのはいかん。あんな辛かったのは初めてだ」

「……」

「が、まあ、よかった。これでかたがついた。鎌倉殿へも申開きが立つ」

「……」

「え？　どうだ、平三！」

「……」

「なぜ、黙っている。え？　おい」

その時初めて景時が口を開いた。

「土肥の次郎」

「何だ」

「勝ったと思っているのか、この戦さ」

「何？　冗談いうな。平家一門悉《ことごと》く海に沈み、今、目にあたる所すべては源氏の白旗だけではないか」

「……」

「総大将宗盛は生虜、教盛、経盛は討死」

「いかにも」

「これが勝ちでなくて何とする」

ややあって景時は低い声で実平の言ったことを繰返した。

「宗盛は生虜、教盛、経盛は討死……だがな、土肥の次郎」

「む？」

「二位殿はどうした。帝《みかど》は？　神器は？」

「う……」

実平は一寸答につまった。

「が、平三、それは無理というものだ。平家を倒すか、こっちが死ぬかの瀬戸際だ。まず敵に勝つ、これが第一だ。俺たちは平家をこの腕で倒した。それでいいではないか」

「平家だけが敵ならばな——」

「なんという、平三」

「帝も神器も行方知れずとなれば、院方はどう出て来るか」

「……」

「そなた、御所の御文を覚えているか」

「御文？」

「そうだ、蒲殿へのあの御文だ」

それから景時は目をとじて低い声で文を暗誦した。

「おおやけ、二位殿、少しもあやまちあしざまなることなくむかえとり申させ給うべし……」

「……」

「次郎」

景時は目を開けると更に低い声で言った。

「御所は果して今日の首尾をお喜びになるだろうか……」

頼朝は安徳帝と神器を取戻すことによって、都方への発言力を強めようとしていたのだ。が、景時のその言葉は、実平にさえも、九郎へのいやがらせとしか響かなかったようだ。

四

生虜になった宗盛を送って来た九郎の鎌倉入りを拒んだことから、頼朝の九郎への敵意は俄かに表面化した。彼は九郎が都へ帰ったのを追いかけて、領知を許していた平家没官領二十四か所も取上げてしまった。これは景時が恩賞として多くの領地を賜り、かつ、播磨《はりま》、美作《みまさか》、備中、備前、備後の警固を命ぜられたのとまさしく対照的だった。

——執念ぶかい奴だな、平三は。とうとう九郎殿を追出しおった。

——それにしても、なぜ御所は平三の言うことをそれほど信用されるのか……。

義経と入れかわりに鎌倉に戻って来た景時は、人々が畏怖と警戒の混った眼差しで自分を見るのに気がついた。

が、景時は誰にも弁解はしなかった。鎌倉に入れられないと知った義経が、ひどく憤慨し、それならもう頭は下げぬ、鎌倉に不満のある奴等はついて来いと口走って京へ戻ったという話を聞いた時も、ただ、そうか、と一言いって薄く嗤っただけだった。

いまや景時は一介の大庭の支族、鎌倉近辺の小領主ではなく、京都以西の要地の検断にあたる実力者である。しかも人々が彼に畏怖を感じるのは、武力よりもさらに強大な力を持つからである。

——強引に御所を動かせる男……。

人々はそう思っている。この点では三浦、小山、千葉などの豪族さえ及びもつかない。しかも頼朝さえそれを裏書きするように、人前で時折彼に気をかねたような素振りを見せるのである。

景時はそれが必ずしも頼朝の真実でないことを知っていた。めったに本心を見せない頼朝は、誰かに動かされてという形をとりたがる。批難をうける恐れのあるときは特にそうだ。が、景時はそれと知りつつ進んで頼朝の意向を代弁する役を引受けた。それによって頼朝の東国の王者としての位置が強まるのなら何のためらいが要ろう……それがひいては武家社会を押しすすめるのだという信念が益々彼を傲岸にした。彼が執拗に九郎追討を主張したのもこのためである。

例えば——息子の景季が、頼朝の命をうけて義経の動静を探りに行って帰って来た時のことである。そのころ、鎌倉には、京へ戻った義経が、叔父の多田（源）行家とともに謀反を企んでいるという噂がしきりに伝えられて来ていた。この真否をさりげなく確かめるために景季は上洛させられたのである。

景季はどちらかといえば義経に好意的だ。木曾攻め、一ノ谷以来、義経の武者ぶりに傾倒しきっている彼は、父と義経の不仲が心外でもあり、未だに和解の道があればと思っているらしく、その報告も謀反の噂については否定的だった。

「私が参りました時、判官殿は病臥中でした。一度目に伺った時はお目もじも許されぬ程の大熱とかで、数日後やっとお目にかかれたのでございますが……」

髭は伸び放題で痛々しいほどの病みほうけた姿だった、と彼は頼朝と父の前で報告した。

「息をするのもやっと、という御様子でしたが、行家殿の謀反の噂は気にかけておられた御様子で、何しろ相手が相手だ、家人をさしむけるわけにも行かず、自分が行って説伏せるなり召捕るなりしたいのだが、このていたらくでは——とおっしゃって……」

小袖を脱いで見せた灸《きゅう》の痕の生々しかったこと、全快次第必ずかたをつけると誓った顔には偽りの色は見られなかった、と景季は語った。

頼朝はその間、時々大きく肯いていた。が、景時は知っていた、その頰に例の冷たい微笑が湛えられていたのを……それでいながら、景時が、

「ふむ、病気とはうまく考えたな、九郎殿も」

と言うと、頼朝はひどくびっくりしたような顔をしてみせた。が、景季は何も気づかなかったようだ。一本気らしい気負いをみせて父の方へ向き直った。

「父上」

「何か」

「父上は九郎殿が企みをなさったとおっしゃるのですか」

「ふむ、それより考えようはあるまい」

「嘘です！　現にこの目で私が——」

「おろか者！」

景時は激しく叱責した。

「二三日呑まず食わずで髭でものばしておれば半病人を装うのはたやすいこと。どうしてそれ程の事に気がつかぬか」

「……」

「一度目に会わず、二度目に会ったが何よりの証拠、その間に病気になりすまし、おおかた多田行家をも逃したのであろう。御所、そうではございませんか」

この時、頼朝は一寸たじろいだようだった。

「そうかな、ふむ、そうかもしれぬな。が、源太の見た所もあながちいつわりとも思えぬが……」

それを押し切るように景時は首を振った。

「いや、若気のいたりでございます。お役目もろくに果し得ませんでした不始末、お許しを……」

「ふむ」

頼朝はまた曖昧につぶやいた。

「やはりそうかの。九郎は叔父御と通じているかな」

「は、そうと見て誤りはないと思われます」

景時ははっきりと言いきった。

景季はよほど腹に据えかねたらしい。その夜、景時が館へ帰るのを待ちうけて居間に入ってくると彼は尋ねた。

「なぜ、父上は、ああおっしゃったのです」

「………」

「私の目が節穴だと仰せられるのですか」

「………」

「父上、世間では父上が九郎殿の戦功をねたんで陥れた、と言っています」

「………」

「私だけはそれを信じないで来ました。が、今日のようなお扱いをうけると、それも根のない事とは思われなくなりました」

文机《ふづくえ》に寄りかかるようにして、依然景時は無言である。

「私には合点が行きませぬ。現に御所さえ、私の言うことを信じて下さっていたではありませぬか——」

この時、ぎらりと景時は瞳を光らせた。

「景季！」

「は……」

「言いたいのはそれだけか」

厳しい瞳はひとしきり景季を見据え、やがてすうっと離れて行った。

その後、九郎と行家の通謀が明らかになり、更に頼朝追討の院宣を請うたという知らせが届いた時も、頼朝はいつもの戸惑ったような笑みを景時に見せた。景時はわざとそれに気づかないふりをして九郎打倒を主張した。

「わが手でおのれの肉親を討つことは如何であろうか」

ためらう頼朝に、

「今、九郎殿をそのままにしておけば、御所の御為には平家以上の手強き相手になりましょう」

「御所はまず武家の棟梁であられますぞ。棟梁の命に背く者は罰せられねばなりませぬ。肉親への御情は尤もながら、その事はお忘れになりませぬように」

景時は繰返した。そのためらいが偽りであろうとなかろうと、頼朝に残された道はそれしかない筈だった。

以後、景時は、九郎が挙兵に失敗し、吉野から奥州に奔《はし》るまで執拗にこの主張を変えなかった。

——平三の執念深さよ……。

と人々が言うのも耳に入らぬふうだった。特に義経が奥州へ逃れたと知ると、誰よりも熱心に追討を主張したのは景時である。が、その軍が起されぬうち、奥州藤原氏は自らの手で九郎の首を討って差出して来た。これで九郎をめぐる問題は、一応終りをつげた形となった。

　九郎の首が鎌倉に着いたとき、景時は和田義盛とともに首検《くびあらた》めを命じられた。侍所の所司として、この役目は当然ではあったが、紺の鎧直垂を着て黒鹿毛に跨った景時が、郎従を従えて奥州の使の待つ腰越浦に出かけて行くのを、人々は息をつめて見送った。

　首は黒漆の櫃《ひつ》におさめられてあった。手の脂ひとつ残さないまでに磨きあげられたその櫃は、まるで黒光りのする鉱物か何かのように、しんとしずまりかえって、砂浜にすえられていた。強烈な陽射しが櫃を灼き、櫃をとりまく侍達の首筋を灼いている。あたりに張りめぐらされたものものしい白幕を、時折潮風がなぶり、単調な波音だけが人々の耳を撃った。

「御首《みしるし》、何卒御検めを」

　輪の中から進み出た腹巻姿の若武者は、奥州藤原氏の使者として九郎の首を携《たずさ》えて来た新田冠者高平である。和田義盛はその使者にうなずいて見せたが、景時はぎろりと高平を見すえただけだった。

　高平の指図をうけて、身軽そうな郎従が、つっと櫃に近づくと蓋をとった。肉の饐《す》えた匂いと、妙にかぐわしく鼻をつく香りとが、あたりに満ちたのはこの時である。

首は酒につけられていたのだった。

声にならないどよめきが侍達の中に流れた。義盛も思わず身じろぎをしたようだ。彼は短い睫《まつげ》をぱちぱちさせてから、決心したように櫃に近づいた。が、膝をついて形ばかり櫃をのぞくと、すぐ視線を逸らせて座へ戻ってしまった。ひどく緊張し、溢れて来る感情を無器用に押しかくそうとして、頬のあたりを硬ばらせている。

櫃の中の肉塊は——もうそれは義経の首というよりただの肉塊にしかすぎなかった。紫色に変りはてて酒の中にぷかぷか浮いているそれは、わずかにまつわりついている髪の毛さえなかったら、首であることさえわからなかったかもしれない。

——これが大将九郎殿の最期のお姿か……。

一瞬、真夏の日を忘れたような寒々とした感懐が、侍達の顔にも溢れた。

その重苦しい空気を押しのけるようにして、ゆっくり景時が立ち上ったとき、はっ、と一座は息を呑んだ。景時は誰の顔もみてはいなかった。それでいて、一座の瞳がすべて彼に注がれていることを充分意識している足どりである。

——九郎殿をここまで追いつめた平三が、どんな風な首検めをするか？

数十の瞳の凝視の中で、彼は櫃に近づいた。

彼は暫くの間、その紫の肉塊をみつめていた。が、石をみつめるような彼の表情からは誰も何の感情も読みとれない。やがて彼はゆっくりと視線を新田高平へと移した。

数瞬——彼は無言である。

長旅に日焼けした高平の頰が何かいいかけた時、ついと立ち上ると、景時は始めと同じような落着いた足どりで座へ戻った。

人々にはその間がひどく長いもののように思われた。座に戻っても、彼は瞳をじっと正面に据えたまま、じっと黙っていた。

「お検めいただけましたでしょうか」

やがて高平が口を開いた。

「むむ」

義盛が我にかえったようにうなずくと、郎従が再び走り出て櫃の蓋を閉じた。櫃はまた黒光りの肌をみせたまま、しんとしずまりかえった。が、一度吐き出した異様な匂いは、蓋が閉じられたあとも、容易にその場から立去ろうとはせず、夏の熟《う》れた光と潮風に融《と》けながらも、いつまでも一同のまわりにたゆたっていた。

首検めが余りにも簡単に済んだこと、その間景時が一言も発しなかったことは侍達にとっては意外だったようだ。近くの松林につないだ馬をとりに行きながら、彼等は囁きあっていた。

「梶原殿は一言も仰せられなかったな」

「さすがに気が咎めたのか」

「いってみれば、梶原殿が、九郎殿を殺したようなものだからな」

「それにしても、ああ黙っているとは……」

そうした囁きは耳に入らないのか、和田義盛と並んで馬上の人となった景時は紺の鎧直垂を潮風になぶらせながら、なにか遠くをみつめるような瞳をしていた。

御所に帰った二人が報告に出たとき、頼朝はその報告を余り聞きたがらぬそぶりを見せた。

「藤原の使者は新田高平、供廻りは三十騎でございました」

「……」

「九郎殿の首《しるし》は黒漆の櫃に収められてありまして」

「……」

頼朝が軽く目を閉じて、睫ひとつ動かさずにいるのは、弟の死についての彼の思いを悟られまい為のようだった。義盛の報告もともすれば重く跡切れ勝ちである。

「が、何といっても、夏のことでございます」

「……」

「酒漬けにはしてありましたものの……」

「もうよい」

頼朝はかすかに肯いたようだった。義盛が口をつぐんだ時、傍らの景時がふいに、にじり出た。

「申し上げます」

それから彼は頼朝の顔をみないようにして、一気に喋った。

「和田太郎の申します通り、御首はかなり変りはてておりました。あるいは九郎殿の御首ではないとも申せるかもしれませぬ」

頼朝も義盛もはっとした様子である。

「が、和田も私も、それを九郎殿の御首として受取って参りました。と、申しますのは、新田高平の面態《めんてぃ》に少しの偽りもみられなかったからでございます。な、そうであったな、和田太郎」

「むむ」

景時に見返られて義盛は肯いた。

「新田めはひどく思いつめた面持でございました。これにて鎌倉殿の御許しが頂けるかどうか、必死の態と見うけました」

話に引きこまれて思わず目を開いてしまった頼朝を景時は初めてじっとみつめた。

「これにて九郎殿のお身柄については落着《らくちゃく》いたしたわけでございます。が、殿、まだすべてが終ったとは申せませぬ」

「……………」

「時は迫っております」

いぶかしそうな頼朝に景時は一語一語区切るように言った。

「今こそ陸奥へ御旗をすすめる時でございます。藤原は恐らく殿の御許しのあったものと気を緩めておりましょう。討つは今でございます」

それだけ言うと、景時は義盛を促して座を立った。

恐らく頼朝はまた長い間義経の死にこだわるだろう。そしてまた、あの上総広常の時のように、自分は讒言に乗せられたのだ、というかもしれない……しかし、景時はそんなことを今さら気にするつもりはなかった。今彼の瞳は陸奥に翻《ひるがえ》る源氏の旗をみつめていた。頼朝に残された有力な敵――恐らく平家にも匹敵するその相手を降したとき、初めて頼朝の武家の棟梁としての位置はゆるぎのないものになる筈だった。

五

義経の首の着いた直後、頼朝は奥州に出兵し、藤原氏を滅した。時に文治三年、いまや明らさまに敵対する有力者をすべて倒した頼朝は、名実ともに武家の棟梁の座についたわけである。

が、景時は、この棟梁の座が、まだ決して安定したものでないことに気づいていた。

外部の拮抗《きっこう》勢力こそなくなったが、いわゆる鎌倉御家人たちは、一様に頼朝に服従しているわけではなかったからだ。彼等は頼朝に臣従した時期もまちまちだったし、家系や実力のほどもいろいろだった。今まではとにかく全国統一という目標でここまで引張られて来たものの、一応これが達せられたとなると、それぞれ勝手な要求を始めたのである。

しかも頼朝の優柔さがこれをつけ上らせている……こう思った景時は侍所の管理者として厳しい統制に乗り出し、掟に外れるものはどしどし糾弾《きゅうだん》した。その容赦のないやり方に、

――ちと過ぎはせぬか。

土肥実平などは時折忠告したが、景時はとりあわなかった。人々が更に警戒の目で自分を見るようになったのは気づいていたが、今更それを緩めるつもりはなかった。

景時が一番許せなかったのは頼朝と縁故のある源氏一族の横暴である。特に甲斐源氏とよばれる武田、安田などは緒戦に敗れた頼朝を側面から援護し、富士川での平家との一戦を勝利に導いた功績があるので気が強かった。中でも安田氏は義定、義資の父子ともにそれぞれ遠江守《とおとうみ》、越後守に任ぜられていたが、頼朝の掟に従わない事が屢々《しばしば》だった。甲斐源氏というのはもともと新羅三郎義光の流れをひく家柄で、頼朝に比べてさほど劣った家系ではない。これが更に彼等を傲慢にさせているのである。そして景時が彼等に

一番危険を感じたのもこのことだった。

唯一であるべき御所の権威を侵すものは、斥《しりぞ》けられねばならない……。

景時はまず義資と御所の女房との密事をあばいてこれを盾に梟首した。そしてその父の義定がこれを恨んでいるという噂を聞くと、これも続いて梟首してしまった。不義というたったそれだけの理由で強引に安田氏を葬り去った後、景時に対する批難と畏怖は更にたかまったようだった。これと前後して、頼朝の弟範頼も謀反の疑いをかけられ、やがて誅されてしまったが、この時も人々は景時の計略であろうと噂した。

そのほか景時が目をつけたのは武辺一本槍の連中である。坂東武者の伝統をうけついだ彼等は向うみずで、戦さずきで、平家追討、藤原氏追討になくてはならない人間だった。が、世の中が収まって来ると彼等は非常に厄介な存在になって来たのである。一本気で単純で喧嘩が好きで、法を守ることを知らない。彼等も景時から見れば鎌倉には用のない人間だった。——熊谷直実、畠山重忠などという連中がそれである。彼等の頑固さに頼朝がしばしば顔をしかめるのを景時は知っていた。

例えば畠山重忠が、自分の代官が所領のことで伊勢大神宮の神人《じんにん》と悶着を起したかどで、その所有地のうち四か庄を没収され、千葉胤正の鎌倉の館にその身柄を預けられたことがある。処罰としてはたしかに重すぎるものだったが、京方を背景にした大神宮の申入れが強硬だったので、頼朝としてもそうせざるを得なかったのである。

血気盛りの重忠は、ひどく腹にすえかねる様子だった。千葉胤正の館に着くなり、物も言わず、食事も摂らず七日間意地を張り通した。胤正が遂にもてあまして頼朝に報告したので、

「仕様のない奴だ。つれてこい、ここへ」

と、頼朝も苦笑を泛べて彼を許すことにした。やがて、髭も伸び放題、目も落窪んで幽鬼のような形相の重忠がやって来た。さすがに足どりだけは確かで侍所に入って来ると、どっかり坐りこみ、不機嫌にあたりを見廻しながら、彼はあてつけるように言った。

「おい、みんな、気をつけろよ。御所から領地を頂くときには、うっかり手を出すなよ。目代《もくだい》のおかげでこのざまの重忠がよい手本だ」

居あわせた侍達は息をつめて重忠の顔を見守っていた。

「俺は曲ったことの大嫌いな人間だ。その俺がだな、不正を犯したといってお仕置きをうける世の中なんだからな……木曾攻め以来、武辺一本槍、御所のためには命を惜しんだこともない俺が、目代の尻ぬぐいでこのようなお叱りをうけようとはな」

言うだけ言うと、のっそり立ち上り、ろくに頼朝に挨拶もせず、武蔵の本領へ帰ってしまった。

「仕方のないやつだ」

再び頼朝はそう言って苦笑いを泛べた。が、この時の笑顔には前と違った、何かいら

いらしたものがあることを景時は見ぬいていた。二言目には木曾攻め以来の武功をひけらかす重忠に頼朝が不快なものを感じていることは確かだった。

その数日後、人少なの折を見計って景時は何気なしに言ってみた。

「重忠は余り礼儀を知らなすぎるように思われまするが……格別の御配慮でおゆるしを賜ったにも拘らず、有難がる様子もなく、そのまま本領に引きこもるとは――」

頼朝はちらりと微笑をのぞかせた。以前よくみせた例の冷たい微笑である。景時はそれに気がつかないように、

「聞けば、どうやら一族揃って本領へ下向したとかいうことでございます」

「ほう?」

「ちと御用心遊ばした方がよろしゅうございますぞ」

「と、申して?」

「一本気な男故、若さにまかせて何を企むやら解りませぬ」

「重忠が何を企むと?　は、は、は」

頼朝が突然、不自然なほど晴れ晴れと笑うのをじっと景時はみつめて、これでよしと思った。

そんなきっかけから、重忠の処置が御所では再びむしかえされ始めた。が、人々はかなり重忠に好意的だった。とにかく重忠をもう一度呼びよせ、その籠居が他意ないもの

かどうかを聞きただそうということになった。その決定がなされた時、景時はひそかに舌打ちした。

――馬鹿者めらが……誰も御所の心が解ってはいないのだな。御所はうるさいのだ、あの重忠が。そしてまた向うみずのあいつの一族を恐がっているのだ。馬鹿者めら！とうとう機を逃しおった……。

重忠呼びよせの使には親交のある下河辺行平が行く事になった。行平の口上を聞いた重忠は、俺を疑う気か？と一時は激昂したがやっと行平に説得されて、鎌倉へやって来た。

景時がその重忠に会ったのは御所の中門を入った廊下のあたりだった。遠くから、重忠は廊下一杯に立ちはだかるようにして景時を睨みつけていた。

「畠山次郎か、出仕大儀だったな」

さりげなく言う景時に、重忠は野太い声でいどみかかって来た。

「梶原殿か、御所にいらぬ事を言われたのは」

「はて？　いらぬことなど言った覚えはないが」

「なに？　言わぬと！」

「次郎……御許それがいけぬのだ」

景時はあくまで高飛車《たかびしや》に出た。

「御許はどうも口のきき方を知らぬ。その上折角お許しがあったにも拘らず、ろくに御礼も申し上げず、国許で不貞腐《ふてくさ》れておるとは何事だ！」

「………」

「さ、早くゆけ。行って御所にお詫びを申し上げろ。起請文の一つも書くがいい」

「起請文？」

重忠は、はっと顔色を変えた。

「この俺が……畠山重忠が起請文を？」

「いかにも……」

「梶原殿！」

重忠は殆ど摑みかからんばかりだった。

「起請文というのは、その辺の腰ぬけ侍の書くものでござる。心と口とくいちがう腰ぬけ侍の……」

「………」

「だが、重忠は違う。心と口と使いわける、そんな器用な男ではない。神明に誓って、わしは嘘をついた覚えはない。起請文など書く手は持たぬ」

「ま、そう怒るな」

景時は、笑って彼の肩を押えた。

――なんて単純な奴なんだ！　みすみす罠に陥ちようとしている。起請文を拒んだということ、ただそれだけだって、お前の謀反を言いたてる材料になるのを知らないのか……肩肘怒らせて廊下を歩いて行く重忠に、彼は暫く視線を注いでいた。

が、数刻後――重忠は思いがけず朗らかな顔をして頼朝の前を退って来た。結局彼は一言も頼朝に咎められはしなかったのだ。それを聞いた景時はひどく拍子ぬけするのを感じた。気の弱い頼朝は重忠の顔を見ただけで軟化してしまったらしい。

――例のくせだ……またしても。

頼朝の肩すかしには馴れている彼だったが、若輩の重忠にまで他愛なく折れてしまう頼朝にやり切れないものを感じたのも事実である。

頼朝の弱気はこういう場合に限らなかった。彼は京方に対しても譲歩を繰返して屡々景時を失望させた。たとえば全国的に段別五升の兵糧米徴収を宣言しながら反対に逢うとすぐ大幅に譲歩したり、同じく全国に守護、地頭を置く勅許を得ながら、この職に任じられた御家人が本来の所有者である公家や神社、仏寺と対立すると、むしろ公家方の擁護者であるように家人を叱責したり……。

――これでも武家の棟梁か。御所は誰のためのものなのだ……。

頼朝に面と向って、そんなことでは、と言うのはいつも景時の役だった。そんなとき、彼は仁王立ちになって弱腰の頼朝を支えている自分を感じるのであった。

こうした事を繰返すうち、いつか頼朝は武家の棟梁らしい風格を身につけ始めたようだった。建久元年、初めて上洛したとき、権大納言、右大将に任ぜられながらも、すぐさまこれを辞任したのもその現れである。公家社会での位置づけを拒否することによって、東国の王者として進む意志を、彼ははっきり天下に示したのだった。

——これでよい、今こそ御所は武家の棟梁になられた。

景時はひそかに心の中で肯いていた。

やがて頼朝は征夷大将軍に任じられた。今や彼は名実ともに武家政権の首長として認められる存在になったのである。その祝宴は鎌倉をあげての華やかさで行われた。御所の大広間にゆったりと坐った頼朝は、静かに盃を重ねていた。朽葉色の直垂のよく似合う色白のその頰にやや渋味が加わって来たのを遠くから眺めながら、景時はやっと行きつく所に行きついたと思った。

家人達は代る代る頼朝の前へ出てくどいぐらいに祝いをのべていた。が、景時は頼朝の前へ進んだ時、ひとこと、

「祝着《しゅうちゃく》に存じまする」

と言っただけだった。今はもう何も言う必要はなかった。頼朝もただ肯いただけである。蒼味を帯びて澄んだ瞳が、ただじっと景時をみつめていた。

六

景時の満足はしかし長続きはしなかった。なぜなら、思いがけない早さで、頼朝が急死したからである。正治元年正月、その前年の冬の落馬がもとで、五十三歳の頼朝はあっけなくこの世を去ってしまったのだ。

頼朝の跡はその子の頼家が継いだ。妻がその乳母だった関係で、乳母夫《めのと》として、頼朝に対するよりも更に親しい立場にあった景時は、勿論、頼朝にしたと同じく頼家をも支えるつもりでいた。

が、頼家の性格は父親とはまるきり違っている。十八歳の若さにまかせて、物事をよくも考えずに決めてしまうのである。ある領地争いが持ちこまれたとき、頼家はその図面の中央に筆でぐいっと線を引き、

「さ、これが境だ。多い少いは運だと思え」

事もなげにそう言いすてた。

「御所、そのようなお振舞は——」

あとになって景時がそう言いかけると、頼家は面倒くさげに手を振った。

「馬鹿馬鹿しい。そんな事を一々真面目に相手になっていられるか」

「が、しかし所領は御家人どもの生命でございますゆえ」

「いずれ欲の皮の突張った同士ではないか。まともに相手になっていたら、針の先ほどの地所のことを日がな一日喚《わめ》き続けるだろう。だからわざとやってやったのだ。これにこりて幾らか訴訟も減るかも知れぬ」

「が、しかし……」

もう一度言いかけて景時は口を噤《つぐ》んだ。言っても無駄だという気がしたからだ。一見豪快で果断に富むようにみえるこの軽率さ……頼朝には決して見られないところだった。優柔に見えていた頼朝がふいに別の重みで景時の中に甦って来たのはこのときである。その弱気に屢々焦立《いらだ》ったことさえも今は懐しい。自分が頼朝を支え、武家の世を支えたつもりになっていたその気負いが、ひどく遠くになってしまったように感じられた。権力が自分の手から脱け落ちたと思ったとき、はじめて景時はその手の中にあったものの大きさに気づいたのである。

景時は焦った。このままではいけない、まだ武家の世は基礎が固まっていない。御所にはもっとしっかりして貰わねばならぬ……。

が、頼家の軽率、気儘は募るばかりで、そのなげやりな裁判に御家人たちの不満がたかまり、遂に彼の裁決権はとりあげられ、今後訴訟一切は北条、中原（のち大江）など十三人の御家人の合議制によることになってしまった。

景時は勿論その十三人の中に加えられている。が、彼にはこの制度が納得できなかった。

——合議制？　馬鹿な！　それでは将軍の権威は丸つぶれではないか……。

あるとき、彼は不満を顔ぶれの中の一人、三浦義澄にぶちまけた。

「俺はどう考えても賛成できない。十三人の合議などと……」

「左様かな」

すでに七十を越えている義澄はおだやかに答えた。

「そうですとも。だいいち十三人では今後必ず議論が分れます。衆愚に咨《はか》ったとて、よい案は泛ばない」

なおも続けようとしたとき、義澄はふと目をまたたかせた。

「が、平三、それを余り大きい声で言うのはどうかな」

「どうしてです？」

「合議が悪ければ、もと通り将軍家の御親裁ということになろう。が将軍家はあの通りの御若年。とすれば後見役がいるわけだ」

「……」

「では誰がそれになるか？　北条か？　比企か？　それも問題があるな。そのほか、平三、其許《そこもと》だって……」

義澄はちょっと言葉を区切って景時の顔をみつめた。

「其許だって将軍家の乳母夫だからな……」

「……」

景時は黙っていた。が、それはかつて頼朝時代、阿諛者《へつらいもの》、讒言者と言われて傲然と無視したときとはどこか違っていた。眉の太い目のすわった顔は相変らずふてぶてしかったが、その頬にはひどく疲れたような翳《かげ》があった。

そのころ、政治権力を取り上げられた頼家は自棄に陥っていた。自然気に入りの若い武士達だけを集めて酒や蹴鞠にふけるようになり、時には、女のことで、譜代の家臣を手討ちにしようとさえする始末である。

——将軍がこんなことでいいのか？……。

鎌倉の将軍不信の声はいつか不穏なものに変りつつあった。不吉な前兆があったというような噂が流れ始めたのもこの頃である。

そんなある日——景時は秋晴れの侍所の前庭を歩いていた。ちょっと肩を怒らせ、白砂をぐいっぐいっと踏みつけるような歩き方をする景時の足がふっと止った。

妙な響きを聞いたのである。侍所のがっしりした屋根屋根から洩れてくるそれは、波紋に似た響きあいを見せながら、物憂げに蒼い空に吸われて行く。明るく紅葉する小高い丘陵を背にした昼下りの御所に、およそふさわしくない称名《しようみよう》念仏の声だったのだ。

景時はちょっと眉を寄せた。侍所の入口に立っている青侍が、これも念仏を口ずさんでいるのを見て彼は尋ねた。

「何としたことだ、これは」

「故殿《こと の》(頼朝)のおんための一万遍念仏でございます」

侍は恭《うやうや》しく答えた。

「誰に命ぜられたのか」

「さあ、誰と申しまして……侍所の者は皆唱えて居りまする」

中に入ると念仏の声は更に高まって、潮のうねりのように響いていた。景時がとある局の戸をひきあけると、そこでも侍達が一様に低い声で念仏を唱えていた。人々は景時を認めると居ずまいを正して一礼したが、その間もひとりとして念仏をやめる者はいなかった。

「ここも念仏か」

景時が立ったまま薄い笑いを泛べた時、一人の侍が、ごくきまじめな調子で言った。

「故殿の御為でございます」

「それは聞いた。が、どうして、今日、侍所で念仏をしなければならんのだ」

「小山朝光殿の御願《がん》でございます」

「なに、小山七郎の?」

景時の眉の下の大きな眼がぎろりと光ったようだった。小山朝光は以前から頼朝に近侍していた若い武将である。

奥ではその朝光が一座の中心になって喋っていた。景時が姿を現わすと、

「おお、これは梶原殿、どうぞこれへ……」

上座に迎えて朝光は言った。

「実は私が昨日夢を見たのでございます」

景時は坐りながら、じっと朝光をみつめている。

「何の夢をだ」

「故殿のでございます。殿が仰せられるには、七郎、今の世は誠に危い。わが冥福と鎌倉平穏を願うなら念仏を申せと……」

三十を少しすぎたばかりの朝光は、いくらか頬を紅潮させて語った。

「まったく、夢のうつつと申すものでございましょうか、お声もお顔もありし日の殿そのままでございました」

「……」

「で、皆に語りました所、期せずして一万遍の唱和となりまして……」

「殊勝なことだな」

景時は乾いた声で短く言った。

「皆、同じ思いを持つゆえかと存じます。全く故殿御在世のころとは違い、只今の毎日

は誠に薄氷を踏む思い――」

「……」

「私などは童《わらべ》のころから故殿の御側近くで御情を頂き、本来なら御他界の砌《みぎり》、出家して御供仕るべき身でございましたが、御臨終に先立って、故殿から特に仰せ言がありまして、七郎、出家はならぬぞ、このまま鎌倉の為に働けよと……」

周囲の人々は感に堪えたように朝光の話に聞きいっている。

「が、今にして思えば、やはり出家は遂ぐべきでございました。忠臣、二君に仕えずとか申しますが……」

景時は話が終るまで結局何も言わなかった。そしてやがて軽くうなずくと、立ち上った。少し肩を怒らせ、重たげな足どりで彼が侍所を出て行ったあとも、念仏の声は、重く低くうねりながら、いつまでも続いていた。

その日はただそれだけのことで済んだ。

が、それからまもなくである。人々の間に、小山朝光が景時に讒されたらしい、という噂が立ったのは……。

「はて、御所での念仏が気に入らなかったのか?……」

「すべったのよ、小山殿の口が……聞かなかったかお主、忠臣二君に仕えず、とか言ったのを」

「そうだったかな、それがどうして?」

「だから平三は言ったのだ。二君に仕えないというのは、只今の御所には仕えないというのか、となし」

「ふうむ、そりゃあ、言葉の綾——」

「綾だろうが何だろうが、平三にかかっては讒言の種にされてしまうのだ」

人々は恐れ半分、興味半分で事のなりゆきをみつめていた。

が、四、五日経ったが、別に何事も起らなかった。初冬に近い鎌倉は明るくおだやかな日が続くだけだった。

七日経ち、十日経った。

それでも何事も起らず、鎌倉の空はますます冴えた蒼さをまして行った。

そしてそれから数日後、人々は、御所のあちこちで囁きかわしていた。

「平三が御所の傍に行っているらしいぞ」

「いよいよ、やる気か」

確かにそのころ景時は頼家の前にいた。が、彼は人々の想像とは凡そかけはなれた形で頼家と対していたのである。

景時が頼家によばれたとき、その傍には政所《まんどころ》別当の中原（大江）広元しかいなかった。景時が坐るやいなや、頼家は手にしていた部厚い書状を投げつけるように渡した。

「平三、これを読め」

景時がそれを受取ったとき、広元はなぜか、目のやり場に困ったような表情をみせた。

――それ鶏を養うものは狸を飼わず、獣を牧するもの豺《さい》を育てず……。

妙に気負った書出しに目をやってから、

「御所、これは……」

景時がいいかけると、

「まあ、読め、終りまで読め」

酒色に荒れた冴えない顔の頼家は頰をひきつらせるようにして笑った。

それは景時への弾劾《だんがい》状だったのである。

書状は年来、景時の讒言によって命を落したものの少くなかったことをあげ、更に景時が朝光の洩らした忠臣二君に仕えずという言葉を捉えて朝光に謀反の心ありとして讒しようとしているといい、この際景時を君側から除かなければ、安んじて奉公が出来ないと、激越な調子で結んであった。そして最後に千葉常胤、三浦義村、畠山重忠、和田義盛、比企能員など有力な御家人数十人の連署があった。

景時が読み終ったとき、

頼家はからかうような態度で尋ねた。景時は暫く床の一点に目を落していたが、やがて書状をゆっくり巻戻しながら、

「連署は六十六名でございましたな」

いつもと変らない低いさびのある声で言うと、視線を広元の方へ廻した。

「いや、その……」

頼朝以来、常に幕閣の中心にあって、複雑な行政問題を巧みにさばいて来た能吏の広元は、いつにない困惑の表情をみせた。

「出来れば御所のお目に入れぬつもりだったが、……実は半月ほど前に、これを渡されていたのでな……」

三浦と和田からこの書状の披露を頼まれた広元が頼家への提出を渋っていると、数日前和田義盛が強圧的に難詰して来たので、やむなくこうしたのだと彼は語った。

「何とするぞ、平三」

頼家は薄い嗤いを泛べて繰返した。

「どうと申しまして、御処断は御所にお任せいたします。が、然し……」

「何だ」

「この書状は誤っております」

「どうしてだ」

「私は朝光謀反などと申した覚えはございませぬ。それは御所も御存知の筈」

「うむ、そうだな、平三。たしかにそなたの口からそんな事は聞かなかったような気がする」

「されば……」

「そうだ、これは讒辞だ。が、讒言というものは、いつもこうしたものだ。自分の知らぬ間に、身に覚えのないことで陥れられる……そういうものだということを知らない平三ではない筈だぞ」

頼家はひどく愉快そうに声をあげて笑った。

「彼等のいうことが嘘か誠か、などと、そんな事が聞きたくてそちを呼んだのではない」

「は」

「六十六人もの家人が、そなたを憎んでいる。それをどう思うかが聞きたい」

頼家の言葉には、先頃御家人の総意という形で無理矢理裁決権をとりあげられた腹いせに景時をなぶっているような響きがあった。

景時は無言だった。傍らの広元がはらはらするほどの針のある言葉をうけとめて、大きな瞳はたじろぎもせず、じっと頼家をみつめている。その静かな頬、きっと閉じられた唇――広元は息を呑んでいた。

もしこの唇が動いたとき、例の景時の仮借《かしやく》ない言葉が、六十六人の訴人の上に向けられたとき、収拾つかない事態がくりひろげられるだろう……。

が、沈黙の数瞬がすぎたとき、頼家に向けられた景時の瞳から、刺し通すような鋭い光が消えていった。始めて、彼は口を開いた。

「何事も御所にお任せ申し上げます」

瞳は依然頼家に向けられていたが、それは何かずっと遠くを眺めているかのようだった。

彼はゆっくり立ち上った。

広元の危惧していたようなことは、何一つ起らなかったわけだった。が、そのことに安堵することも忘れたように、広元は、景時の後姿が消えて行くのをじっとみつめていた。

鎌倉の人々は御所で景時の怒り肩の後姿を再び見ることはなくなった。頼家から呼出しをうけた直後、彼は一宮の本領に引きこもって謹慎の形をとってしまったからだ。その年の暮、もう一度鎌倉に戻って来た彼は、改めて鎌倉追放を言い渡され、その館は打壊されて永福寺に寄進されることになった。

こうした決定に、何一つ抗弁せずに、黙々としたがった景時に、人々はむしろ首をかしげていた。

——ほんとうは、平三は朝光を讒したわけではないというがな。

——ふむ、それならなぜ申開きをしなかったのだ。

結局今度の事件は尼御台政子の妹、保子の耳うちをうけた朝光側が機先を制したものらしいという噂も流れ始めていた。が、こうした原因の穿鑿《せんさく》よりも、人々の目は、景時の意外なほどあっけない退陣ぶりに向けられていた。

——あの平三が何で黙って引退ったのか……。

いや、物好きな周囲の人々だけではない。それよりもむしろ、更に不審を抱き、納得のゆかない思いでいるのは彼の息子たちである。景季、景則、景高……これらはみな父に従って一宮へ引揚げたものの、内心の不満は抑えようがなかった。ささやかな正月の宴が終ったある夜、父と二人きりになったとき、景季は思いきって切り出した。

「父上、私は無念です」

「なにがだ」

火桶に手をかざしながら、景時は静かに言った。冷えの厳しいその夜、城砦は恐ろしいほど静まりかえっている。その静かさをはねのけるような調子で景季は膝を乗り出した。

「なぜ黙っておられます、激しい御性格にも似合いませぬ。なぜあの時御所の前で申開きはなされませんでした」

「それとも、彼等の言うことが正しいと仰せられるのですか」

「……」

「……」

「九郎殿、蒲殿、安田殿を憎まれて斥《しりぞ》けられたことが間違っていたと……」

「景季」

この時初めて景時は口を開いた。

「わしがそれらの人を憎んでいたというのか？」

「は、父上は、九郎殿を現に……いつか私の前でもあのように……」

「いや、わしは憎みはせぬ。九郎殿を憎まれたのは故殿だった」

「え？」

景季は父の顔をまじまじと見つめた。

「九郎殿、蒲殿、安田父子、広常、重忠……これらを嫌われたのは御所なのだ。わしはそれに従ったまでのことだ。景季、そなたは、あの時気づかなかったのか？」

大きな景時の瞳は静かに景季をみつめていた。

「そなたが京から戻って来た時、九郎殿に謀反の心はないと言ったのは誠であったかも知れぬ。が、わざとわしはそれを斥けた。……御所が九郎殿を好まれないのを知っていたからだ」

「……」

「御所は疑《うたぐ》り深いお方だった。しかもそれを明らさまには口に出されぬのだ。わしはそれを知って代りに言い、代りに行ったにすぎぬ」

景季は暫く黙っていた。口もきけないというふうだった。が、やがて吐息のように、

「そうでしたか……若気のいたりでした。私は知りませんでした。そこまで御所と父上の間に深い黙契がおありとは」

言いかけたとき、景時はちょっと笑いを泛べた。

「黙契？……そんなものはありはしない」

乾いた声だった。

「え？　でも父上は御所の御志のままに……」

「ふむ、たしかにそうだった。が、御所がわしにこうせいと仰せられたわけではない。いやむしろ、御所はいつもわしのする事に気が進まぬながら同意する、というふりをされた」

「で……あとでおねぎらいの言葉もなく……」

「ふむ……時には人々の前であれは自分としてはしたくなかったことだったと、仰せられたこともある」

景時の言葉には何の感情もこめられてはいなかった。そしてその事がかえって景季に耐えきれないものを感じさせたようだ。彼は、父の許にだっと身を投げるようにしてつめよった。

「徒労ですっ！　父上！　徒労ではありませぬか。父上はそのために、すべての悪評をひきうけられて……」

「いや」

興奮した景季の声を軽く抑えるように景時は手を振った。

「それでいいのだ……景季」

「……」

「こうした父を、御所の顔色を読み、御所におもねった人間だと思うか？」

「……」

「景季、そうではない。ただわしは御所に気に入られようとしてそれをしたのではない。それが武家の世を創るためにしなければならないことだったからだ」

「え？」

「九郎殿にせよ、安田にせよ、棟梁の意に背く者は武家の世には許されぬ」

「……」

「武家の世の棟梁は厳しく輝かしいものでなければならぬ、な、そうではないか景季」

「………」

「が、御所はむしろ気の弱いお方だった。誰か支える者が必要だった。この景時を措いて、誰に御所を支えることが出来たというのだ……」

かっと見開かれた景時の瞳には、憑かれたような光があった。

外では樹々が枝を鳴らし始めていた。木枯しの前触れの、乾いた、慌しげな音である。

ややあって景季は言った。

「わかりました。初めて父上の御気持が……しかし、父上」

「………」

「それならなぜ今の御所を支えようとはなさいませぬ。武士の世を守るためにはむしろあの御所にこそ父上の支えが……」

この時、景時の瞳から光が消え、口許に薄い笑いが泛べられた。

「いや……どうやら、今の御所にわしの支えはいらぬそうな。故殿にへつらった讒言者――としかわしを見ておられぬようだ」

「………」

「御所は解ってはおられぬのだ、何ひとつ――」

言いかけて景時は語調を変えた。

「いや、もう今のあの方は武家の棟梁とはいえぬ。それを何でわしが支えることがあろう」

激しく言いすてたとき、ごおっと遠くから木枯しが押しよせて来た。

「徒労——といったな、そなた」

「は……」

「徒労か——あるいはそうであったかもしれぬ。が、わしはそれでよいと思っている」

景時はきっと口を閉じた。

生涯を賭けたものから既に容れられなくなった今、景時の瞳は、不気味なほどの静かさを湛えていた。

「景季、覚悟は出来ているな」

「は……」

「兵を集めるがいい。鎌倉が討手をさしむけて来るのは目に見えている……」

木枯しは一段と激しさを増した。そのすさまじさにおびえるように、部屋の隅の燭は、落着きのないまたたきを繰返した。

雪は小やみなく降っていた。一宮の城砦には、あの日以来、鎧武者が続々と集まって来ている。

一月十九日——いよいよ陣触れのあるその日、朝から降り出した雪は、城砦の内外をうずめる武者の鎧を見る間に白くしていった。霏々《ひひ》と降る雪の中を馬の口をとった郎従や旗差がひっきりなしに行き交い、刻々と出陣の気は昂まっていくようだった。

夜に入って雪はますます激しくなった。城砦の中の広庭には、雪を避けて熾んな大《おお》篝《かがり》がいくつも焚きあげられた。黄金の火の粉は篝をめぐって慌しげに散り、華やかな光炎のまわりだけ、大きな牡丹雪が、黒く浮き上っては消えて行く。

集まったのは治承以来の子飼いの郎従ばかりである。鎌倉に景時謀反の報が入って、三浦や比企勢が既に陣を整えて出発したらしいという噂はここまで既に届いていたが、そんなことでひるむ彼等ではなかった。

どうせ捨身の戦さである。漫然と敵の来襲を待つよりも一挙に押し出して鎌倉勢を迎えうち、あわよくば、鎌倉までも肉薄しよう、と誰しも思い定めている。

「と、すれば合戦は明日？」

「が、この雪では見透しがきかぬ。馬はどうした。乗替も側を離すな」

「旗差、旗差も近う！」

母衣《ほろ》武者が口々にわめくうちに夜は更けた。景時がその人々の前に姿を現わしたのは、丑の刻も大分廻ってからである。褐色の直垂に黒革威の鎧姿は屋島、壇の浦以来見なれた姿だった。期せずして侍たちの間には、おお、というような歓声が生れた。きらかな鍬形を打った兜の下の景時の顔からは、拭われたように老いが消え、精悍な闘魂がむき出しになっている感じだった。梠縄目《ふしなわめ》の鎧を着た景季以下を従えて進み出ると、

「皆、よく集まってくれた」

さびのある声でそう言うと侍たちを見廻した。

「景時は頼家公の御気色を蒙って鎌倉を追い払われた。既に追手もさしむけられたと聞く。にも拘らず、景時を思って雪の中を集まってくれたことに礼を言いたい。が、ともあれ、今はもはや余裕は許されぬ。皆、暫く景時に命を預らせて貰う」

鎧に雪をつもらせた武者の間から、力強く、おう、と応える答が上ったとき、景時は大きくうなずいた。

「よし、我等は今宵すぐ出陣する！　景時が今目指すのは——」

言いかけて、いったん言葉を切った。それから顔にふりかかる雪を避けようともせず、ぎろりとした瞳で侍たち一人一人を雪明りで確かめるように見渡してから、はっきりと言い切った。

「景時がいま目指しているのは、都だ」

並みいる侍たちの中にあるざわめきが起きた。彼は静かに語を継いだ。

「今、我々だけで鎌倉へ向っても勝算はまずあるまい。それよりまず京へ上って鎌倉追討の院宣を乞い、西国の武士を語らって一挙に鎌倉を衝く！」

一同はしんとして景時を見守った。景時の後に並んだ景季、景高などの息子たちにとっても、これは思いがけない命令だった。

「京へ上る道も勿論安全とはいえぬ。しかしわしに残された道は、これ一つだと思っている……よいか」

またひとしきり激しくなった雪は、早くも景時の鎧につもり、兜の吹返しもうっすら白くし始めた。大篝は時に彼の頬を火照らせ、時に妖しげな翳りを作って雪風に揺れている。

「馬を引け！」

出陣の法螺《ほら》は鳴っていた。城砦の大手から溢れ出て行く先陣の兵士達を、景時は黒鹿毛の背からじっと見送っていた。

と、その時である。

「父上！」

音もなく歩みよった景季が、馬の口をとらえながら低く呼んだ。

「父上！　まこと上洛なさるおつもりですか」

「ふむ」

景時は静かに肯くだけだった。

「父上！　御計画が成功すれば、鎌倉幕府は倒れましょう」

「武士の作った政道の府はなくなるわけでございます」

「………」

「それでもよろしいのですか、父上。父上は鎌倉武士の世を創り上げるために苦労を重ねていらっしゃったのではありませぬか。それを根本から倒そうとおっしゃるのですか」

「………」

景時は返事をしなかった。景季にそそいでいた目をつとそらせると昂然と胸を張って力のこもった声で短く言った。

「行け！　者共！」

法螺の音はいまも低く高く流れている。雪の夜の闇は浅く、冷え冷えとした藍色のまま、やがて暁を迎えようとしていた。その水底のような藍の世界を突切ろうとして鞭をあげたとき、景時は自分の生涯を賭けたものをわが手で打砕くことを、はっきり思い定めたのだった。上洛すれば、守護時代から扶植して来た西国の兵力が期待出来る。が、景時はそれを恃《たの》みとしていたわけではない。かつて鎌倉を呪いつつ都へ戻っていった九郎義経よりも更に底深い絶望を湛えて、彼は、いま都へのぼるよりほかの道はなかったのである。

が、景時が武家の府を倒す日は遂に来なかった。一宮の城砦を出た翌日、駿河の清見関で行逢った地侍の鉾先《ほこさき》に、彼等は脆くも潰《つい》えてしまったのである。しかも、正月の弓競べの帰途にあった地侍たちは、景時の上洛に気づいてはいず、両者はほんのちょっとした行きがかりから戦闘を始めてしまったのだ。

地の利を知らなかったこと、闘うつもりがなかったことが誤算や焦りを生んで、雪の原の中で梶原勢は忽ち窮地に陥った。息子たちも次々に斃れ、気づいたときは景時の傍には景季と僅かな手勢を残すだけになっていた。

残りの郎従たちが最後の力をふりしぼって防戦している間に、身一つで小高い丘に退いた景時は、まだ踏み荒されてない雪の上にどっかり腰を下すと、ついて来た景季に、短くひとこと、斬れ、と言った。

「命をお惜しみ下さい、父上」

「このままでは余りに無念ですっ！」

景季の言葉には答えず、かっと目を見開いた彼は、黙って雪原の眩しい拡がりに対している。

が、彼の見ているのは残り少なになった今もなお、勇敢におめき叫んで死闘を繰返している郎従たちの姿ではなかったようだ。雪原のかなたにある鎌倉幕府——自分がいのちをかけて創ったにも拘らず自分の手から脱け出してしまったそれ——いまも遥かにそそりたつ鎌倉幕府の幻影を、そのとき彼はみつめていたのかもしれなかった。

いもうと

一

海は黙っていた。

凍《い》てついた星月夜の下に、ふうわりと暗灰色にひろがり、まるで日頃の波歌さえも忘れてしまったようだった。

初更をすぎたころ、その海に向って夥《おびただ》しい流星が飛んだ。一つ、二つ、と不規則な間隔をおいて、あるものは鋭く、あるものは不気味に、あるものはひどく頼りなげな弧を描いて、光の矢は走った。海はそのたびに待ちうけでもするように白い波頭を躍らせた。星あかりだけを吸った暗灰色の海面なのに、その時だけは、遠くの波頭まで、ふしぎな鮮明さで泛《うか》びあがった。

しかも海は無言だった。岸近くで崩れる波音も殆ど聞えない。いつものあの単調な饒舌はどこへ行ってしまったのか。音もなく飛んでは消える流星群としめしあわせて、今夜ばかりは口をつぐんでいるというのか……。

波と流星群の無言劇はものの小半刻も続いたろうか。が、その夜——治承五年の正月、鎌倉の海辺でそれを見たものはごく少い。ましてや、夜のふけるまで華やかな酒宴の続いた名越《なごえ》の北条時政館で、それに気づいたものは殆どいなかった。

時政の館での酒宴はさほど珍しいことではない。頼朝の舅《しゅうと》であり、その前年の挙兵以来の功臣である時政の家には人の出入りが激しく、酒宴も毎日のように開かれている。が、今夜のそれが特に陽気で浮き浮きしているのは招かれている客柄によるのかもしれない。

いったいに時政の館に集まるのは千葉常胤とか上総広常とか、土肥実平とか、年配の武将たちが多い。が、それらの有力武将の訪問は、頼朝が鎌倉に新府を開いて以来急に重みを加えて来た時政との腹の捜りあいだったり、それとない取引きのためだったりして、従って酒宴も妙にものものしかったり、とってつけたように賑やかだったりするのだが、今夜は少し様子が違っていた。

正客は若い武将である。萌葱匂《もえぎにおい》の直垂《ひたたれ》を無造作に着て、さっきから大盃を傾けている。色が黒く、頰骨が高く、北条の人々よりもいまひとつ荒けずりな感じだった。酔っても今様《いまよう》を歌うでなし、拍子をとるでなし、わめくような高笑いを繰返して更に盃を重ねるばかりである。その豪快な飲みっぷりがよほど気にいったのか、あるじの時政も珍しく上機嫌だ。めったに見せない相好の崩し方で、なおもその武将に酒を奨めたり、四郎義時以下の息子たちに歌を歌わせたりして、春宵をしんから楽しんでいるふうだった。

「ごらんなさいな、父上の嬉しそうな顔」

小坪をはさんで広床を斜めに見通せる局《つぼね》の小格子から宴をのぞき見していた政子は、側にいる妹の保子を振りかえった。頼朝の妻で、すでに一女の母でもある政子は、鎌倉の新府で御台所と呼ばれるようになってからは、どこへ行くにも大げさなお伴がつくので、実家にもめったに来られなくなってしまった。が、今日は朝から微行《しのび》でやって来て、一日を喋りくらしていたのだった。

「ほら、四郎が今様を歌っている。面白くもなさそうな顔をして……相変らず下手ね、四郎の今様は」

少しうつむき加減の、ぎこちない恰好で、小声で歌っている弟の四郎義時を指さして、政子は笑いこけた。が、保子は口先だけは、

「まあ、四郎が今様を……」

ひどく面白がっている様子だが、一向に立ち上ってのぞこうとはしなかった。二十五と二十四、一つちがいのこの二人はおよそ似た所のない姉妹で、政子が浅黒いしまった肌を持ち、瘠せ型のきりっとした美人なのに、保子はいたって平凡な顔だちだった。が、

ただ色だけはぬけるように白く、ふっくりとしている。いや政子とだけではない、保子はどの弟にも妹にも似ていない。保子の下には十九歳の四郎のほかに、数人の妹と弟ひとりがいて、多かれ少かれ政子と共通した顔つき、体つきをしているのに、保子だけは違っていた。

性格にしてもそうだ。父時政の感化なのだろうか、四郎の下の高子、元子、栄子、五郎、それに腹ちがいの幼い妹たちまで、一様にすばしこく、勝気で、ぬけめないたちなのに、保子ひとりは底ぬけに明るく、他愛のないおしゃべり好きだった。ふわふわとして、どこか一本釘がぬけているようなお人好し――下の妹たちまで内心は保子のことをこう思っているらしかったが、それだけに姉妹のだれからも憎まれないのは得な性分とも言えた。時政の現在の後室の牧の方も――この若くて気の強い後妻は、とかく政子や四郎とはそりがあわなかったが、保子にだけは気を許しているようである。

広床の酒宴はまだ続いていた。例の若い武将の高笑いはここまで響いて来る。

「なんて大きな声なんだろう。それに随分よく飲む人」

政子が肩をすくめたとき、ふと保子が聞きかえした。

「だれ？　だれのこと？」

「足利《あしかが》の太郎。下野《しもつけ》からでて来たのよ」

政子は事もなげにその武将を呼びすてにした。鎌倉の新居に落着いて以来一月しか経っていないのに、政子は夫に倣《なら》って、そんな権高なもの言いをするようになっていたが、それが、ふしぎと似合うのである。政子はまたちらりと格子を眺めやってからなにげなくつけたした。

「佐殿《すけどの》（頼朝）とはいとこなの。高子をあれにどうかと思っているんだけど」

「高子に？」

「そう。足利なら下野一の豪家だし」

「いいでしょうね、きっと」

保子の白い顔がゆっくりうなずいた。

男たちのどよめきはまた聞えて来た。

「父上も御満足らしいし……」

ちらと政子は笑ってそう言った。それ以上彼女は、なぜ足利義兼に高子を嫁《とつ》がせるのか——目の前にいる二十四歳の保子をさしおいて、十八にしかならないその妹をやるかということについて何の説明もしなかったし、保子も聞こうとはしなかった。

話が一寸跡切《とぎ》れたあと、ふたりの女の話題は、小袖の柄だとか、政子の娘の、四つになったばかりの大姫のことだとか、他愛のないことに移っていった。

それからやや暫くして広床の客の帰る気配がした。見送りに立った時政は、もう足をとられる程に酔いすごしている。

「珍しいこと、父上があんなにお酔いになるなんて……」

そういう政子の側に来て、初めて保子は小格子の隙間から広床をのぞいた。

「とにかくおめでたいことね、新春早々から……」

それからさりげないつぶやきのようにつけ足した。

「それに、流れ星はとてもきれいだったし……」

「え？」

ふっと聞き咎めて政子が眉をあげたとき、一瞬早くその後に廻った保子は素頓狂《すとんきよう》な声をあげた。

「まあ、まあ、大変、姉上、袿《うちぎ》の袖がこんなにほころびて……きっと大姫ね。力いっぱい引張るんですもの。本当に仕様のない子——」


高子と足利義兼との婚約は、まもなく、頼朝からのお声がかりという形をとって正式に発表された。その日以来、北条時政の邸は結婚の仕度に追われ始めた。伊豆の北条の本邸から京下りの綾や錦がとりよせられたり、とっておきの螺鈿《らでん》や蒔絵《まきえ》の小道具類に改めて磨きがかけられたり……。

こんなとき、人の先頭にたって衣《きぬ》えらびをしたり、道具しらべをしたりするのは保子

だった。始めのうちこそ、侍女たちは、

――保子さまがいらっしゃるのに、なぜ、お妹さまがお先に？

といぶかりもしたが、保子の陽気なおしゃべりと甲斐甲斐しい働きぶりは、いつか人々にそうした思いを忘れさせた。さすがに当の高子は、

「なんだか、義兼さまと姉上はお年廻りが悪いんですって。それで……」

とすまなさそうに口ごもったが、そんなとき、保子は陽気に首を振った。

「いいのよ、そんなこと。それより下野は冬がきびしいっていうから、気をつけてね。私みたいな寒がりやはとても駄目」

慌しい一月たらずのあけくれのうち、自然に人々は、保子がこの婚礼の仕度の世話をするのが当然だと思うようになっていた。

高子が嫁いだあと、追いかけるようにしてその妹の元子と、これも関東の豪族の稲毛重成との婚約がきまった。この時も保子は十六の妹のために先に立って婚礼の仕度をした。それと同時に、同じく関東の有力武将である畠山庄司重能の嫡男、十八歳の重忠《しげよし》と、元子の妹の栄子の縁談も進められていた。栄子はまだ十二だというのに……これがきまれば、保子はまた栄子のために仕度をととのえてやらねばならないだろう。

治承五年――あとになって養和と改元されるその年はふしぎな年だ。ふりかえってみると、頼朝は治承四年の挙兵に続いて、義仲を討ち、平家を滅し、一気に武家政権を樹

立したような気がするが、実はこの養和元年と翌年の寿永元年には目立った動きを殆ど見せてはいないのだ。

また木曾義仲も、頼朝に続いて挙兵したものの蠢動《しゅんどう》をつづけるだけで、上洛するまでにいたっていない。そして平氏も——閏《うるう》二月に清盛が死んでいるが、不安定ながら中央政権として小康を保っている。いわばこの年、頼朝、義仲、平家は、三すくみの状態にあった。

それは一つには全国的に飢饉に襲われたせいもある。彼等は兵を動かすにも、それだけの食糧の確保ができなかった。また一つには頼朝や義仲の内部条件が、彼等を動きにくくさせていたとも言える。

頼朝にしてみても、その年の正月は、旗揚げ以来半年とは経っていない。鎌倉に新府を開いて、武家の棟梁としての道を歩みはじめはしたが、まだその位置は極めて不安定なものだった。僅かに北条氏に支えられているものの、彼自身に関東の有力武士団のような軍勢があるわけではない。辛うじて彼をこれらの坂東武者の上に位置づけているのは、源家の嫡流という「血筋」の保証だけだった。

頼朝はそうした不安定さを坂東武者たちに気づかせないようにしなければならなかった。養和元年というその年が、妙になごやかで、鶴岡若宮の造営とか、三浦半島への行楽とかが行われているのは、そのためではなかったか。そして矢継早やに行われた政子の妹たちの結婚も、みせかけの平和をさらに盛りあげる手段ともいえた。

もっともこの結婚は北条氏にとっては別の意味があった。挙兵以来初めて近づきになった関東の諸豪族たち——ひどく荒っぽくて気心の知れない武将たちと手をつなぐための大事な人質派遣であったのである。それでいて、北条氏はこうした意図に知らぬふりをする必要があった。ただ平和な新春《はる》にあやかって、いやが上にもめでたい顔をしていなければならない。そのためにも可憐な人質たちは、ことさら華やかに飾りたてられた。

こうした騒ぎがひととおり収まったある日——空の蒼味がうるおいを帯びて来た早春の昼下り、御所に呼びつけた保子に政子は結婚の話を伝えた。

佐殿の異母弟で醍醐寺にいた全成《ぜんじよう》法師。

——こう政子は相手の名を告げた。

「全成法師？」

「そう、去年十月、京から下って来たの。佐殿は鎌倉に入られる前で、涙を流してお喜びになったという話よ」

「どんな方かしら？　顔を見たこともないけれど……」

「前から私はそのつもりでいたの。保子には言わなかったけれど」

「……」

「妹のひとりは私の側にいてくれなければ困るもの」

もうすっかり決ったものとして話している政子の前で、保子は微笑を泛べて肯いた。それは足利義兼と妹の高子の縁談を聞かされた時と同じような表情だった。

保子の身辺は急に慌《あわただ》しくなった。

「忙しい。ほんとに嫌になってしまう……」

陽気にそんなことを言いながら、保子は妹たちにしてやったような仕度を、今度は自分のためにととのえていった。口の先ではぶつぶつ言っているものの、保子はけっこうその忙しさを楽しんでいるようにみえた。妹たちにおくれてやっと廻って来た結婚の機会に、女らしく心をときめかせている——少くとも外見はそんな感じだった。

が、ある日、保子の側にやって来た小さな異母妹の久子——時政と若い後妻の間に生れた、四つになるこましゃくれた娘が、

「おねえちゃま、おとうさまがいってましたよ。保子の婿が、きりょうだけはいちばんだって……」

言いかけたとき、保子は、突然、

「お黙り！」

いつになくこわい顔をして小さな異母妹をにらみつけた。異母姉の中では特にやさしくて、いつも相手になってくれる保子ににらみつけられて、久子はべそをかいた。

だいたい、その頃は北条家の人々は度重なる祝言騒ぎに飽き始めていた。家中の誰も

彼もが、「祝着」「祝着」という言葉を何度聞かされたり口にしたことだろう。全成と保子の話が決ったとき交わされた「祝着――」という言葉は、もう、殆ど惰性のようなものになっていた。

しかも今度の祝言はこれまでとは違っている。いくら頼朝の弟とはいえ、全成は足利や畠山のような領地も手勢も持っていない。たしかに頼朝の前に現れて以来、有能な側近として目をかけられてはいるものの、その実はまったくの素手で修業地を脱け出した半還俗《げんぞく》の青年僧にすぎない。この点、全成より一足おくれて奥州から駆けつけた九郎義経が、ともかく伊勢三郎や武蔵坊というような子飼いや、奥州藤原氏の息のかかった佐藤兄弟などを引連れて来たのに比べても、より無力な存在でしかなかった。

いわば全成と保子の結びつきは、頼朝と北条氏の関係を更に駄目押しするだけの、たまたま目についた双方の残りものを合せる、という意味しか持っていないようだった。保子はそれに気づいていたのだろうか……。

ともかくも、一月足らずのうちに、全成と保子の結婚は行われた。妹のうち、一人は側におきたいという政子の希望通り、御所に近い海ぞいの地に屋敷を与えられて、二人の新生活が始まった。

が、もし、政子が、その「ひとり」に保子ではなく、高子や元子を選んでいたならば、恐らく政子の生涯は少し違ったものになっていたのではなかろうか……。しかし、それはあとになって言えることだ。とにかく、いまは、この養和元年というふしぎな年——歴史の大きな渦がふいに作った真空のような年の、装われた平和のなかで、保子の結婚が行われたという、そのことだけに目をとめておけばよいのかもしれない。

二

最初の夜、全成が口にしたのは、

「似てないな、御台所とは……」

という言葉だった。蒼味を帯びた切長な全成の瞳をみつめ返して、保子は言った。

「あなただって御所にはひとつも似ていらっしゃらないじゃありませんか」

頼朝は色が白く太り肉《じし》で、顔の造作もすべて大ぶりに、ゆったりしている。が、この全成は瘠せぎすの細面で、眼差が鋭い。京風の冷たいほど整った顔だちで、どことなく翳《かげ》のある感じである。全成はぽつりと言った。

「俺と御所は腹ちがいだもの、似てないのはあたりまえだ」

「でも、九郎殿とも似ていらっしゃらない。あちらとは御同腹でしょう？」

「うむ、俺は母親似らしい、あいつは——そうだな、あの反っ歯は誰に似たのかな」

「母君はきれいな方だったんですって？」

「きれいかどうか知るものか、俺はずっと逢っていない」

「……」

「九条院の雑仕女《ぞうしめ》で常盤《ときわ》といったんだ。父上の死後、平相国（清盛）に望まれて側室になり女の子を生んでいる。いまは一条大蔵卿にとついでいるが……」

乾いた口調で全成は言った。どうやら母について語るのは余り好きではないらしい。そんな全成を保子はまじまじとみつめていたが、突然相手の手を握ると、ひどく無邪気に言った。

「あたし太ったひとは余り好きではないの」

全成はびっくりしたらしい。が、やがて、徐々に肉の薄いその頰に微笑を泛べると、

「といったって、まさか俺は、御台所のような女は好きじゃない、とはっきり言うわけには行かないしな……」

二人はみつめあい、それから声をあげて笑った。一瞬のうちに牆壁《しょうへき》はとりのぞかれた感じだった。

今若と呼ばれていた時代から醍醐寺に入れられていた全成は、当然稚児《ちご》として愛された経験を持っていた。成人してからは自ら稚児をもとめたこともあるし、またひそかに寺を脱け出しては女と交りを重ねたこともある。が、それらがすべて秘められた形で隠微に行われたせいか、全成の抱擁にはある翳のようなものがあった。その翳を落された

とき、保子の白い軀はかえって輝きをましたようだった。

保子はすぐ妊《みご》った。気がついたときは、もう五か月になろうとしていた。つわりのやつれも全くなく、むしろ、けだるそうな眉や紅い唇が、さらにみずみずしさを加えたようにさえ思われた。

保子が妊ったと聞いて、一番衝撃をうけたのは政子である。数年前大姫を儲けて以来、政子は一向に妊らない。頼朝はすでに三十五歳、鎌倉の新府も一応落着いたいま、一日も早く後嗣がほしい処だった。

「まあ、随分早いのね、まるで嫁入りがおくれたのを取返そうとでもいうように……」

政子は、まわりの人にそう言ったということだった。保子は暇があれば政子と大姫の住む小御所に行き、政子の相手をしていたが、妊ってからも御所通いをやめなかった。段々あらわになって来る腹をつき出すようにして歩く姿は、とりようによっては、政子に見せつけるためとも見えた。

勿論、政子としても、面と向って保子に嫌味をいうような事はなかった。経験者らしく、細々《こまごま》と注意を与えては、

「女かしら、男かしら？　ひとつも顔が変らないけれど、この分なら女でしょうか」

「そうね、そう言えば瘠せもしないいわ。きっと女でしょう。女にきまっています」

男ではないことを祈っている政子の本心に気がついているのか、保子はそんな相槌の

うちかたをした。

が、その年の十二月、予定より一月も早く生れたのは男の子だった。月足らずにしてはよく肥った子で、お産も呆れるほど軽くてすんだ。

早速政子は見舞に来た。赤くてふにゃふにゃした嬰児を抱きあげると、

「まあ、かわいらしい」

口もとをほころばせたが、その目は決して笑ってはいなかった。

「そうでしょうか、ちっともかわいくなんかないのですが……これが子供かと思うとふしぎな気さえ致します」

側から全成が、こそばゆげな顔をしてそう言うと、

「男というものは、初めは誰でもそう思うものです」

きめつけるように政子は言った。そうしたやりとりを床の中で聞きながら、保子は黙ってにこにこしていた。

御所に帰ったあとで、政子はめまいを起して倒れた。侍女たちに寝所へ運びこまれて、やっと意識を取戻してからも、何かにとり憑《つ》かれたように、

「苦しい、胸が、胸が……」

息もたえだえに身もだえした。

御所中は大騒ぎになった。北条時政、義時などの親族たちは勿論、主だった御家人た

ちも大慌てで御所に馳せつけた。全成も勿論そのひとりである。夜半を過ぎてから、政子はやっと落ちつき、浅い眠りに陥った。

御所から帰った全成は、無器用な手つきで嬰児を抱きあげると、

「やれやれ、お前が男の児などを生んだばっかりに、とんだ騒ぎだ」

「うそ！」

その言葉を遮って、保子はゆっくりかぶりを振った。はれぼったい茶色の瞳でじっと夫を見すえると彼女は静かに言った。

「姉上はおめでたよ」

「え？　何だって！」

「あなたはお気づきにならなかった？　姉上の目のまわりの深い隈に……」

「ほんとうか、それは……御所では誰も気づいてはいないようだぞ。それに、御台所御自身だって……」

「そう？　御経験がおありになるのにわからないのかしら。姉上らしくもないこと」

ゆるく解きほぐした髪が白い頬にかかり、その夜保子には、女狐のような妖しさとなまめかしさがあった。

保子の言った通り、政子はやっぱり妊っていたのだった。が、あの晩の騒ぎがつわりの始まりだと政子自身気がついたのは暫くたってからのことだ。姉妹でありながら、保子と違って政子のつわりはとくにひどくて、半死半生のような状態があれから一月以上も続き、まわりでもぞっとするほどのやつれ方をした。食べ物を見るどころか、しまいには人の顔を見ただけで、げえげえ始める有様で、夫の頼朝も閉口して暫くは近づかなかったというくらいである。

が、それでも何とか持ちこたえて、翌養和二年の三月九日に帯をした。子沢山の千葉介常胤の妻が作り、その孫の小太郎胤政の献じた帯を、頼朝が自らの手で結んでその日の儀式は終ったが、それからというもの、鎌倉は安産祈願に明けくれるようになった。鶴岡八幡から由比浜へまっすぐに通る参道の造営も、神池造りも、すべて政子の安産――ひいては男子誕生を祈るためのものに他ならなかった。もうそのころはとうに産後のやつれを取戻していた保子は、暇さえあれば政子の傍に出かけていった。そして帰るなり全成に、やれ政子がやっと食欲が出て来たとか、やれ少し腹がふくれて来たとか、その割には乳房は全然変らないとか、他愛もないことを、ひどく珍しげに一々喋るのである。

「何が面白いんだ、そんなこと――。まるで子供を生んだことがないみたいに」

全成に言われて、保子はびっくりしたように目を丸くした。それから暫くして、

「そうね、ほんとうにそうだわ」

　自分のおろかさがおかしいというふうに、けらけら声をあげて笑いこけた。

　いったい保子は人の噂が好きなたちである。保子をのぞく他の弟妹は一様に賢く気位が高くて、まるでよくしつけられた犬のように、見たいものも見ぬふりをするようなところがあった。まして下世話《げせわ》な噂話などは、口にしただけで自分の品位に傷がつく、と思っているらしい。中でも政子や義時は特にそうなのだが、保子だけはこうした誇りや見栄《みえ》はまるきり持ち合せがないようだ。家人の誰彼のくだらない噂を倦きもせずに喋りまくるし、またそのくらいだから、人の噂を小耳にはさむのも早く、頼朝の亀の前との情事も北条方の誰より先にかぎつけていたらしい。

　やがて八月——神仏に祈った甲斐があったのか、政子は男の子を産んだ。待望の若君誕生である。宇都宮朝綱、畠山重忠、梶原景時などの有力御家人が揃って祝いの太刀を献上したのを始め、家臣たちの参賀はひきもきらず、献じられた馬だけでも二百匹に上った。

　万寿と名づけられた嬰児はしなびた弱々しい子だった。月足らずで生まれた保子の子よりも発育が悪いくらいである。が、鎌倉は、この顔色の悪い、ひいひいとかすれた声で哭《な》く赤ン坊のために、ひっくりかえるような騒ぎになった。三夜の祝いは小山朝政、五夜は上総広常、七夜は千葉常胤、九夜は外祖父にあたる北条時政が、それぞれ祝宴を設け、献上物の数を競った。

頼朝も万寿の誕生がよほど嬉しかったらしい。その時彼は三十五歳——当時の習いでは、もう十七、八の男の子があってもよいころ、早ければその長男が、万寿くらいな子を儲けてていいはずなのだ。年のひらいた子にはいじらしさが増すのだろう、抱きあげては、それ、せきをした、あくびをしたと、もの珍しげに眺めてばかりいて、

「どうだ、似ているか？」

祝いに来た御家人たちを摑まえては人ごとに聞く。やむを得ず、聞かれた相手は、

「お子さまながら、凜《りん》としたお顔立ちは、御所様そっくりにございまする」

心にもない言葉を並べたてる。

が、保子だけは違っていた。

「そうですね、くしゃみしたときのしかめ顔が、御所様と同じです」

けろりとしてそう言って、傍の全成に袖を押えられた。が、そういわれて頼朝はむしろ上機嫌なのである。

すべてが万寿を軸として動いているような太平楽な時期は、その後も暫く続いた。その間に北条時政の妻である牧の方も一女を生んだ。保子は早速見舞に出かけていった。政子たち先妻の子供は、この牧の方とはどうもしっくりゆかないのだが、保子だけは例外である。牧の方もその陽気なお喋りについ巻きこまれてしまうらしく、いまでは継母

と継子というより、気のおけない女どうしといったなじみ方をしている。

「まあ、よく肥って……」

産褥《さんじょく》にいる牧の方の枕もとで赤児を抱きあげて、器用にゆすぶりながらも保子の舌は滑らかに廻っていた。自分のお産の時の経験や、産後のからだのことなど、あけすけな調子で喋っていたが、ふと気づいたように、嬰児の顔をのぞき込むと、感に堪えかねたように言った。

「まあ、この子は父上そっくりね」

「御自身でもそうおっしゃっています」

牧の方も肯いて、

「何しろ、あなた方が皆嫁いでしまわれたでしょう。お淋しかったらしいの。それで今度はとてもお嬉しそうなんです」

「そうねえ、そうでしょうねぇ」

「それにもうお年でしょう。孫のようなかんじがなさるらしくて……この子の嫁入りまで生きておられるかな、などとおっしゃるの」

「……」

「たしかにこの頃はめっきりお年を召したようだし……」

言いかけたとき保子は突然遮った。

「うそですわ、そんなこと」

「え？」

牧の方はけげんそうな顔をした。

「父上はおいくつかしら」

「四十五」

「じゃあ、まだまだ……継母上《ははうえ》、男というものは、四十でも五十でも、子供を生ませている間は二十の男と同じことですよ」

「それはどういうこと？」

「あてにはならない、ということ……子供におぼれきっているように見えても、何をしでかすか、わからない……継母上もお気をつけ遊ばせ」

「……まあ」

「げんに御所様がそうでしょう。あんなに万寿の誕生を喜んでいながら、亀の前と……」

「亀の前——ですって？　それは何のこと？」

「ま、継母上は御存じではありませんでしたの？」

牧の方に問い返されて、むしろ保子はびっくりしたような顔をした。

亀の前の一件——例の時政の伊豆引揚げが起ったのはそれから数日後のことである。

おかげで時政の娘たちの結婚から万寿誕生へと盛上げて来た折角の太平楽気分も、一度に醒めはててしまった感じだった。

この悶着のもとはといえば、牧の方にちょろりと喋った保子の口の軽さである。牧の方は、早速お為ごかしに政子に言いつけたのだ。日頃小憎らしいこの義理の娘のあわてる顔が見たい——牧の方に内心そんな下心がなかったとはいえない。が、保子はどうなのか。

——仕方のないおしゃべりめ……。

全成も頼朝もこう思ったようだ。が、それはほんとうに出来ごころのおしゃべりだったのだろうか。けろりとして御所とわが家を往き来してまたも他愛ないおしゃべりに明けくれている保子の顔からは、たしかに何の底意も汲みとれないようだったけれども……。

子供を産んでからの保子は、さらに胸や腰のあたりがゆたかになった感じだった。からだの中からしみ出してくるようなしっとりとしたつやが、白い肌をうるませている。小袖を通してさえも感じられる、ふっくらとしかもなよやかな体のみのり——まばゆいほどのゆたかさを、しかし保子自身は余り気にとめてもいない様子である。

これに比べて、万寿を産んでからの政子は急に瘠せが目立ちはじめた。皮膚もみずみずしさを失って来たのか、眼じりのあたりに皺がふえたようだ。大きな瞳の白眼がますます蒼く冴えて、はりつめた美しさは人々をはっとさせるほどだった。やはり政子は姉妹中でいちばん美しいことは間違いなかったが、いまのふたりは、到底ひとつちがいの姉妹とは見えなくなっていた。

三

年があけて寿永二年——政子の長女の大姫は数えで六つになった。色の白いこと、大きな瞳、長い睫、すべて父の頼朝ゆずりの顔だちである。

ある日、例の通り小御所にやって来た保子を見つけると、

「おばちゃま」

待ちかねたように小声でささやくと、手をひっぱって奥の小部屋に連れこんだ。保子はこの大姫とも大の仲よしなのだ。

「なあに」

抱きあげようとするのをいやがって、保子をかがませると、その耳もとに口をつけた。

「あのね、姫にお婿ちゃまがくるのよ」

「え？　なんですって」

「おむこちゃま！」

さらさらしたうない髪が保子の頰にかかり、幼女らしいあたたかな息が耳奥をくすぐった。

「お婿さま？　姫のお婿さまなの？」

「そう」

大まじめで姫はうなずいた。

「どこからいらっしゃるの」

「木曾から……木曾のおじちゃまの息子さんよ。義高さまっておっしゃるの」

「そう。誰から聞いたの？　母上から？」

「ええ。お母さまは、木曾のおじちゃまの息子さんがいらっしゃるっておっしゃっただけ。でも、女房たちがいうのよ。義高さまは姫さまのお婿さまにおなりになる方ですって」

「そう、そうなの」

「だから、お母さまには黙っててね。おばちゃまにだけ教えてあげるんだから……」

「ええ、黙っていますとも」

保子は姫の頰をそっと撫でると立ち上った。

大姫にいわれるまでもなく、保子は木曾義仲の嫡男、義高が来るのを知っていた。彼はたしかに大姫の婿になるために鎌倉に来るのだった。が決して大姫が幼い胸をときめかせて待っているように、ただ花婿として来るのではない。父義仲の人質として、自ら鎌倉に捕われるためにやってくるのである。

一昨年から北陸路で鳴りをひそめていた義仲は、いよいよ上洛の意を固めて軍を進め始めた。こうした動きには頼朝も無関心ではあり得ない。勿論頼朝とても、この二年ばかりの間を無為にすごしていたわけではなく、旗揚げ以来の既成事実を中央に認めさせ、かつ、院方と妥協するための政治折衝をしばしば繰返していたのである。そこへ横合いから力ずくで義仲が押出そうとし始めたのだ。もし義仲が平家を降せば、源氏の手で平家を討つという宿願は果せるとはいうものの、中央進出に遅れをとった頼朝は辺土の一勢力でしかなくなってしまう。

義仲もこうした頼朝の意向は充分察しがついているし、またその勢力のあなどり難いこともよく知っている。そこで、軍を動かす前に、頼朝に他意のないことを示すあかしとして、嫡男の志水《しみず》冠者義高を鎌倉へ送ったのだった。

義高は十一歳という年にしては背丈ののびた、すばしこそうな少年だった。浅黒く瘠せぎすな、しなやかな体つきで、恐らく木曾の山の中では若猿のように暴れまわっていたのだろうが、鎌倉に来ては、折りかがみも正しく、袴の膝もくずさずにひどく神妙にしている。

「鎌倉へ行ったら立居に気をつけるのだぞ、くれぐれも頼朝夫婦に憎まれるようなことはするなよ」

義仲がくどいほどそう言って聞かせたであろうことが察せられるような、いじらしいまでのつとめぶりだった。義高は幼いながらも人質としての自分の役割を心得ているようだった。

が、大姫の方は自分の「お婿さま」が来たというので、もう有頂天《うちようてん》だ。朝夕の膳は必ず義高と並んでとった。

「この蒸しあわびいかが？　とてもおいしいですよ」

「こちらはひじき、甘く煮てありますよ」

それはちょうど、珍しい肴を頼朝にすすめるときの政子とそっくりで、

「まあ、この子は……」

と母親を苦笑させた。また義高が表御所の頼朝の所へ出向く時は、直垂の衣紋がまがっているの、袴が長すぎるのと、まるで自分の方が年上のような世話のやき方をした。

義高はおとなしくおしゃまな大姫の相手をしていた。貝合せだとか、ひいな遊びだとか、双六だとか、一日中捉えて離そうとはしない大姫のいうなりになっている。が、時には彼も野性の少年に還って、思い切り暴れ廻りたくなるらしい。そうすると彼は厩《うまや》から威勢のよさそうな馬を引張り出し、海辺ぞいに小半刻も走らせる。体をまるめ、海風を切って疾駆する馬の首筋にしがみつくようにして飽きもせずに海辺を往復する少年の

頬にはある孤独と恍惚とがあった。

　また義高はひとりで裏山に上って行くことがあった。そこで彼は故郷の山の中と同じように木に登り、野兎を追って時をすごした。ある時木からすべり降りる途中、誤って折れた小枝にずぶりと親指を突きさし、血をしたたらせて帰って来たことがある。

　それを見るなり、大姫は火のつくように泣きだした。まるで自分が怪我でもしたように、両手をだらりと下げたまま、涙で汗衫《かざみ》の衿をべとべとに濡らして、

「あーん、あーん」

　と幼い泣き方をした。むしろ戸惑ったのは義高だった。

「何でもないよ、こんなこと。どくだみでも揉んでつければすぐなおっちゃうさ」

「だめ、だめ、だめったら！」

　泣きながら大姫は侍女を呼びつけ、金碗《かなまり》に水をもってこさせた。それから、やわらかな絹で義高の傷口を洗い始めたが、小さな手がいくらぬぐっても、血はあとからあとから湧いてきた。

　すると突然、大姫は洗うのをやめ、体を起すと、その指を口もとに持っていった。

「あ！」

　義高が叫んで思わず手をひっこめようとしたとき、指はすでに大姫の小さな口にくわえられていたのだった。

大姫はまだ泣いていた。ひどく泣きじゃくりながら、小さなやわらかい舌でいつまでも義高の指をしゃぶっていた。ちょうど、けものたちが傷ついた仲間を舐《な》めるように、これ以外に義高の傷を直す道はないのだというように……涙が大姫の頬をつたい、くわえられた義高の指をつたい、その手の甲をつたって、彼の山鳩色の袴の膝を濡らしていた。が、義高はそれにも気づかないようだ。傷ついた指を、なお温かい愛撫にまかせたまま、泣きやまない大姫を、まるでふしぎなものを見るように、黙ってみつめているだけだった。

その日から義高の大姫に対する態度は変った。

今までは大姫のいうままに遊びの相手をしていただけの義高が、逆に大姫を誘うようになったのだ。彼は時々、浜遊びや、あちこちの山歩きに大姫を連れて行った。彼等のいちばんよく行ったのは、海のみえる小高い丘の上である。潮の匂いのする風になぶられながら、二人は膝を揃えて長い間じっと坐っているだけだった。そんなとき、

「なにをみてらっしゃるの」

大姫が訊くと、義高はふりむきもせずに答える。

「海をさ。いや海の上の空をさ」

「なぜ？」

「青さが違うからさ、木曾の空とは……」

「どんなふうに違うの」

「どんなふうって……さあ、うまくいえないなあ。でも違うんだよ、やっぱり」

「わたしも見たいな、木曾のお空……」

「……」

「ね、行きましょうね、きっとふたりで……」

するど義高は大姫のほうを初めて振りむく。それから急にその話を避けるように立ち上る。

「さ、もう帰ろうや、みんなが心配するといけない……」

また、あるときは、御所の縁先で、並んで棗《なつめ》をかじりながら、ふと義高が洩らしたことがある。

「人質って、もっと辛いのかと思ってたよ、おれ……」

「ひとじちってなあに」

あどけない瞳にみつめられて、義高はひどくどぎまぎして、

「うん、なんでもない、なんでもない」

頰を赤らめると乱暴に庭にとび降りてしまった。

こうして一年あまりの間に、小さな恋人たちの仲は次第に深まって行くように見えたが、ふいに破局が訪れた。――翌元暦元年の四月、突然義高は御所から姿を消してしま

ったのである。義高がいないことに気がつくと、大姫は泣き顔で彼を捜し求めた。

「義高さまあ」

「義高さまあ」

よく透る幼い声が小御所じゅうに響いたとき、なぜか侍女は慌てて姫の口を抑えるようにした。

「しっ！　お静かに、姫さま……」

「だって、義高さまがいないんですもの」

「義高さまは、ちょっとお出かけになったのです」

「どこに……」

「ちょっと……」

「どうして姫に言わずにお出かけになったの」

「急ぎの御用だったので……」

「どういう御用？」

「………」

姫にまっすぐにみつめられて侍女は口ごもった。彼女たちは、いま義高の身の上に重大な危機が訪れかけているのを知っていたからである。

この一年の間に、義高と大姫が仲よくなったのと逆に、二人の父同士の間は急速に悪化していた。寿永二年、義高を人質に差出したあと、義仲は怒濤のように都へ向って進撃を開始した。彼は五月、北陸路の礪波《となみ》山に平家の大軍を撃破した。いわゆる倶梨伽羅《くりから》峠《とうげ》の決戦がそれだ。以来彼は頼朝の叔父にあたる源行家と連絡をとりつつ、相呼応して七月には近江に入った。都の平家は義仲来襲の報になすところもなく浮足立ち、天皇安徳を奉じて一門の貴族ともども西海におちのびたのであった。

義仲は七月二十八日入京し、平家方からたくみに脱け出していた後白河法皇に謁見《えっけん》し、やがて左馬頭《さまのかみ》、越後守に任じられた。が、軍略にすぐれていても、政治的手腕は皆無に近い義仲は、入京早々から公家方のぬらりくらりの駆引に悩まされねばならなかった。しかも数年来の飢饉で都の食糧事情は最悪の状態だった。入洛した兵士達は飢えに追われて劫掠《ごうりゃく》を始め、それがさらに義仲の評判を悪くした。

一月も経たないうち、義仲は京のもてあまし者になっていた。さきに平家に寝返りをうった後白河は早くも彼を見限って、頼朝に木曾追討をうながして来る始末である。

やがてその年の暮、遂に頼朝は起った。範頼、義経の二人の弟を大将に鎌倉を発した軍勢は翌元暦元年一月、京に迫って、義仲を粟津原で敗死させたのである。

父の死によって、義高の立場は微妙なものとなった。この悧発な若者は、父が頼朝に殺されたことを決して忘れはしないだろう——ひそかにそれを恐れた頼朝はごく内密に腕のたつ武者を呼び集め、義高を殺させようとした。

その事を聞いたとき、政子は顔色を変えた。一年ばかり側にいる間に政子はすっかり義高のすなおな気質が気に入ってしまっていたし、また大姫の慕い方が異常なまでに激しいことを知っていたからだ。

――可哀そうに……あんな気だてのよい子を殺すなんて……大姫とあれほど仲のよい義高だ。将来夫婦にして然るべく道を開いてやれば、何で御所を恨むことがあろう。

――それより心配なのは大姫だ。もし義高が殺されでもしたら、あの感じやすい子がどんなに悲しむかわからない……。

政子は侍女達に計って義高を女装させ、ひそかに御所をぬけ出させたのである。

父の計略も知らず、まして母や侍女たちの心づかいも気づいていない大姫は、一日じゅう小御所の中をうろうろと歩き廻っては侍女に尋ねた。

「ね、どうしたの義高さまは？　いつお帰りになるの？」

「すぐでございますよ。じきお戻りになられます」

「すぐって、今日のうち？」

「え？　いえ、……はい、きっと早く帰っていらっしゃいますよ」

「だから、いつなの？」

「は、はい、じきでございます。おとなにお待ち遊ばせ。静かになさいませ。そして、あの……あまり義高さまのお名を呼んだりなさってはなりませぬ」

「なぜ？　どうしてなの……」

「は、はい……その……」

大姫はその日じゅう不機嫌だった。貝合せもせず、好きな賽も打たず、いらいらと義高の帰りを待ちわび、侍女に尋ねたと同じことを母に問いかけて手古ずらせた。

一日待った。義高は帰らなかった。翌日大姫は更にしつこく義高の行方をたずね、駄々をこねた。が、その日も義高は帰らなかった。そのころから、表御所とこの小御所の間に侍達の往来が急に頻りになり、ただならない気配が起った。頼朝が義高の逃亡を知ったのだ。どこへ逃した、知らぬ存ぜぬ、と激しい応酬が繰返され、物々しい身づくろいの武士たちが捜索に乗込んで来たが、大姫の幼なさは、それが義高に関係したことだとは感づかないようだった。いやそれよりも義高にだけ心を奪われていた彼女には、周囲のざわめきも耳に入らなかったのかもしれない。

一日、一日と小御所の緊張は高まり、大姫の駄々も激しくなった。が六日目の朝、その白熱した渦巻がふいに停止した。

四月二十六日——霧の深い朝だった。小御所の小坪の樹々の幹は黒く濡れて静まりかえり、いつもは枝に来て鳴く小鳥たちの囀《さえず》りさえも聞こえない。その静寂の中に、瞬間、蒼く冷えた空気がすうと流れ、すべての人は沈黙したのである。

義高の死の報せが入ったのだ。政子たちの心づかいの甲斐もなく、頼朝の命をうけた家人堀親家の郎従たちによって入間《いるま》川の河畔に追いつめられ、彼は無残な最期を遂げたのだった。侍女たちが頬を蒼白ませて沈黙したとき、ふしぎと大姫はむずかることをやめた。そして、妙におとなしく無口になり、義高の名さえ口にしなくなってしまった。

保子が小御所にやって来たのはちょうどそんなときである。

「おばちゃま」

思いつめたような口調で大姫は保子を呼んで手を握ると、例の小部屋へぐいぐいと引張っていった。

「おばちゃま、姫はここの人達大嫌いです」

入るなり、大姫は叩きつけるようにいった。

「大嫌い。みんなみんな大嫌い。お母さまもみんなも大きらい！」

「どうしたというの、姫」

保子はやわらかい白い手で姫のおくれ毛を整えながら言った。

「みんな嘘つきだからです」

「………」

「みんな一緒になって姫をだますんです」

「………」

「義高さまのこと、みんなが隠していて、姫にほんとうのことはいってくれません」

「……」

「ね、おばちゃま。おばちゃまだけはほんとのこと言って下さい。義高さまはどこへいらっしゃったの」

「……」

「遠く？　ずっとずっと遠くに？」

くっきり見開かれた大姫の瞳に保子はうなずいた。

「そう、ずっとずっと遠くよ」

「それはどこ？　おばちゃま」

「……」

それから大姫は急におびえるように保子の胸にとりすがった。

「おばちゃまっ。もう義高さまは帰っていらっしゃらないんじゃあない？」

保子は大姫を抱きながら、子守唄でも歌うような、甘くやさしい調子で言った。

「姫、姫はほんとうにお利口ね」

「……」

「そうよ、姫のいうとおりなの、もう義高さまはお帰りにならないわ」

「えっ？」

「義高さまは死んでおしまいになったの」

「ど、どうして」

「殺されておしまいになったのよ」

腕の中で大姫の体がぴくりとふるえ、その薄紅い唇が、かすかに動いた。

「だ、れ、に……」

とその唇は言っているようだった。

「あなたのお父さまに……お父さまのいいつけで堀親家の郎従たちに……」

「……」

「あなたは知らないだろうけれど、あなたのお父さまと木曾のおじちゃまは敵味方になってしまいになったのよ。そしてことしのお正月に木曾のおじちゃまは、お父さまの軍勢に殺されたの」

「……」

「ね、それがわかれば義高さまがお父さまを恨むでしょう。親の仇だと思って……。だからお父さまは義高さまも殺してしまおうとなさったの」

「……」

「義高さまはお逃げになった。でもやっぱり駄目でした。堀の郎従たちに入間川のほとりで摑まって、ずたずたに斬られて……」

大姫は目を閉じていた。保子の腕の中にちぢこまっている小さな手と足が次第次第に冷たくなって来た。保子はそれに気づいていないのだろうか、かすかに大姫をゆすりながら、歌うように語るのをやめなかった。

「ずたずたに斬りさかれて、転げまわって、首を刎《は》ねられて……」

霧が晴れたらしく、外では小鳥たちのさえずりが、急に賑やかになった。

大姫はその日から一切の食べ物を口にしなくなった。そして翌る朝、人々が気がついたとき、ひどい大熱を出していた。床の中で小さな軀がもがき、うめき、近づこうとする人を子供とは思えない力ではねとばす。どうにも手の下しようがなく、人々はただうろうろするばかりである。政子も枕許を離れず、何とか頭だけでも冷やしてやろうとするのだが、大姫にはもう母親の見分けもつかないのか、奇妙な唸り声をあげてはその手を振りはらってしまう。

途方にくれているとき、政子の耳に、大姫の大熱の原因はどうやら保子にあるらしい、ということが伝わって来た。

「それは、まことか？」

さすがに、政子の頰から血の気がひいたようだった。早速別室に呼びつけられた保子が坐るなり、政子は叩きつけるように言った。

「保子、何ということをするの、そなたは……」

「何のことですか」

「何をだって？ わからないの。大姫に洗いざらい喋ったそうではないの」

「ええ……だって、あまり姫が尋ねるので」

「言ってよいことと悪いことがあります。あの子が並の子ではないことは、そなたもよく知っているはず……」

「……………」

「今度のことで、あの子に辛い思いをさせまいために、私たちはどんなに苦労したかわからない。それを……」

政子は保子の白い顔をじっとみて低く言った。

「考えなし！」

刺すように言ってしまってから、政子はふと、あることに気がついたようだった。

「保子、お前はもしや……」

その蒼く澄んだ白眼に翳がよぎった。

「私を苦しませようと思っているのではあるまいね」

保子はぼんやり庭の楓の新芽をみつめていた。いつもなら、きょとんとして、

――とんでもありませんわ。

という筈の彼女は、その言葉が聞えないかのように頬の筋ひとつ動かそうとはしない。放心したような横顔はひどくおろかしげでもあり、また妙にふてぶてしく、見方によっては、

――今ごろ気がついたの、姉上。

と言っているようにも見えた。

大姫の病状は一進一退を続けた。病む子を抱えながら、政子は頼朝へもつめよった。

「あなたは、子供のことを考えていらっしゃるの」

頼朝はとりあおうとはしなかった。が、あまりしつこく政子が問いつめるので、やや

うるさくなってきたらしい。

「口を出すな！」

それだけ言い棄ててから、

「俺が平家に助けられたのは十四の時だった。義高はいくつになる？　十一か。あいつ

は俺の十四の時よりずっと背丈がのびている」

ひどく不機嫌につけたした。

政子は怒りを堀親家にもむけた。

「いくら御所がそう言われたからとて、すぐ飛び出すことはないではないか。なぜ、ひ

とことこなたの耳には入れなかったのか」

そして二月後に、義高を殺した郎従は政子の命で梟首《きょうしゅ》されてしまった。そのころ、やっと床を離れた大姫に、政子は、

「あいつたちがいけなかったのです。お父さまの御命令を聞きちがえて、義高さまを殺したのですよ。悪いやつらはお仕置にしましたからね。さ、姫、これで気が済んだでしょう」

と言ってきかせたが、わかったのかわからないのか、ただ一点をうつろな瞳でみつめているだけである。

——なに、たかが六つや七つの子供のことだ。そのうちけろりとしてしまうさ。

頼朝はそういったし、まわりの人々も内心そう思ったものだ。それが誤りだったと人々が悟るのは十年も先のことだ。その時まだ七つでしかない大姫がよもや十七、八の女と同じ心情にあろうとは思ってもみないことだった。が、しかし、きわめて稀なことだが、大姫は女の生理を知らない前に激しい恋を経験し、それを無残に破壊され、たった七歳で彼女の青春を終らせたのである。

政子だけは薄々そのことに感づいていたらしい。あれ以来、ひどく病弱になってしまった大姫を舐めるように可愛がり、一日中ひいな遊びの相手をしたり、貝拾いにつれだしては自ら他愛のないことに笑いこけて見せたりした。そうすることによって、無理にも大姫を幼い子供だと思いこもうとしているようなところがあった。大姫は母親にさか

らいはしなかった。ただ何事につけても無関心で、ときには彼女がいやいやながら母親の遊び相手をしているようにさえみえた。

　同じおんなであるこの親子の微妙なふれあいを、素知らぬふうに眺めていたのは、保子ひとりだけだった。

四

　大姫のことがあって以来、政子は保子が小御所を訪れるのを余り好まない様子だった。が、誰にもなじもうとはしなくなってしまった大姫が、保子にだけは妙になついて傍を離したがらないので、仕方なしに黙認するよりほかはなかった。

　保子は政子のそうした素振りに気づいているのかいないのか、やって来ては相変らずの陽気なおしゃべりをまきちらしてゆく。その屈託のなげな、明るい顔を見ると、政子もついそれに巻きこまれて、あの事件の折のことは自分の思いすごしだったという気になってしまうらしかった。

　その間にも保子はつぎつぎに子供を産んだ。みんな丈夫そうな男の子ばかりである。政子は万寿のあとに、三幡《さんまん》という女の子を産んだが、その後どういうものか子供に恵まれない。嫡男の万寿がどこかひよわげなので、もう一人男の子が欲しいところだったが、これればかりはどうにもならない。しかもそうした気持も知らぬげに、頼朝の女癖はやまず、大進の局という侍女に男の子を産ませたりして政子を更に焦立たせた。

それから六、七年して、建久三年になってから思いがけなく政子は妊った。三十も半ばすぎての懐妊である。今度こそ、どうしても男の子を産まねばならない。頼朝も同じ思いらしく、四月始めの着帯と同時に、鶴岡の僧侶たちに安産の祈願をさせたり、相模国中の寺々に千手経《せんじゅ》三千巻の転読を命じたりしたほか、自らも毎日法華経一巻読誦を始めて男子安産を祈った。

年のせいもあって政子のやつれかたは特に激しかった。例によってつわりがひどく、そのあとなかなか体力が回復しない。ただ、是非とも男の子を産みたいという執念だけで支えられて生きている、といった感じだった。

そのころ、鎌倉の海に大流星が飛んだ。光る夜鳥かと思われるほど、それはゆっくりと大きな尾を引いて暗い海に吸われていった。吉か？　凶か？　早速陰陽師《おんみょうじ》に占わせたが、

「このような大きな流星は例がありませぬのでな、吉凶いずれとも……」

と首をかしげるだけである。そうでなくても気にしやすくなっている政子の耳には入れまいと、周囲はいましめあっていたが、たまたまやって来た保子が、例によって、ふとそれを口にしてしまった。

保子はその頃四人めの男の子を生んだばかりだった。さすがに少しやつれを見せているものの相変らずの陽気さで、小御所の庭の若葉に目をとめると、

「まあ、きれい。まぶしいほどね。ちょっと来ないでいるうちに、すっかり変ってしまって……」

少女のような声をあげた。それから政子に自分が見られなかった着帯の儀式のことなどを根ほり葉ほり尋ねていたが、ふと、

「姉上、流れ星がきれいだったでしょう」

何の脈絡もなく言ってのけたのである。

あっ！　周囲は声を呑んだが、その時は既に遅かった。

「流れ星ですって？」

政子の顔色が変った。

「ええ。御存じありませんでしたの」

それから保子はその流星が、いかに大きくいかに不思議な光り方をして消えたかを、細々《こまごま》と話し始めた。

「そう」

「そうなの……」

肩で息をしながら、政子は何かに堪えるように返事をしていた。すると突然保子は童

女のように目をぱちぱちさせて、語調を変えた。

「おめでたいことだわ、ほんとうに。ね、姉上。そうじゃありません？」

言われて政子は戸惑った。

「なんのことなの、いったい」

「流れ星がです」

「どうして？」

「姉上は覚えていらっしゃいません？　あの寿永のはじめ、私たちの姉妹が次々嫁いでいったとき――あのおめでた続きのときにも、きれいな流れ星がありましたわ」

「そう……そうだったかしら」

政子はいつになく弱々しげに微笑した。彼女は流れ星のことは覚えてはいなかった。ふだんの政子なら、

「お世辞はおよし！」

眉をぴりりとさせて釘をうつ筈なのに、いまはそうした妹の饒舌にさえも、ふとすがりつきたくなっていたのだった。


保子を今度生れる子の乳母にしたい――頼朝がこう言い出したのは、その晩の褥《しとね》の中

である。

「保子を？」

政子が思わず問いかえしたとき、頼朝はうなずいた。

「ふむ。全成がそれを申し出ている」

「……」

「あれならよかろう。乳母夫《めのと》として間違いはあるまい」

自分の異母弟でもあり、保子の夫でもある全成のことを、頼朝は短くそういった。

当時は、乳母になると、養い君が成人したとき、大きな権力が振えるので、万寿が生れたときも、有力な御家人たちは争って乳母を差出すことを申し出た。乳母がきまったあとでも、その選に洩れた者が、乳母夫たちを嫉んだり、乳母夫同士の反目などがあって、微妙な問題が生れてきている。もし、万寿の世になったらどのような紛争が起きぬともかぎらない――頼朝はひそかにそれを憂えていたらしい。

そこへもし、今度男の子が生れたら問題はさらに複雑になる。万寿がひよわいだけに、双方の乳母夫たちの間に妙な対立でもあったらますます面倒なことになりそうだ。……だから今度の子の乳母は万寿の時よりも更に慎重に選ばなければならない。

政子の懐妊がわかって以来、実は頼朝はそのことに頭を悩ませ続けていたのである。

しかもまずいことに、有力な御家人の妻や母の中に、本当に乳母となれそうな――つまり政子とほぼ同じ時期に子を産み、乳の出そうな女がいなかった。

そこへ、全成がやって来て、妻を乳母にしたいと申し出たのである。

――そなたならよかろう。

頼朝は即座に肯いた。この異母弟は変り者なのか、全く立身を望まない。同腹の九郎義経が許しも得ずに検非違使尉《けびいしのじょう》に任官して不興を買い、遂には院を恃《たの》んで頼朝に反旗を翻えし、自滅の道を辿ったのとは正反対である。このほか異腹の範頼にしろ、甲斐源氏の平賀、安田、政子の父の北条にしろ、頼朝の申請によってみな国守に任じられているのに、この全成ばかりは遠州の阿野庄を貰っただけで他を望もうとはしない。乳母夫としてはこの無欲さが貴重なのだ。

「保子にしよう。いちばん安心して任せられる乳母であろう」

頼朝に事情を話されて政子もやっと肯いた。

「そうですねえ……」

「あれなら気心も知れている。それに保子は乳のたちがいいのかも知れぬ。息子たちがみなすくすく育っているではないか」

「ええ、それはそうですけれど……」

が、その時、政子は昼間やって来た保子が、そのことについて何も言っていなかったことに、ふとひっかかっているようだった。

その年の八月、政子は名越《なごえ》の産所で男の子を産んだ。鎌倉ではまた万寿の時と同様に大げさな祝いが繰返された。千万と名づけられたその男の子の誕生が、万寿の時にもまして嬉しかったらしく、頼朝は政子が産所から戻るのを待ちかねて、自ら嬰児の顔を見にやって来たくらいだった。

保子は千万誕生のその日から名越の産所につめきりだった。生れたての、真赤な、しわくちゃな嬰児をものなれた様子で抱きあげて、最初に乳をふくませたのは彼女である。その名も公式には阿波局《あわのつぼね》とよばれるようになったのがひどく得意らしく、たまたまわが家に帰ったときなど、

「私はもう保子でなくて阿波局よ」

小袿《こうちぎ》をひきつくろって、つんとすまして見せ、

「馬鹿だな、幾つになっても……」

夫の全成を苦笑させた。

頼朝は異常なまでに千万を偏愛した。ある時には、平賀義信や北条時政、義時、足利義兼、千葉常胤などの有力な武将をわざわざ浜御所に呼び集め、自ら千万を抱いてその席に現れると、

「各々、この子の将来をよろしくたのむぞ」

と言って、ひとりひとりに嬰児を抱かせ、盃を交して忠誠を誓わせたことさえあった。

こうした頼朝の意向に応ずるように、全成と保子は千万の養育にかかりきりだった。日ごろそれほど深く愛しあっているとも思われなかったこの二人が、心をあわせ、自分の子供の時よりも何倍もの熱心さで千万を養いはぐくんでいる姿は他からみれば少し奇妙なものだった。

そのせいか千万は物心つくようになってからは一日も保子を離さなかった。大姫のときでもそうだったようにもともと子供に好かれるたちなのだ。保子のほかにも幾人か乳母はいたが、千万は保子の乳房を握ってでなければ眠ろうとはしない。四人もの子を生みながら、ふしぎに丸みの崩れない、やわらかなふくらみに、そっと手をあてながら、彼はちょっと恥ずかしそうにする。「母上」という言葉より先に口に出るのは「つぼね」という呼び名だった。

政子にはそれが不満だったようだ。当時の風習として、乳母がすべてをとりしきるのは当然とは思いながら、その乳母が妹であることに、わが子を妹に奪われてしまったようなわりきれなさを感じるのであろう。千万が五つ六つになると、

「さ、もうあなたも大きくなったのですから、いつまでも局のあとを追いかけてはいけません」

眉をひそめてたしなめたりするのだが、いっこうに千万は保子の傍を離れようとはしなかった。そんなことを知ってか知らずにか、保子は政子の顔をみればわが子のように

千万の自慢をした。

頭のいいこと、気だてのやさしいこと、感性がすぐれていること……。

「千万君のことというと、禅師もすっかり夢中なのです」

と、折にふれて保子は全成の養育ぶりを披露する。

「文集《もんじゆう》でも古今《こきん》でもすらすらお読みになる――それが禅師の自慢なのです。そして、どうだ、千万君は御所より自分に似てはいないか、ですって……おかしいったらありませんわ」

「そう……」

政子は眉間《みけん》にかすかな皺をよせた。

しかし、政子が本当に保子を千万の乳母にしたことを悔いはじめたのは、それから数年後――正治元年に頼朝を失ってからのことである。頼朝の死に先立って、政子は大姫を失っている。義高の事があって以来、大姫は遂に普通の健康体には戻らなかった。軀のどこがわるいというのではない。ただ十年の傷心が姫の軀を徐々に蝕んでいったのだ。盛りの年頃になったいま、姫が美しければ美しいほど、咲きながら命を失っている花の骸《むくろ》を思わせて無残だった。人々はこのとき初めて、あの時の姫の義高への恋が幼女のたわむれでないことに気がついたのだ。とりわけ頼朝と政子は、自分達のしたことの非情さの証しを、長い年月をかけて思い知らされたわけだった。

政子は何とかして大姫に健康を取戻させようとして、あちこちに加持祈禱を頼んだ。またあるときは、それとなく頼朝の姉の息子である右兵衛督《うひょうえのかみ》一条高能との縁談を奨めてみた。

が、この時大姫はきっぱり首を振った。

「お断りいたします。お母さま。そんなこと二度と私の耳には入れて下さいますな。もしたってとおっしゃるならば、私は身を投げてしまいます。もっとも、義高さまがなくなられて以来、この大姫は死んだも同じでございますけれど……」

蒼ざめた頰に、ぞっとするような静かな笑みを湛えて大姫はそう言ったのである。

やむなく高能との話は立消えになったが、政子はどうしても諦めきれず、翌建久六年に上洛した折、ひそかに後鳥羽天皇の女御《にょうご》として入内《じゅだい》させる工作をした。女と生れて最高の地位につくことによって、あるいは義高のことを忘れるのではないか、と思ってのことだったが、実現の運びにいたらないうち、大姫は建久八年七月に、まるで灯が燃えつきるようなもろさで命を終えた。

娘の死に続いて、夫の死が訪れた。建久九年の暮、その三年前に死んだ政子の妹の元子——武蔵の豪族、稲毛重成の妻の追善のために作られた相模川の橋供養に行き、帰途落馬したのが原因で床についた頼朝は、翌正治元年の正月に世を去った。鎌倉に武家の府を開くという大事業をなした人物にしては、あまりにあっけない最期だった。またそれだけに、その死因についてさまざまの臆測が流れたことも事実である。四十九日の法要が済んだころ、ひっそりした小御所の奥の局で、保子はふとこんなことを言った。

「御所はなぜ馬から落ちられたのでしょう」

「なぜといっても仕方がないではありませんか」

少し落着きを取戻していた政子は静かに答えた。

「それはそうです。でも、ふしぎですわ、御乗馬に巧みでいらっしゃる兄上が――」

「……」

「魔に魅入《みい》られたという人がありますけれど……」

「魔に？」

「ええ。やまとが原のあたりで、九郎殿や義仲殿の亡霊が現れて、御行列をじっと見送っていたそうです」

「……」

「それから稲村ヶ崎のあたりでは、海の中から十ばかりの童子がひょいと出て来たのですって。海の上をまるで走るようにして、われは安徳といったそうです。先の帝の御魂《みたま》なのでしょうか。そのあと海の中からどっと笑い声が響いて……」

「およし、保子」

言いかける保子を政子は厳しく抑えた。

「え？」

「やめなさい。そのようなこと――」

「………」

「御所はたしかに馬から落ちられました。大将軍にしてはおいたわしい御最期です。でも、私はそれでいいのだと思っています」

いつにもまして政子の言葉は厳しかった。固い金属に一語一語彫りこむように彼女は続けた。

「平家、義仲殿、九郎殿、義高……御所は多くの人を滅しています。……たしかにこの二十年、私たちは心の傷むようなことをして来ています」

「………」

「が、それも仕方のない事ではありませんか。武家の世を作るためには……御所のなさったことがまちがっているとは思われません」

「………」

「その御所が、亡霊に取り殺される――そんなことがあってもよいものですか、保子」

「………」

「そんなことはない。よし、誰かが亡霊を見たとしても、私は信じたくない。いや信じてはならないのです」

保子は黙ってうなだれていた。

他からみれば、いつもの通り、政子は高飛車で強く、保子はおろかで叱られる立場にあった。しかし、手きびしい言葉で相手をさいなみながらも、いいようのない欠落を感じていたのはむしろ政子であったかもしれない。

——娘を失い、夫を失った自分と、何ひとつ失ってはいない保子と……しかも千万までも保子をしたっている……。

それが更に政子の言葉を厳しくしていることに保子は気づいていたのだろうか。夫の死という、何によっても埋めることの出来ない大きな空白を胸に抱き、むりにも強くあろうとしている姉から顔をそむけて、保子はそのとき何を考えていたのだろうか。

五

頼朝が死んで、頼家——元服した万寿が後をついでも、表面、政子の地位にはさして変化はないようだった。いや、むしろ出家して尼御台《あまみだい》と呼ばれるようになった彼女は、将軍母公として、北条一門始め御家人たちから、さらに大げさな敬意を払われるようにさえみえた。

しかし、その大げさな扱いが、その実全く空疎なものでしかないことを、敏感な政子はまもなく感づいたようだ。

――いつの間にか時代は変ったのである。将軍の側近の顔ぶれは大きく交替しつつあった。まず進出が著しいのは頼家の側室、若狭局の一族の比企《ひき》氏である。父能員《よしかず》を中心に、局の兄弟の三郎、四郎などが、頼家の側にぴったりくっついて離れない。これに比べて、今まで外戚として力のあった北条は、隅の方へ押しやられた感じだった。しかも、頼家自身意識してそうしているらしく、わざと、

「時政、義時！」

などと、自分の祖父や叔父たちを一般の家人なみに呼びすてにしたりする。これを聞いて政子は、

「あの子は自分に北条の血が流れているのを忘れている！」

と思わず保子の前で口走ったものだが、若い頼家としてはそれなりの自負があって、これから先、頭を押えられないために、高飛車に出たのかもしれない。が、旧側近を排斥して新たな側近を作ろうとする彼の態度は、宿将たちの間にかなりの反感を買った。そうした連中は北条を中心に集まり、わざと政子をかつぎあげて、新勢力に対抗しようとした。いわば政子は旧勢力のための旗印のようなものだった。

もっとも、政子も全く無能な存在だったのではない。父に似て女好きの頼家が家人の安達《あだち》景盛の妾を取りあげてわがものにし、口実を設けて景盛を討取ろうとした時、

「そんなことで景盛を討とうというなら、まず私の胸へ矢を向けてからになさい！」

激しい口調でこういって、頼家の暴挙を止めたこともあった。

が、こんなあとで、政子はむしろ虚《うつ》ろな目をする。ついこの間まで頼家はほんの子供だった。我儘で甘ったれで、ふた言めには「母君、母君」と呼んでくれた万寿はどこへいってしまったのか……それが、いつのまにか、

——将軍家の仰せには……。

——尼御台様の御意によれば……。

と、ことさら勿体ぶって引離され、心も通わなくなってしまったことに、政子はふと言いようのない寂しさを感じていたのかもしれない。

そのころ政子は二女の三幡をも病気で失っていた。頼家との距離が隔《へだた》ってしまったいま、政子の瞳は自然残された千万に注がれるようになった。が、そこには、千万との間を遮るように、保子の白い軀があった。十歳に近いというのに、未だに千万は保子の胸をさわったり、軀をこすりあわせたりする。また保子もそれを喜んでいるらしい。乳母と養い子という枠をふみはずしたような異様な二人の狎《な》れ方は、政子をさらに焦立たせ、孤独にした。

一方、頼家の若さに任せての決断は、ますます周囲の御家人たちの反感をつのらせた。その結果、とうとう彼は訴訟裁決権を取上げられ、以後の決定はすべて有力御家人の合議によって行われることになってしまった。

合議制——一見非常に合理的に見えるこの制度はなかなかのくせものだ。御家人たちはこのために、かえってお互いに牽制しあい猜疑心を深めて行った。人々は腹を捜りあい、隙があれば相手を蹴落そうとする。独裁者を失ったために相剋は益々激しくなったのである。このころ起った梶原景時の失脚事件などはこの適例だ。

しかもその景時失脚の端緒を開いたのが保子の例のお喋りだったというのは、奇妙なことだ。景時が朝光を批難していると尼御台や弟の義時に触れて廻り、わざわざ朝光の耳に入れたおせっかいは、この保子だったのである。

景時は正治二年正月、雪の中で死んだ。その年は珍しく雪の多い年で、鎌倉に知らせが届いたのは、前夜から吹き荒れた風雪がやっとおさまったばかりの昼下りだった。ふだんなら、雪が降りやむかやまないかのうちに、もう雲が切れ始めるのに、その日は海の上一杯に厚い雲が拡がっていた。

海ぞいのわが家へ戻って来た保子が、御所できいた限りの景時の最期の顚末を語る間、全成は窓からじっとその雲と海の拡がりをみつめていた。波打ち際まで降り積んだ雪のせいか、今日の雲は妙に薄汚れて重たげに見える。

保子が語り終えても全成はまだ黙っていた。それからやがて、海に顔をむけたまま、彼はぽつりと言った。

「千万君の御世も、そう遠くではなさそうだな」

「え？」

黒衣の腕を組んだまま、ゆっくり彼は振りかえった。

「御所は大切な柱を失われた」

「………」

「梶原ほどの頼もしい乳母夫はなかったのにな……」

切れの長い全成の瞳が、じっと保子をみつめた。

「それに気づかなかったそなたでもあるまい」

保子の頰に徐々に笑いが昇って来た。いたずらをみつけられた子供のような無邪気さと、底知れない冷たさの混りあった、奇妙な笑いであった。

窓の外では薄汚れた雲の下で蒼黒い海がうねり、海鴉が一羽、低く輪を描いて飛んでいた。


全成と保子はその後も面と向って千万の将来について語りあうことは殆どなかった。

ただ二人とも千万の養育について、前よりさらに熱心になったようだ。保子は政子と千万のいる尼御所に入りびたりだったし、全成も三日に一度くらいは顔を見せる。ただ保子のように千万の側につきっきりというのではなく千万の読む本を選んだり、馬の稽古を眺めたりしただけで、すぐふらりと帰ってしまう。時にはその足で舅の北条時政の邸を訪れることもあるようだったが、そのことに気づいている者は殆どいない。二十年前でこそ、彼は兄の旗揚げに駆けつけた弟として注目をあびもしたが、同じ血のつながった義経や範頼のような目立った働きもせずくすんでしまったこの男が、伴《とも》も連れず、足音もさせず、風のようにどこを歩こうが、人々はもう振りかえりもしなくなっていたのである。

そのころから、保子は政子の前で、比企一族の噂話をよくするようになった。初めは若狭局が若くてきれいだとか、その兄弟の三郎や四郎が元気がいい、というようなことを語っているのだが、聞いている間に、それがいつの間にか若狭は無知でみだらで、到底将軍の側室という柄ではない、あれでは御所がお気の毒だとか、三郎、四郎が野卑で無鉄砲なのは困りものだ、というようなことになってしまう。ただそれをごく甘ったるい口調で喋るので、悪口をいっているようには聞えないだけの話である。

保子の滑らかなお喋りは、快く政子の耳をくすぐった。北条を押しのけ、わがもの顔に振舞っている比企一族には政子としても我慢がならない。裁決権をとりあげられて以来、頼家は自棄気味で、酒色に溺れたり、蹴鞠《けまり》に凝ったりしているが、これも周りにいる比企の取巻きがいけないのだ。比企と手を切らせれば、そして頼家と自分が昔のようにもっとじかにつながりを持つようになれば……。

人一倍愛憎の念の激しい政子は、時には頼家の乱行に焦立って、

「あのような大うつけはわが子ではない！」

そうも言ったりしたが、母というものは、そう簡単に子を思いすてたり出来るものではない。ますます自分から遠ざかろうとしている頼家に絶望しながらも、彼への怒りをいつか比企一族への憎悪へとすりかえて行く政子なのであった。

これに応ずるように、北条方でも、ひそかに比企反撃の企てを練り始めた。その動きを逐一政子に連絡するのは全成である。全成は比企討滅の計画を政子の前でごく淡々と報告した。いかにも北条から命ぜられたままを伝える、といった調子だった。

これまで二十余年、全成は鎌倉での政争には全く関らないで生きてきた。そういう男を連絡に使うというのは、比企の目をくらますにはこの上もなく都合のいいことだった。が、伏目がちに、静かな口調で密事を語る全成の、初めて陰謀に参加するにしては落着きすぎた横顔をみていると、ふと政子は薄気味悪くなることがあった。

比企追討の準備は着々と進められていった。が、それから間もなく思いがけない事件が起きた。彼等の密議の先手を打つように、突如として全成が比企方に捉えられ、御所

に軟禁されてしまったのだ。――建仁三年五月十九日の夜半のことである。

「御台さま、御台さま。御寝遊《ぎょし》ばします所をお許し下さりませ。一大事にござりまする。御台さま！」

取り乱した侍女の声に政子は眠りを破られた。

「御台さま！　阿野禅師が、御所へ曳かれておいででござりまするっ」

「なに？　禅師が……」

政子は床の上に起き直った。

「阿波局を召すように！　いますぐ……」

保子は今夜この尼御所に泊っていたのだった。

「は、はい。阿波局さまも間もなくこれへ参ると申しておられます」

侍女がこう言い終らぬうちに、小走りに廊を近づいて来る足音がしたかと思うと、すでに保子は戸口に姿を現わしていた。

「姉上！」

侍女を遠ざけると、姉妹は暫くの間無言でお互いの瞳をみつめていた。

ばれたのか、密計が？

北条はどうしている？　もう討手が差しむけられているのか……。

そして、此処へは？

遠くでしきりに潮鳴りがしている。いや潮鳴りではないかもしれない。それは人馬のざわめきかもしれない……かすかに揺れる柑子《こうじ》色の燭に半面を照らされた保子は、大きく目を見開き闇のかなたの物音に、じっと耳をすませているふうだった。

ざわめきは、やがて、いったん収まった。夏の夜はすでに明け始めたらしい。がそれから間もなく、薄墨色に重なりあう尼御所の樹々を押分けて、突然どよめきが起った。今度はまぎれもなく、人々のひしめきあう音であった。武者の一塊りは尼御所をとりかこむと、その門を叩いた。

「尼御台に申し上げます、謀反人阿野全成法師の内室、阿波局はそちらにおいでのはず、すみやかにお引渡し頂きたいとの将軍家の仰せでございます」

政子は側の保子と目を見合せ、それから慎重に答えた。

「いかにも阿波局はここにいます。が阿野禅師が謀反とはいぶかしい。これは一体どういうわけか。納得がゆかぬうちには身柄を引渡すことは出来ぬ」

それから頼家と政子の間を頻《しき》りに使が往復し、押問答が繰返された。

——昨夜の騒ぎはもうご存じの筈。とにかく阿波局をお引渡し願いたい。

——ならぬ、わけを聞かぬうちは。

——いま言うわけには参りませぬ。しかし禅師には疑わしい点が沢山あります。それについて阿波局からも話が聞きたいのです。

——禅師が何をしたというのか……その人柄については私もよく知っている。しかも禅師はそなたの叔父ではないか。それを召捕るなどとは……。

政子のこの言葉を聞いたとき、頼家からの申入れは急に皮肉な調子を帯びてきた。

——叔父？　叔父だとおっしゃいますか？　頼家はむしろ叔父だから召捕ったのです。

——禅師は叔父であることを恃《たの》んで、この頼家をおしのけようとしたのです。おしのけておいて、自分が将軍になろうというのか、誰かを樹《た》てようというのか、それは知りませんが……。

それを聞いたとき、政子はぎくっとしたように保子を見直した。その政子に駄目を押すように、なおも頼家は言って来た。

——母上。母上は何か思いちがいをしておられませんか。それでも禅師をかばおうとなさるのですか……あなたの子の頼家を害しようとした禅師を……。

政子は暫くの間無言だった。鋭い視線が、保子の白い顔を射た。

そうだったのか、保子……そなたたちは、比企討伐に名を藉《か》りて、頼家を将軍の座から引きずりおろし、自分たちの野心を満足させようとしていたのか……。

そのとき、政子の眼差しをはねのけるように、保子は顔を振り、髪をかきあげると、側近くににじりよった。

「姉上、まさか御所のいうことをお信じになったのではないでしょうね」

「………」

「御所は姉上と私達の間を割こうとしているのです」

「………」

「私たちが血のつながっている御所に逆心を懐《いだ》くはずがないではありませんか。私たちの目指す相手は比企だけです」

「………」

「お願いです。禅師を許せと御所にお伝え下さい」

「………」

「禅師はこんどの計画を全部知っています。が、決して御所の前でそれを口外はしないでしょう。禅師はそういう人です。けれども、いつまでも比企方の手の中に置くことは危険です……」

「………」

「姉上、いま禅師を許せとおっしゃれるのは、姉上だけです……あの安達景盛のときだって——御所は姉上のお言葉ひとつで、景盛を討つのを思い止まられたではありませんか」

政子はもう保子を見てはいなかった。が、殆ど背をむけるようにしたその姿には、保子を射すくめていたときよりも更に激しい不信と恚《いか》りとがあった。薄らあかりの中で、俄かに力なげになって来た燭がほのかにゆらぎ、そのきびしい横顔に翳を作っては消している。

「………」

言いかけて、保子は口を閉じた。それから諦めたように低くつぶやいた。

「許せとはおっしゃいませんのね」

その瞬間、風もないのに大きくゆらいだ燭は、ぱっと一時明るくなったと思うと、ふいに消えた。部屋の中には蒼い闇がふたたび戻って来た——。

二人は黙っていた。お互いに顔をそむけあって、その薄蒼い闇の中で、長いこと身うごきもしないでいた。

その間にも頼家からの保子引渡しの催促はますます激しくなって、門のあたりのざわめきは更に高くなった。

暫くして、保子が声をかけた。

「姉上、それでは私をどうなさるおつもりですか」

意外に落着いた口調だった。

「やはり御所へおつかわしになりますか」

政子は無言である。

「行けとおっしゃれば私は参ります。しかし姉上……」

「……」

「私をおつかわしになることは、私を謀反人の片われだとお認めになることでございます」

その口調には、薄ら嗤いでも泛べているような、ふてぶてしさが感じられた。

「私が謀反人だということになれば、父上も姉上も全く与《あずか》り知らぬとは申せなくなります……」

「……」

「それに私は女です。責められれば、どのようなことを――」

言いかけたとき、小さな、せわしげな足音が廊づたいに近づいて来たかと思うと、襖をがらりと押しあけて、白いものが飛びこんで来た。

「局、どこにいるの！」

寝着姿の千万だった。部屋の暗さにたじろぎながら、彼は悲しそうに呼んだ。

「局！」

「若君、ここに……」

答えたとたん、千万は保子にむしゃぶりついて来た。

「局、どこへも行っちゃいけない！」

敏感な少年は何かに感づいたのだろう。ひしとその胸にとりすがって、彼は繰返した。

「いや、いや！　どこへも行ってはいや！」

つづいて廊に足音がして、燭を持った侍女が千万を追いかけて来た。

「若君さま、若君さま！」

やわらかい燭の光に部屋が照らしだされたとき、初めて千万は政子をふりかえった。

「母上、局はどこへ行くんです？　とめて下さい。いっちゃいけません！　局が行くなら私も参ります……」

光の中で政子は目を閉じていた。今ここにある事実をすべて見まいとでもするように、かたくなに、身じろぎもせず、長い間政子はそうしていた。

六

全成はその年の六月、下野国で誅された。全成の長男の頼全は都の延年寺に入山して僧としての修業をしていたが、これも頼家の命をうけた六波羅《ろくはら》詰めの武士によって誅された。頼全が今度の事件に何の関りもなかったにもかかわらず殺されたのは、頼家の全成に対する憤りの深さを示している。
が保子は——あれだけ、頼家の要求が厳しかったのに、とうとう罪を免れた。それは、政子がともかく引渡しに応じなかった為だった。事情を知らない人々は、政子の頼家に対する発言力に感心し、さすがは妹御思いと噂した。

全成が死んだ知らせをうけたとき、保子は意外なくらい落着いていた。またわが子の頼全が京で誅せられたと聞いたときも、

「そう……」

白い顔は小さくうなずいただけだった。が、暫くして海辺の館で、ひそかに全成の法要を営んだとき——謀反人の名を冠せられた全成のための公けの法事は出来なかった——数珠《じゆず》をつまぐりながら保子はひどく泣いた。それは微行《しのび》で保子の館を訪れた政子が、読経の間じゅう、ずっと頬を固くし、身じろぎもしないでいたのと、まさしく対照的な姿だった。

いまや保子は政子と同じく、夫を失い、子供を失った。その限りでは、四十を半ばすぎた姉妹の境涯は似たようなものだった。しかし保子には千万があった。あのことがあって以来、彼女と千万の結びつきは異様なまでに深められたようだった。二人は熱っぽい視線をからませてみつめあい、その姿が見えない時はうろうろと探しあった。保子には殺された頼全のほかに数人の子供たちがあったにもかかわらず、いまの保子には、千万以外のことは殆ど頭にないかのようだった。

全成の事件はそれだけではおさまらなかった。比企、北条両氏の間の対立は、これをきっかけに更に深まり、全成が誅に服して二月後、たまたま、頼家が突然重病に陥った

とき、武力衝突をひきおこしたのである。比企氏は北条氏の謀略にかかってまず総帥能員を失い、残りの一族は頼家と若狭局の間に生れた一万の住む小御所に立籠ったが、忽ち窮地に陥った。そして遂に館に火をつけ、一万ともども炎の中で悲惨な最期をとげたのである。ときに九月二日、そのころやっと危篤状態を脱した頼家は北条氏の暴挙を憤慨したが、どうすることも出来ず、失意のうちに出家させられ、将軍職を千万にゆずる羽目に陥った。——全成が十数年夢に描いて来た千万の将軍就任が、その死をきっかけとして実現したというのは、皮肉なことだった。

乱も一段落した九月の十日、千万は晴れて将軍の座に就くために、北条時政の館に移ることになった。いままでは、いわば隠居所に引取られていた次男坊にすぎなかった十二歳の彼は俄かに公的な場に引張り出されることになったのである。

その日の朝になってから千万は、急に北条の館へ行くのを嫌だとかぶりを振り始めた。

「どうしてもいやなんだ、行くのは」

「そんなこと言ったって、……今にも迎えの輿《こし》が来るというのに」

政子はもてあましたが、内心、政子とて千万を手放すのは決して本意ではない。いつまでも傍に置いておきたい所なのだが、強《し》いて彼女は言った。

「いけません。あなたはもう今日からは子供じゃないのですよ。将軍家を継ぐ人なのですから、そんなわけのわからないことを言ってはいけません」

「でも、いやなのです。どうしても……」

頭の働きの鋭い、敏感な少年は、細い頸を振って、なぜかしきりに時政の館に行くのを拒むのである。

そうこうしているうちに時は過ぎた。表の方が急に騒がしくなったかと思うと、廊づたいに足早に近づいて来る絹ずれの音がした。

「輿が……お迎えが参りました」

保子の声だった。戸をひきあけ、政子の前につくねんと坐っている千万を不審そうに見やった。

「千万君、お出の時刻でございますよ。さ、お召しかえを遊ばせ」

「いやなの」

千万は保子のほうをふりむき甘えるように言った。

「ま、どうしてそんなことを」

二人の大人は千万の説得に骨を折った。表の方からは待ちかねているらしい人のざわめきが伝わって来る。

「さ、わからずをおっしゃらずに……」

「おじいさまの所だって、ここと同じですよ。ここと同じにしていればよいのですよ」

「なにが、おいやなの、いったい……」

二人がかりでなだめすかされて、千万はしぶしぶ言った。

「あそこへ行けば、自分はひとりぼっちだもの……」

「まあ」

それから千万はちょっと上目づかいに保子を見た。

「局、いっしょに行ってくれる？」

政子はふときびしい頰を見せた。がそれより一瞬早く、保子は姉にことわりもなしに大きくうなずいていた。

「ええ、行きます。若君の仰せなら……」

千万の顔が漸くほぐれた。

「なら、いってもいい」

それからが目の廻るような忙しさだった。迎え役の三浦義村や義時の息子の泰時などの接待をしながら、一方では千万を着がえさせ、荷物を整える……。小半刻の後やっと彼を輿に乗せると、普段の小袖のまま、保子は続いてその輿に乗込んだ。その時、保子は見送っている政子にちらりと笑いかけたようだった。全成の死以来、さすがにやつれていた頰が生き生きと輝きを取戻していた。

秋晴れの空の下を輿は動き出した。義村や泰時に前後を護られて、行列はゆらゆらと進んでゆく。

――とうとう行ってしまった……。

千万の出ていって急にひっそりした尼御所で、政子は気ぬけしたように小坪の萩をみつめていた。

それから三日ほどした昼下りである。

突然、保子が時政の館から戻って来た。いつになく、はりつめた表情で坐るなり、

「姉上！」

声を殺して保子は言った。

「今すぐ……今すぐ若君を呼び戻して下さい」

「なぜ？」

「なぜでもです。理由は何でもいい。尼御所の萩を見においで下さい。……これでは、とってつけたようでおかしいかしら。それとも姉上が御気分がすぐれないからということにしましょうか。これも大げさかしら。とにかく何でもいいのです」

「何のことなの、いったい」

「あとでお話しします。とにかく姉上がお呼びということにでもしましょう。すぐ迎えを出して下さい。ああ、それから、この間の時と同じように三浦殿や四郎殿に前後を固

めて貰って下さい」

日頃に似ないてきぱきとした調子でそれだけ言って迎えの人数を送り出してしまってから、保子は初めて、政子の顔をじっとみつめた。

「こわい所ですわ、父上のお邸は……」

「なぜ」

「お継母《かあ》様のお顔ったら……あの方は何を考えていらっしゃるのかわかりませんわ。ほんとうに恐いかた――」

と保子は声をひそめて時政の室《しつ》牧の方のことを告げた。

「……」

「あの方の若君を見る目が違うのです。まかりまちがったら、あの方は若君を殺してしまいます」

「まさか!」

「いえ、ほんとにそうなのです。あの方にだって男の子はおありですもの。何を考えておられるかわかりませんわ」

「……」

「若君は鋭い方。だから何か予感があったのですわ。だからあんなにむずかられたのです」

「……」

「私もふしぎな気がしましたの。それで姉上にお断りもせずに、すぐ参りますと申し上げてしまいましたの」

「……」

「姉上は何もお気づきになられませんでした？」

保子はちょっと笑ってみせた。何げなく、さらりと言ってのけながらも、その言葉が充分政子を刺すことを承知しているような笑い方をしてから、保子はまた、つぶやくように繰返した。

「もともと油断のならない方ですわ、あの方は……」

「でも、そなたは、はじめからあの方とは気があっていたようではないの」

政子が不機嫌にそういったとき、また保子はちらっと笑ってみせた。

「姉上にまでそう見えまして？……」

それから急に頰をひきしめて、彼女は声を低くした。

「とにかく、気をつけることですわ。若君は今からは将軍家なのですもの。若君をお守り出来るのは姉上——あなたと私だけなのですから……」

保子のその勘は果して思いすごしでなかったかどうか？……後年牧の方が自分の実子の婿の平賀朝雅を将軍にしようとした陰謀が露見したところを見れば、保子の勘は当っていたのかもしれない。――とにかく、これ以後の保子は千万のことというと必要以上に神経を働かせるようなところがあった。

こうして再び政子の許に帰ってきた千万はやがて元服して実朝《さねとも》と名乗った。一方、無理に出家させられた頼家は、鎌倉にいて実朝と摩擦を起すことを避けるために、この時すでに伊豆に下向させられていた。まだ二十二歳でしかなかった頼家にとって、山中の閑居はさすがに堪えがたいものだったらしい。彼は政子にこんな便りを寄せて来た。

いまだ習わぬ深山のあけくれ、徒然《つれづれ》はしのび難いものがあります。が、鎌倉へ帰りたいとは申しますまい。せめて日頃使いなれた近習のものどもなりと呼び寄せますことをお許し下さいませんか。

政子はこの頃頼家を伊豆へ追いやったことを悔い始めていた。あの時は比企の乱の興奮にかられ、時政の提案した出家と伊豆下向を許してしまったのだが、離れてみると、急に甘えっ子だった万寿の昔が思い出されて来たらしい。

が、政子がこの事を父時政や弟の四郎義時に計ると、二人は一様に首をかしげた。

「さあ――。まだ世も不安の折柄、そのような者を遣わすとは如何でしょうか。前将軍家の御運を誤らせたのは、もとはといえば、あの連中なのですから。尼御台の仰せならば否とは申しませぬが、もしあの輩が不届なことを前幕下の御耳に入れたりしますとな……」

と、やんわり断られた。しかも頼家が近くに呼びたいと言って来た近習たちは、かえって遠流《おんる》に処せられてしまった。

頼家にこれを伝える使者には、三浦義村が選ばれた。義村は言いにくい返答の使者になることを渋ったが、時政や四郎に無理にたのまれて、やむなくそれを引受けたのである。義村が帰って来て伝えた伊豆の生活は、想像していたよりもさらに侘しいものだった。

「秋も深まり、ひときわ物淋しい折とは存じながら、あの御生活はおいたわしすぎまする。おおい、と呼ばわっても、こだまも答えてこない森閑とした山中。ただ温泉《いでゆ》だけを友として侍るものは炊《かし》ぎの侍女と薪取りの下郎のみ。その前幕下に対し奉り、御近習召しよせをお断りするのは、打物取っての働きよりも辛い役目でございました」

勝気な政子は、それでも黙って聞いていたが、時政や四郎に押しきられたことへの後悔は、ありありとその頬に漂っていた。その夜政子は早く寝所へ入ったが、枕辺の燭はひと夜じゅうともり、時折かすかにしのび泣きの声が洩れていたことを侍女の多くは知っていた。それなり頼家からの消息はぱったり途絶えた。実は義村が伊豆へ降ったのは、書信を寄せるのを禁じるという北条氏の意向を伝える為だったことを政子が知ったのは、暫くたってからだった。

近習とも切離され、便りを書くことも禁じられたまま、翌年七月、頼家は伊豆で死んだ。北条氏がひそかに暗殺者を送ったのだと噂されるほど、その死は謎につつまれたものだった。

その兄の死によって、実朝の将軍としての地位が安定したというのは皮肉なことだが、ともかく、これ以後大揺れに揺れた鎌倉幕府は、実朝と北条氏を中心に、ある落着きを取戻した。そして尼御台政子の権威も表面はさらに高められたようにみえた。実朝は頼家と違ってすなおでおとなしく、政子の意見をよくきいた。が、頼家の時の例でもわかるように、その実、政子の権威はひどく頼りのないものだった。

それに比べて、保子は表面にこそは出なかったけれども、実質的には、ぐっと実朝を摑んで離さない。この時すでに実朝は前《さきの》大納言坊門《ぼうもん》信清の娘を室として迎えていたが、彼の周辺の細々としたことに気を使うのは、この公家育ちの稚い妻ではなく、依然として乳母の保子だった。人々はいつか、将軍への頼みごとはこの保子を通すにかぎるとさえ思い始めていたようだ。

表面は何の変りもないかに見えて、その実、姉妹の関係はいつの間にかすっかり変っていたのだ。二十数年前、高飛車に保子を全成に嫁がせた権威はもう政子からはとうに失われてしまっていた。そしてその事を一番よく知っているのは政子自身かもしれなかった。

そして保子は？　保子はそんな事には何も気づかないように見えた。性来の陽気なおしゃべりは年をとっても全く変りはない。しかし、もし彼女が他の北条一門の人々と同様に、権勢に向って燃える血の所有者であったとしたら、これ以上、みごとな成功はないわけだった。二十数年かかって彼女は姉の権威をはぎとり、代って将軍を動かす地位に就いたのだから……ただ保子はあくまでもそれには無縁のような顔をしていた。ひたすら実朝を思い、その成人が嬉しくてたまらない、というふうである。

「ほんとうに御立派だこと……将軍家は故父君ゆずりの王者の風格を備えていらっしゃいます」

すがやかな直垂姿の実朝を眺めては、保子は目を細め、うっとりとしてそう言うのである。そんなとき、政子はあまり相槌を打とうとはしない。

政子はそのころから、しきりに頼家の遺児を心にかけるようになった。頼家には、比企騒動の折に失った長男の一万のほかに、三人の男児と一人の女児があった。心ならずも死への道を歩ませてしまった頼家への心の負い目からか、政子はまず、一番年かさの五歳になる善哉《ぜんざい》を鶴岡八幡の別当尊暁の門弟とし、翌年には自分の御所で大がかりに袴着の祝いを行わせた。何かにつけて盲愛ともいうような可愛がりかたをする政子に、皮肉な笑いをむけたのは保子である。

「善哉のことというと、姉上の目の色がお変りになりますね」

「あたりまえです。善哉は私の孫ですもの」

政子も負けずにやりかえす。

「そなただって、実朝のことというと大騒ぎではありませんか」

「それで――姉上は袴着をさせて、この先はどうするおつもり?」

「実朝の猶子《ゆうし》にします」

あっ! と保子は小さく声をあげた。

「将軍家のおあとつぎにするのですか」

「いいえ、あの子は仏門に入れて修業をさせます。あの子の父親は気の毒な人でした。私はあんなみじめな最期をとげさせるつもりはなかったのです。あの子の父親の成仏を祈るためにも、仏門に入れるのがいちばんいいのです。それが一族へのなによりの供養です」

「……」

「ただ、実朝の子供として扶持《ふち》するのです。実朝に面倒を見させるのです」

暫く黙っていてから保子はいった。

「善哉が大きくなったとき……」

「え?」

「あの子が大きくなったとき、姉上のお気持が解るでしょうか」

「解ります。解らせてみせます」

ぴしっと政子は言いきった。十数年後、この善哉――のちの公暁《くぎょう》が実朝を殺すようになろうとは、このとき思ってもみないことだった。

落飾して公暁と名乗るようになった善哉は長い間、京の園城寺で修業を続けていた。彼が十七歳になった建保五年、鎌倉によび戻されて、鶴岡の別当になったのは政子の計らいである。鶴岡に入って間もなく彼は宿願ありと称して、千日参籠を始めた。がその宿願とは何だったのだろう。彼はその満願を待たずに、建保七年正月の雪の宵、右大臣に任じられて鶴岡社頭で拝賀の礼を行った実朝を襲ってその首級を挙げたのである。彼は、雪の下の自坊へ戻って食事をしたためる間も、実朝の首を手から放そうとはしなかった。そして、

「将軍家なきあと、東国の長者たるべきものは我を措いてはいない」

と宣言したが、その夜のうちに誅殺されてしまった。

変事はただちに尼御所に知らされた。聞くなり政子は、

「千万が善哉をか？……」

久しく口にしなかった幼な名で二人を呼んだ。

「いいえ、別当さまが将軍家をでございます」

手をつかえて言う侍女の言葉の重大さを、このとき、政子は理解していたのだろうか。

何を思ったか、すっくと立ち上ると、

「戸をおあけ」

小坪に面した戸を全部あけさせた。白銀の世界が目にとびこんで来ると同時に凍てついた空気が政子の瘠せた軀をおしつつんだ。夕方から降り出した雪は更に細かく、更に激しくなったようだ。その庭の白さに目を向けたまま、政子は、

「千万が善哉を……善哉が千万を……」

小さくつぶやきながら、その場にくずおれた。

傍らにあった保子はその時まで何も言わなかったが、政子が縁近くにうずくまってしまったとき、ふいに彼女はけたたましい笑い声をあげた。

「ほ、ほ、ほ、……何としたことを。うそ、うそですわ、姉上……」

せきあげてくるものを抑えかねるといったように、保子は笑いを止めなかった。その笑いの合間に、

「うそ、うそですわ……そんなこと」

「姉上、将軍家は右大臣に……右大臣になられたのですよ。こんな、おめでたいときに……そんな……そんな馬鹿な……」

切れ切れにいいながら、狂気に襲われたように身をよじって笑いつづけた。たしかに、瞬間、保子は狂気にとり憑かれていたのかもしれなかった。

「そんな……馬鹿な……うそ、うそですわ」

けらけらとよく響く笑い声は粉雪にまじって闇に吸われていった。木石のようにうずくまる政子に近づこうと立ち上りながら、保子はなおも笑いをやめなかった。その笑いの間から、

「そんなことがあってもよいものですか、ねえ、姉上……だいたい、善哉——いえ公暁どのが将軍家を……」

いいかけて——ふっと口をつぐんだ。

狂気の笑いが消え、その白い顔が仮面のようになった。

「姉上……」

立って政子を見下したまま、保子は乾いた声でそう言った。

政子は保子を見上げはしなかった。が保子も政子から目を離そうとはしない。恐らく彼女は姉が見上げるまでは、塑像のようにその場に立ちつくしているに違いない。十数年前、「善哉に姉上のお気持が解るでしょうか？」と聞いたその答を保子はいま、無残にうちひしがれている政子からむしりとろうとしているのだった。

もし政子が公暁を実朝の猶子にしなかったら、鎌倉に呼び戻して自分の血を思い出させることをしなかったら——然しそうした仮定は何の意味も持たない。そこにあるのは、子を失い、孫を失って、なお六十三歳の政子が生き残ったという事実だけなのだ。

そして保子も——彼女には三人の男の子が残されていたが、やがてそれを奪われる日

が来た。実朝の死によって鎌倉じゅうが動揺しているとき、駿河の所領にいた保子の子供たち、阿野時元以下の謀反が伝えられた。あるいはそれはこうしたときによくありがちの風聞にすぎなかったかもしれない。実朝も公暁もなくなったいま、源氏の血を一番濃くうけついでいるのは彼等だったから。阿野時元等の謀反が伝えられたとき、政子は出兵を拒まなかったし、また保子もそれに対して何もいわなかった。

二人の老いた姉妹には、もう何も残されてはいなかった。それでいて二人はその事に全く触れようとせずに、尼御所で一緒に生活を続けていた。ちょうど五十年前、少女のころそうであったと同じように……。

政子はめだって軀の肉がおち、目が窪み、素枯《すが》れた竹のような感じになった。が軀の衰えとは逆に、実朝の死後、その幕府内でしめる重味はさらに加わったようだ。彼女の弟、北条四郎義時は、いまや事実上の幕府の主権者でありながら、巧みにそれを蔽い隠して、凡ての命令は政子から出たような形をとったからである。

政子のまずしなければならなかったのは、将軍の後嗣をきめることだった。はじめは後鳥羽上皇の皇子のひとりを希望して京方と交渉したが失敗に終り、結局、頼朝の姉の血をひいているという理由で、九条道家の子の、たった二歳の三寅にきまった。

その年の七月十九日、千騎の軍兵に護られて、三寅は鎌倉に着いた。将軍の後嗣とはいえ、彼はまだろくろく歩けもしない幼児にすぎない。結局政子が彼に代って政事を聴くという形はその後も長く続けられなければならなかった。

痩せ素枯れたその軀で権威を支え、無理にも衰えを気づかせまいとして、公式の行事に追われている政子に代って、三寅の世話をするのは保子の役だった。さすがにひとまわり小さくなった感じだったが、もともと太り肉《じし》だっただけに、軀の丸みは消えていず、白い二の腕あたりには驚くほどふくよかさを残している。相変らず陽気で、年をとってからのお喋りは、さらに賑やかになったようだ。日いちにち、尼御所の奥庭で、よちよち歩きの三寅の相手をしている保子の屈託のない横顔のどこにも、夫や子供のすべてを失った翳は残っていなかった。

たしかに——保子はなにも失ってはいないのかもしれなかった。

その二年後——鎌倉幕府は一つの危機に見舞われた。数年来、王権恢復を狙っていた後鳥羽上皇が遂に北条義時追討の院宣を下したのである。院と幕府はこれまでもとかく円滑を欠いていたが、実朝の死後、まだ北条方の力が固まってない今こそ、と後鳥羽院は思ったようだ。

京都の変事は、五月十九日の昼下り鎌倉に伝えられた。時を移さず義時は注進文を持って政子の邸へかけつけた。つづいて弟の時房、長男の泰時、政所《まんどころ》別当大江広元等が集まり、議論の末に出陣ときまりかけたとき、四郎義時は、いつもの慇懃《いんぎん》さで政子に決断を強いた。

「お聞きの通りでございます」

よろしゅうございますね、というように四郎は政子をみつめ肯くのを待った。それから一語一語区切るようにして、

「御台様の御決意がきまりました上は、我々はそれに従うばかりでございます。よいか、太郎」

彼は息子の太郎泰時をかえりみた。

「出陣はなるべくすみやかに。おお、急を知ったのか、はや表が騒がしい。御台様、武者どもが集まったげにござりまする。御心のほどをお示し下さいますように」

「私がか?」

政子は初めて口を開いた。

「いかにも。御台様の一言こそ、武者の心を振い立たせるものでございます。いざ、お示し下さい、御決意のほどを……」

政子がふたたび肯いたとき、四郎は言った。

「行け、太郎。行って集まった武者どもに告げるがいい。只今より尼御台が御言葉を賜る。故将軍家の御言葉として承るようにとな……」

立ちかけてふと政子はよろめきをみせたが、四郎はそれに気づかないふりをしていた。いま、鎌倉の最高権威者として出陣を宣する政子に、いたわりを見せることは、むしろさしひかえるべきだ、とでも思っている様子である。

いつの間にか三寅は保子の膝で寝入っていた。それをやさしくゆすりながら、保子は小さな政子を——四郎から否応なく背負わされた権威を引摺って、幾万の将兵を死の淵に投げこむ宣言をするべく歩いてゆく政子の後姿を、いつまでも静かにみつめていた。

覇　樹

一

「四郎、四郎はおらぬか」

父の北条時政が猪首《いくび》のめりこんだ肩を怒らせて四郎義時を呼ぶ。

「四郎、四郎はどこにいます」

姉の政子が呼ぶ。ひきしまった細面に険《けん》のある眉をよせて。

が、四郎はいない。父や姉が北条家一流の癇癖《かんぺき》をつのらせて彼を呼ぶとき、四郎はそこにいたためしはないのである。

そもそも旗揚げのときからそうだった。治承四年八月十七日、いよいよ韮山《にらやま》の山木の館をめざして出発というそのときも、四郎の姿が見えなくて、時政は、

「四郎、何をしている！」

大鎧の肩をゆすって焦立ったものだ。

もっともこのとき時政の機嫌の悪かったのは四郎のせいだけではなかった。一月も前から練りに練っていた旗揚げの計画が、その半歩も踏み出さないうちにすでに狂いはじめていたことが彼を焦立たせていたのである。

計画通りに行けば、この日の未明この北条を発って、平家の目代《もくだい》山木兼隆を血祭にあげ、そのまま一気に相模《さがみ》まで押出しているはずだった。そして今ごろは娘の婿源頼朝は一介の流人から源家の正統継承者に生れ変り、時政自身も四十三歳の生涯の転機をすでに超えているはずだった。

ところが、実際にはこの館から一歩も出ないうちに、むざむざ一日はすぎてしまった。貴重な一日を取逃した理由はただひとつ、手勢が余りにも少なすぎたからだ。必ず来ますと誓った佐々木源氏の四兄弟——定綱、経高、盛綱、高綱なども、とうとう前の晩になっても姿を見せずじまいだった。

「裏切られたか、さては」

頼朝の顔は蒼ざめていた。三十四歳の源家の嫡流にしては度胸のなさすぎるうろたえ方にも腹がたったが、時政にとっては、それよりも、やまをはずしてしまったことの方が手痛かった。

——時を逃がした。遅くなればなるほど悪い。いつ山木に覚られるやも知れぬ。

が、迷いの出た頼朝が出発に踏みきれずにいるうち、いつか暁の奇襲の時機はすぎていた。

そして拭いようもない後悔と焦立ちの広まりかけた昼下り――汗まみれの佐々木兄弟がくたびれた顔をみせたのはそんなときだった。聞けば出水に道を阻まれておくれたのだという。

「よし、今晩の月の出を待って夜討ちだ」

力強くそういったものの、内心時機を失したという思いは消えていない時政であった。慌しく作戦計画を練直すうちに日は暮れた。篝火《かがりび》ひとつ焚かぬひっそりした陣立ち。薄闇の中で馬は首を垂れ、そのまわりを侍たちがのろのろと動きまわる。これで勝つ見込みはあるのだろうか……。

岡崎四郎義実。

土肥次郎実平。

漸く昇りかけた月の淡い光のなかに人影を確かめながら、時政は四郎のいないのに気がついた。

「四郎、四郎！」

縁に落ちはじめた蒼黒い月光を踏んで彼は何度か焦立たしげにその名を呼んだ。隈の濃い植込みのあたりから、のっそり人影が現れたのはその直後である。

「何とした四郎、遅すぎるぞ！」

黒い人影に時政は喚いた。

「は、用意は出来ております」

四郎は立ちどまり、ちらりと笑ったようだった。萌黄縅《もえぎおどし》の鎧に切斑《きりふ》の矢、黒漆の太刀を揺らせた姿にはたしかに隙はない。十八にしては大柄な四郎は装束を固めるとひどく精悍にみえた。

「早く兄の所へ行かぬか」

「は……」

「どこへ行っていたのだ」

「は、いや……」

言うなり長い臑《すね》はもう走り出していた。こんなところでは弁解無用だというふうに……。

実は、つい今しがたまで——。

四郎は頼朝の部屋の前に足音を忍ばせて立っていたのである。故意にではないが、表に急ごうと庭先を横切りかけた鼻先に、ひそやかな頼朝の声が聞えたからだ。

「よく来てくれた、礼を言うぞ……」

声は涙を帯びて震えていた。

「俺はそなたたちを信じていた……信じながらも裏切られたかとふと思ったりしたのは自分の不覚だった……許してくれ」

相手が佐々木兄弟であることは顔を見ないでもわかった。どうやら頼朝はその前で手もつきかねまじき様子である。縁に近づくと、鼻にかかった女性的な語調は更によく聞きとれた。

「今日の忠節、頼朝生涯忘れはせぬぞ」

「頼りになるのは、そなたたちだけなのだ」

「誰にも言っては困るが……」

「そなたたちにだけ打明けるのだが……」

が、庭先を離れた四郎の顔には大して驚きの表情も泛《うか》んではいなかった。頼朝の小細工は今日に始まったことではない。岡崎義実、加藤次景廉、宇佐見祐茂、これらの侍が来るごとに、さりげなく部屋に呼び入れ、お前だけが頼りだ、を繰返しているのを、こっそり立聞きしてしまっているからだ。

ふしぎなことだが、その女々しい言葉は、頼朝の口から出るとき、少しも卑屈には聞えず、むしろ聞く者の魂を捉えてしまうらしい。二十年の流謫《るたく》の中でも貴公子の風格を失わなかった頼朝——日頃おっとりと口数少い彼からまともにそう言われてしまうと、坂東の荒武者どもはどぎまぎし、相手を疑うことさえ忘れてしまうようだ。

が、これまで四郎は一度もそれを父には言っていない。言う必要はないのである。

「真実、頼みにするのは……」を一番よく聞かされているのは時政自身なのだから……。

たしかに、四郎の目はいつもよく見えすぎ、耳はよく聞えすぎた。だから彼は余計無口になるのだろうか、するすると門前の侍の間を通りぬけると、黙って、兄の三郎宗時の後で黒鹿毛《かげ》の鞍に手をかけていた。

三郎はよく似た黒鹿毛の背から弟をふりかえると、少し道を譲るように馬を脇によせた。彼は父のようにおくれた弟を咎めはしなかった。

「落着けよ、四郎」

「はい」

「今夜は三島の祭礼だし、山木も油断していよう。なに、父上が御案じなさるほどのことはあるまい。うまくゆくだろう、きっと」

沈着で聡明な総領の三郎は、いちはやく父の胸の中を見ぬいていたらしい。彫りの深い顔をあげて韮山の方をみつめながら静かに言った。

「が、問題はそのあとだ。相模では大庭が動き始めたらしいからな。邪魔をされずに三浦党と合体できるかどうか……」

言いかけたとき、奥から黒い塊のように駆けて来た佐々木兄弟が慌しく陣列に加わった。昼の疲れはすっかり洗い落したひとつひとつの顔の、思いつめた瞳やきりりと結んだ口許を、ちらりと眺めただけで四郎は黙っていた。

出陣の準備はすべて整った。法螺《ほら》も鳴らさず、兵鼓も響かないひそやかな陣立ちではあったが、冷たい秋気にひきしめられて侍たちの瞳は徐々に燃え始めていた。夜の深さと静かさは、かえって人を野獣にするのだろうか、鎧のふれあうかすかな音は、谷を渡る夜のけものたちの歯嚙みに似ていた。


三郎宗時の予想にたがわず山木攻めはみごとに成功した。そのあと相模に押しだすと、これも三郎の予想にたがわず、大庭景親以下の平家被官の徒に行手を塞がれ、一党は無残な敗北を喫してしまった。そして北条時政にとって何よりの傷手《いたで》だったのは、この合戦で聡明な三郎を失ってしまったことだった。

石橋山の合戦に敗れたあと、時政と四郎は箱根に逃れたが、三郎は土肥山から桑原へ降り、早河の辺まで来たとき、大庭に組した伊東祐親の手勢に囲まれ、壮烈な討死を遂げたのである。

頼朝に従って身一つで安房へ逃れ、更にその意をうけて甲斐源氏に挙兵を促すために旅立った時政は、やがて平家軍と対決するべく甲斐勢と共に黄瀬川に着陣し、東海道を押し出して来た頼朝と二月ぶりの対面をした。

が、たった二月の間に驚くほど頼朝は変っていた。関東の豪族たちを帰属させ、鎌倉に新府を開いて武家の棟梁としての道を歩み始めていたとはいえ、これまでは二言めには、

「舅《しゅうと》殿には?」

と顔色を窺っていたのが、いやに勿体ぶって顎をしゃくって会釈をするではないか……しかもその身辺には三浦や千葉や上総などの一族が親衛隊づらをして居流れている。特に子沢山の千葉や三浦が精悍な面構えの若者たちをずらりと並べているのを見たときほど、三郎を失ったことの大きさが胸にこたえたことはなかった。

その時政に気づいてはいないのだろうか、頼朝は鎌倉に戻ると間もなく、和田義盛を侍所の別当に任命した。義盛は三浦の支族、まだ三十をすぎたばかりの猪武者で、到底、御家人全部を統轄し軍議を纏める侍所の別当という柄ではない。それを何の相談もなしに……と時政は不満だった。

もっとも義盛が侍所別当になったのには、ちょっとしたいきさつがある。

惨憺たる敗け方をして、真鶴岬から一片の小舟で安房へ逃れたその直後、冷たい波しぶきをあびて歯の根も合わずにいる頼朝の前で、義盛は何を思ったのか突然言い出したのである。

「佐殿《すけどの》、今のうちにお願いしておくことがあります」

紺の鎧直垂をぐっしょり濡らしたまま、彼は至極真面目な口調でいった。

「もし大業成就《じょうじゅ》の暁には、佐殿、この義盛に侍奉行を仰せ付け頂きたい」

侍奉行に？　傍らの岡崎義実や土肥実平は、じろりと義盛を見た。

馬鹿ではないのか、この男……散々に打負けて死地を逃れ、やっとここまで来たとはいえ、房総の諸将の帰趨《きすう》もまだわからないのに、こいつは佐殿が天下をとるとでも思っているのか……。

が、義盛は大真面目である。

「是非ともお願いします。とにかく侍奉行というのは大したものですからな。上総忠清殿が東国の侍奉行だった時のことを私は憶えていますが……」

彼はあたりを見廻した。

「とにかく大したもんだった。俺は祖父御に連れられて御機嫌伺いに出たが、あっちからもこっちからも侍共が来るわ、来るわ。それらを忠清殿は顎で指図なさる。羨しかったなあ、俺は……」

ひどく正直な言い方に、あは、あは、あは……と誰かが堪《こら》えきれぬように笑いだした。

「それで貴公、俺たちを顎で指図しようというのか」

義盛は日焼けした顔に白い歯をのぞかせて三十すぎとは思えない無邪気な笑みを泛べた。

「いい気持だろうな、きっと……」

それから彼は前より更に真剣に頼朝に向って言った。

「佐殿、いいですか、御願いしておきますぞ、侍奉行はこの義盛ですぞ」

「よしよし」

照れたように笑っている頼朝と、大真面目な義盛を見比べて、ひととき人々は笑いこけた。


たしかに義盛のひと言は、暫くの間人々に前途の不安を忘れさせた。

――が、それはそれだけのことだ。一時の座興にすぎない。義盛が本気でそう思っていたとしたら、あいつは大阿呆だし、それをまにうける佐殿も佐殿だ。

と、時政は苦りきった。そんなとき思い出されるのは亡き三郎のことだった。もし三郎さえ健在なら、和田や千葉などに大きな顔はさせないものを……。

その三郎のあとを埋めるにしては、四郎はどうも頼りない。頼朝の舅というだけでは不安定なので、時政はその直後から政子の妹たちを足利や畠山などの豪族に嫁にやってしきりに関東勢との結びつきを深めようとはしたが、こんな裏からの工作はたかが知れている。かんじんの四郎にもっとしっかりして貰わなければ困るのである。

四郎は決して勘の悪い方ではない。子供のときから、いたずらを見つけられても叱られる先にすうと姿を消してしまうような要領のいい所はあった。が次男坊で気ままに育ったせいか、人の頭に立って引張ってゆくという意欲がない。かといっておとなしく人についてゆくというのでもない。それどころか父の時政の言うことさえおいそれとは聞かないしぶとさもあった。

寿永元年十一月、例の頼朝の浮気――亀の前の一件のこじれから、時政が兵を纏めて伊豆に引揚げたときのことである。時政としても婿の浮気にそれほど本気で腹を立てたわけではなかったのだが、実はそのころ次第に言うことを聞かなくなって来た頼朝への嫌がらせのつもりで、わざと大げさな一芝居をうったのである。

物々しげな軍装で霜を踏んで鎌倉を後にしてから、ひそかに物見を出して探らせると、果せるかな鎌倉は大騒動になっていた。

――ざまを見ろ、頼朝め……。

にたりとして周囲を見廻したときである、時政が四郎のいないことに気づいたのは……。

「四郎はどうした、四郎は?」

「は? 若君でございますか」

言われて郎従たちは闇の中で顔を見合せた。

「はて、お館をお発ちになるときはたしかにお見かけしたように思いましたが……」

「いや、あの時は常の御直垂《ひたたれ》でござった。お召替えをされてあとからおいでになるおつもりでは？……」

——ちっ、仕方のないやつ。またしても……。

時政は遠くにちらと見える鎌倉と覚しき小さな灯を睨んで舌打ちした。

実はそのころ、四郎は頼朝に呼ばれて御所の奥の局に坐っていた——もっとも時政がそれを知ったのは翌日伊豆へ帰りついてからだったけれども……。

時政の伊豆引揚げに衝撃をうけた頼朝は、後に残った四郎の前で卑屈なくらい機嫌をとった。そんなとき、倍ほども年のちがう頼朝の前で、四郎はただ黙ってにこにこしている。

「おろか者め、父の気持が解らぬのか！」

伊豆の時政は焦々した。引込みがつかないままに暫くぐずぐずしていたが、やがて木曾義仲が挙兵し事態が切迫したので、それにかこつけてやっと鎌倉へ戻って来た。

——四郎め、ただでは置かぬぞ。

そういう気配を察してか、時政が鎌倉へ着くなり、政子はそっと耳うちした。

「四郎になぜ鎌倉に残ったのかと聞きましたらね、みんないなくなってしまったら、姉上がお心細かろうと思って……ですって。あれで案外優しい所があるのですわ、四郎は……」

事の起りが自分達の痴話喧嘩にあるのさえけろりと忘れた口ぶりに、内心舌打ちしながら、時政は振りあげた拳のやり場を失ったような気分を味わわされた。

寿永三年、上洛して木曾勢を蹴ちらし、平家を西海まで追落した鎌倉勢は、いったん戻ってから、その秋、再び西海の平家攻めに出発した。総大将参河守《みかわのかみ》範頼に率いられた大兵団の中には手勢をひきつれた四郎義時も混っていた。

四郎にとっては旗揚げ以来の出陣である。頼朝が稲瀬川のあたりに桟敷を構えてその門出を見送るというので、出陣の兵士達は興奮しきっていたが、その中で、四郎ひとりは殆ど無表情だった。萌黄匂いの鎧直垂に小具足《こぐそく》だけつけた彼は、少し吊りぎみの白眼の澄んだ細い瞳をあげて頼朝に軽く会釈すると静かにその前をすぎて行った。和田義盛が馬上でやたらに腕を振り廻したり大声で喚いたり、今にも敵陣に躍りこみそうな気合いの入れ方をして発って行ったのとは凡そ対照的な姿だった。

——やる気があるのか、あいつ……。

頼朝の後でむしろ不安を感じていたのは時政である。

——しっかりやれ、四郎。和田や千葉づれに負けるなよ！

栈敷からのびあがったが、秋の陽の中でさわやかに見えた萌黄匂いの直垂は、もう軍列の中に融けこんでしまっていた。

そして、それ以来――。

陣馬の列に巻きこまれたまま、四郎の動静は殆ど鎌倉へは伝わってこなかったのである。

もっとも今度は泥沼の持久戦だったから誰もさしたる手柄は樹てていない。ひどい食糧難に悩まされ、単純な和田義盛などはたちまち悲鳴をあげ、

「何のために西海くんだりまで来たのか解らん。俺は戦さをやりに来たんで、腹をへらしに来たんじゃないからな」

侍所の別当であることも忘れて、真先に手勢を纏めて帰ろうとする始末。それでも千葉常胤が老軀に鞭うって陣頭に立ったとか、下河辺《しもこうべ》行平が甲冑を売って小舟を買い、それで九州へ上陸したというような美談が伝えられて来たが、四郎に関する限り戦功の噂はさっぱりだった。

――どうした四郎、何をしている……。

時政はやきもきしたが、傍にいてさえ姿を見失いがちの四郎のことだ。風波を遥かに隔てていてはどうにもならない。

範頼軍がもたもたしている間に、もう一人の頼朝の弟、九郎義経は屋島から壇の浦へ

と平家を追いつめ、遂にその息の根をとめてしまった。その赫々《かくかく》たる戦果の前に、範頼や四郎の無能ははっきりと暴露されたかたちになった。

「西国では何をしていたのだ、いったい……」

鎌倉に戻るなり時政に怒鳴りつけられたが、しかし、四郎は一向にこたえてはいないらしい。

「いや、ひどいものでした。だいいち、私は戦さが下手ですから……」

「全くだ、そちといい、蒲《かば》殿といい……」

「ああ蒲殿ですか、正直な方ですからね。御所から度々帝《みかど》と神器を無事に取戻せと御手紙が来たものですから、これはうかつには動けないぞというわけで……」

「それでべんべんと日を過していたというのだな。見ろ、その間に九郎殿に功を奪われてしまったではないか」

「まあ、そうです。が、その代り蒲殿は帝や神器を失う責任からは逃れました」

「いいわけがましいことは言うな」

神妙に頭だけは下げたが、白眼の冴えた瞳には薄い笑いが漂っているようだった。

が、やがて、赫々たる戦功を樹てたはずの義経はあえなく没落した。そしてお人好しの慎重居士、範頼も……寿永、元暦、文治、建久、と、頼朝をめぐる人々は次々に隆替したが、その中にあって四郎は何をしたのだろう？

彼は何もしなかった。うっそりした木立にかこまれた小町の屋敷から目と鼻の先にある御所の侍所に出仕しても一日つくねんと黙っていることが多かった。細くて切れの長いその瞳だけは相変らずよく動いたけれども……。

彼の姿をしばしば見かけるのは侍所よりも、姉のいる小御所に於てだった。そこでも、夫の浮気だとか子供の事だとかの愚痴話を、四郎は辛抱強く聞いてやっているだけだ。この間に話題になったことと言えば、御所の女房の中でも美貌の聞えの高かった姫前《ひめのまえ》をたって申しうけて妻にしたことぐらいだろうか……。

四郎が珍しく直談判でそれを頼朝に申しこんだとき、

「ほ、姫前を所望か、そなたが？……」

頼朝は信じられないというふうに目をぱちぱちさせた。このとき四郎は三十歳、先妻との間の太郎金剛丸は十歳になっていた。が、その妻が病死して以来数年というもの、浮いた噂もない物堅さだったのである。

「是非お願いします。度々文をやっているのですが、返事もくれません」

「文を？　ほう……」

これも初耳だった。

「もう十通ぐらい書いています」

照れもせず、大真面目でいう四郎の前で、頼朝の方がかえってどぎまぎしていた。

「よし、よし、よい縁組だ。あれは比企藤内朝宗の娘だからな。四郎の妻としても不足はない。みめかたちもすぐれているが、気立てもやさしい女だ」

「仰せの通りです」

「……だから、その代り四郎、約束をするか。生涯決して離縁はしないという……」

くどいように念を押した。表面ひどく乗気にみえる頼朝のその言葉の奥に、妙な歯切れの悪さのあることに四郎は気づいてはいなかったのだろうか、至極大真面目にその場で一生離別しないという起請文まで書いて渡したものだ。

約束に違わず、彼と姫前の間は人の噂に上るほどの睦まじさだった。

「姫前は達者ですか。大層仲がよいそうですね」

婚礼から一月ほど経った晩秋の昼下り、小御所にやってきた弟をからかうつもりで、政子は聞いてみた。縁先の陽だまりに坐ったまま、坪の隅の薄《すすき》の穂を渡り歩く雀を目で追いながら、四郎はぬけぬけと答えた。

「かわいい奴です。いくらかわいがっても、すぎるということのないのは、ああいうのを言うのでしょう」

「まあ……」

「かわいがってやればやるほど、いい女になります。めったにないのじゃないかな、あいうからだは……」

二の句がつげないでいる政子をはじめてふりむくと、四郎は声を落した。

「生娘《きむすめ》でした、まだ」

「……………」

「御所より、どうやら一手早かったようです」

「四郎——」

政子の眉がぴくりと震えるのを目で制して、四郎は薄い微笑を泛べた。

「あのままにしておいたら、御所は黙ってはいませんよ。一騒動起らないうちに早めに頂戴してしまったというわけです。姉上、姉上からも、せいぜい御ねぎらい頂きたいところですな」

「ま……いやな四郎」

笑おうとして政子の頰が硬ばった。彼女はついこの間、次男の千万を生んだばかりである。お産の前後というと、きまって侍女に手を出す夫にさんざん手古《てこ》ずっている政子にとっては、これは手痛い言葉だった。

姫前との間にはやがて二郎、三郎が生まれ、太郎金剛丸も元服して頼時と名を改めた。これがのちの泰時である。息子たちにかこまれて、四郎の平穏無事は続く。三十二、三十三、三十四……義兄頼朝が旗揚げをした年齢も、四郎は無為にすごしてしまう。表面安定期に入ったかにみえる鎌倉幕府の舞台裏で繰広げられていた微妙な主導権争い——

その渦の中で必死に戦っている父の時政からすれば、何とも歯がゆい四郎であった。が、父親からみればいかにも物足りないこの四郎も、きょうだいたちからは案外評判がいい。ひどく強気そうで意外に脆いところのある長姉の政子——気位が高くて、めったにその脆さを見せはしない彼女も、無口な四郎に気を許してか、女の弱さも単純さも平気でさらけだして愚痴話をぶちまける。しんの疲れるこうした打明け話にも、次姉の保子のとめどない無駄なお喋りにも、四郎は同じように相槌を打つ。時として二人の姉が同じことを全く逆な見方をしていることがあっても、彼は決してそれを言いはしない。だからこそ安心して女たちは更に饒舌になるのである。

二人の姉ばかりではない。十五ほど年の違う五郎時連《ときつら》も、頼りにするのは父よりも四郎の方である。才走っているが、兄と違って派手ずきで、きらびやかな箔押しや、人をぎょっとさせる片身《かたみ》変りの直垂を着こんで得意になっている五郎は、近ごろ京下りの白拍子と遊ぶことを覚えて、手許がつまって来ると、四郎の所へそっと無心に来る。若い後添のいる父の所は、さすがに煙ったいのだろう。時政にしてみれば、わざと自分を避けているような五郎が気に入らない。

「仕方のないおっちょこちょいめ。あれと四郎をつきまぜれば、少しはまともな人間が出来るのだが——」

こんなとき、後添の牧の方は、すかさず口を入れる。

「それだって、あなたの御器量には及びもつきません。ほんとに親に似ぬお子達ですこと」

むっちりした腰をひねって、視線をからみつかせると、

「やっぱり一番あなたそっくりなのは六郎ですわ。顔だちといい、気性と言い……」

自分の腹に出来た、十になったばかりの末子を引合いに出すのを忘れない。恐らく牧の方とすれば、後に政範と名乗る六郎を時政の後継者に据えたかったのだろう。が、大それたその夢が実現するより先に、歴史に大きな転機が来てしまった。

正治元年——。

頼朝の死が突然にやって来たのだ。そしてこのことは北条家の、そして四郎の生涯に、少からぬ影響を与えずにはおかないはずだった。

二

頼朝の死があまり突然だったために、その直後から、鎌倉では死因をめぐって奇妙な噂がたち始めていた。

義経、義仲、平家の怨霊。

平家残党の刺客の襲撃。

不慮の椿事《ちんじ》とも言うべき落馬から床についたのだから、こうした噂が流れるのはやむを得ないことだったかもしれない。

が、時政にとって聞きずてならないのは、

――どうやら北条殿も御所の死を願っていたらしい……。

という囁きがひそかに交されていることだった。北条殿は次第に言うことを聞かなくなった頼朝をもてあまし、御台所の生んだ頼家に望みをかけ始めていた、というのである。

とんでもない話だ！　濡衣《ぬれぎぬ》だ！

時政は焦立った。頼朝が死ねば時政は将軍の舅という座からすべり落ちてしまう。それを恐れて、一番頼朝の回復を願っていたのは時政自身だったのだから……。

が下手に弁解すれば、噂好きな御家人たちはさらに薄笑いを泛べて腹の中で言うだろう。

――いやいや、時政殿。御所の若君頼家様は、あなたの孫ではござらぬか。

が、これこそさらにとんでもない話だ。考えてもみるがいい、孫などというものは、煙たい祖父《おじい》と好きな女の、どちらの言うことをよく聞くものかを……。

突然時政の前に一人の若い女の顔が泛ぶ。小柄で愛くるしくて、いくらか蓮葉《はすつぱ》な女――頼家の愛妾、若狭局の顔だ。そしてその顔に重なりあうようにして、髭の濃い赫ら顔の武将の顔が泛ぶ。若狭の父、比企能員《よしかず》である。

——む、田舎侍めが。やりおるわ。

あらぬ噂をたてておいて、時政を権力の座から外そうとは、髭面め、見かけによらぬ芸の細かさだ。

比企は武蔵の豪族だ。能員の養母比企の尼は頼朝の乳母で、流謫時代も欠かさず生活の資を送り続けた人だ。その縁で頼家が生れると能員の妻が乳母になり、長ずると早速娘を側室に入れている。

——源家との繋《つな》がりは俺の方が古い。

そう思っている能員である。

北条と比企が折合のつかぬまま暗闘をくりかえしたあと、結局妥協案として出来たのが例の合議制だ。結果的には、頼家はどちらかのロボットになる代りに、権力そのものを奪いとられることになった。

これは頼家が訴訟の裁決が出来ないほど愚かだったからではない。父の頼朝は武家の棟梁とはいいながら、むしろ公家的、京都的な性格が強かった。武家と公家との間に立つ危うさが逆に彼を支えていたともいえよう。草創期の武家社会にはそうした人間も必要だったが、いまは事情が変りつつある。単なる武家の象徴としての将軍家よりも、もっと逞しい土の匂いのする彼等自身の代表者の登場が望まれだしているのだ。

が、具体的に比企か北条かということになると複雑な利害がからみあってどうにもならず、とどのつまりが合議制に落着いた。独裁好きな日本人の歴史の中でこれは珍しいことだが、一見合理的にみえるこの制度は彼等の野望の渦が苦しまぎれに生み出したものでしかなかったのだ。

だから合議制は始まった時から、比企、北条の血なまぐさい相剋を孕《はら》んでいた。中原、三善などの吏僚派、下野常陸を押える長老八田知家、相模の軍団を握る三浦義澄、比企と同じく頼家の乳母夫《めのと》である梶原景時など、それぞれの利害を腹に抱えた連中をどう操るか……時政が三浦義澄と手を組んで、義澄の甥和田義盛と並べて四郎を強引にその顔ぶれに押しこんだのはまず成功というべきかもしれない。

このとき四郎は三十八歳。初めて政局の表面に現れたわけだが、格別意気ごんだ風もなく合議の座でも殆ど発言しなかった。時として議論が沸騰し戦場馴れした地声をはりあげて一座が怒鳴りあったりしても、切れの長い瞳で素早く一人一人の顔を追うだけで黙っている。

――しっかりしろ四郎、首を並べているだけでは何もならぬぞ。

時政は苦りきっている。不満の種は四郎だけではない。五郎にも彼は腹をたてている。五郎はいつの間にか、すっかり頼家の取巻きになっていたのである。政治の実際面から遠ざけられた頼家が半ばやけ気味に蹴鞠《けまり》に耽溺しはじめると、おっちょこちょいの五郎はその真似をしてすぐさま鞠にとびついたのだ。

しかも頼家を取巻く鞠の仲間というのが、事もあろうに比企能員の息子たち、三郎とか弥四郎とか、その姻戚の小笠原弥太郎、中野五郎といった連中だった。彼はこれらの野放図な若者たちと鞠に明けくれ酒に酔いしれ、はてはこの街に群れはじめた白拍子をひきずりこんで、無軌道な性のたのしみにふけっているらしい。

——五郎め、よりにもよって比企の奴等と仲間になるとは……。

時政が苦虫を嚙みつぶしているのに感づいてか、五郎は父の屋敷には足ぶみもしない。兄の四郎によく似た浅黒い瘠せ型、兄よりも更に敏捷な身のこなしの彼を、時政の屋敷の人々が見なくなってから、すでに半年は経つだろうか。小遣いに困ったりすると、五郎は例によって小町の四郎の所へいってせびっているらしいのである。


微妙な合議の座の均衡は一年とは続かなかった。まず脱落したのは梶原景時である。景時排斥に最も熱心だったのは能員だった。彼は同じく頼家の乳母夫である景時を追討するために、一番多くの兵力を出動させた。

——ふふふ、能員めが……。

時政は高見の見物だった。もっとも彼が落着いていたのは、今度の事件のお膳立てをしたのが、他ならぬ彼の娘婿、阿野全成《ぜんじょう》だったからだ。

次女保子の夫で頼朝の異母弟でもある瘠せぎすのこの男は、兄の在世中は用心深くその護持僧になりきって命を全うした。そして頼家の時代が来ると、少しずつ時政に近づき、いつの間にかその護持僧のような形になってしまった。

時政の館は名越《なごえ》にある。鎌倉の東南のはずれで、三浦へぬける切通しを押える形になだらかな丘陵が幾重にも緑の襞《ひだ》を作り、やがて海に連なっている。その山ふところにある持仏堂で読経をすませると、それに連なる山の館や、ずっと海に寄って小坪から稲村ヶ崎まで見渡せる浜の館で、全成は暫く時政と話しこんでは帰って行く。口数は少いが切れる男だ、と時政が気づくまでに大して時間はかからなかった。だから秋晴れのある日、いつものようにふらっとやって来た全成が、静まりかえった谷戸《やと》の奥に目を投げて、

「梶原が朝光を讒言しようとしているそうですな」

ぽつりとそう言っただけで時政は凡てを了解したのである。全成と保子の芝居が成功して思惑通り景時は没落した。それから半年も経たない間に、荒淫と酒と鞠に蝕《むしば》まれて頼家が病床に倒れると、

「今のうちに……」

ふらりとやって来た全成は、この時も黒ずんだ谷戸の繁みに目をやって、ぼそりと言った。

「今のうちに、比企を……」

皆まで言わないうちに時政はすべてを了解した。頼家に万一のことがあったとき、若狭局の産んだ一万に相続権の行くのを封じるには、今比企を討つしかない、というのである。

早速、極秘裏に比企討滅の計画が練られた。画策に与《あずか》るのは全成、保子、政子、四郎だけとした。ひそやかに手筈がきめられ、あとはきっかけを待つばかりになったとき——。

突然ある夜異変が起きた。全成が比企方の手で御所へ連行されてしまったのだ。

——しまった、露見したか。

夏のしらじら明けに知らせをうけて、時政は顔色を変えた。

「四郎を呼べ。すぐこれへ」

御所のあたりにはすでに比企勢が群れているという。四郎の館はどうしたか。政子は？ 保子は？……朝露のたゆたう丘を駆け降りて行く蹄の音を追いながら、時政はすぐ小具足の仕度をさせた。待つ間もなく四郎はやって来た。

「使に道で逢いましたので」

馬を飛ばせて来たというのに汗もかいてはいず、濃藍の紗の直垂が涼しげである。見れば袖や袴を括《くく》りあげてもいないふだんのいでたちだった。が、それに気づくだけの余

裕は時政にはなかったらしい。顔をみるなり、

「先んじられた、比企めに——」

「どこから洩れたのか、いったい……」

目を光らせてそういった。

万が一にも洩れる気遣いはなかったはずだ。この企みを知っているのは、自分と全成、保子、政子、四郎だけなのだから……と言いかけてから初めて、彼は四郎のふだんのままの装束に気がついた。しかもその頬に、前からこうなることは解っていたとでも言いたげな表情さえあるのをみて時政は瞳を厳しくした。ある疑惑がその頭をかすめたのはこのときである。ふいに彼は語調を変えた。

「四郎。五郎はどうしている?」

「は?」

「……よもや五郎が……」

問いつめて来る瞳に、

「いや、そのようなことはないと思いますが……」

四郎は曖昧《あいまい》な微笑で答えた。時政は暫く黙っていた。それから少ししわがれた声で言った。

「保子は?……」

この事件で一番衝撃をうけているのは保子である筈だ。

「保子姉上は尼御所に――大姉上の所へおいでです。すべて大姉上のお計いに任せればよいかと存じます」

この未明、尼御所の二人が姉妹の絆《きずな》もかなぐりすてて、むきだしな対決を続けていたことを知ってか知らずにか、静かに四郎はそう言った。

全成の斬首という後味の悪い決着のつけ方で、一応この事件は落ちついた。いきさつはともあれ、形の上では全成は北条氏に売られたのである。しかも不思議なことに、誰が彼を売ったかは、とうとう解らずじまいだった。

人々の胸の中に少しずつの不信と疑惑を残して、なぜかこのあと、表面には比企と北条の間に奇妙な小康状態が訪れた。五郎は前にもまして比企三郎や弥四郎たちと睦まじげに鞠に明けくれている。それを見聞きしても、時政はつとめて知らぬふりを装うばかりか、何かの埋合せをつけるかのように、自分も急に能員に笑顔をみせたりした。

そういえば時政は四郎に対しても口やかましく文句を言わなくなった。これまでは四郎のすることが気に入らず、口を開けば不肖の子、役立たずとうるさかった時政が、四郎の瞳をみつめて、ふっと言いかけた言葉さえ呑みこむようになったのはそれからである。避けているというほど明らかさまではないが、気ままに怒鳴りつけなくなった代り、時政はこの息子との間に意識して距離を置き始めたようだった。

一時健康を回復して、伊豆や富士の麓に狩に出かけるまでになっていた頼家は、まもなく病気が再発して床につかなければならなくなった。高熱を出し、胸をかきむしり、譫言《うわごと》を言い――そんな日が重なって病状が悪化するにつれて、奇妙にも北条と比企の親密さはさらに深まったように見えた。頼家の病床を見舞に来た時政と能員とが、そのまま親しげに肩を並べて御所の小局に入り、長い間話しこんでいる姿を、人々はよく見かけたものだ。だから時政が作っていた薬師如来像が出来上り、その供養に能員が招かれたときも、誰ひとり何の疑問も感じなかったのである。

建仁三年九月二日、空は透明に蒼く、重なりあった低い尾根の樹々を時々風が光らせて渡って行くだけの、静かな日だった。珍しく朝早く御所にやって来た時政は、頼家が昏睡を続けていると聞くと、憂わしげに眉をよせ、その病床を訪《おとの》うのを遠慮して奥の尼御所――娘の政子とその子千万のいる館へ廻った。恐らく今日の薬師供養への招待に来たのだろう。暫く政子と話しあってから時政は御所を出た。そのまま小町の四郎の家にも寄らず、名越の館に帰りかけたが、思い出したように馬を廻らして、御所の近くにある政所《まんどころ》執事、中原広元の家に立寄った。これもおおかた今日の供養に広元を招くためと思われた。そのあと日頃時政の家によく出入りしている新田忠常、天野蓮景などを連れて、荏柄《えがら》天神の参道を通って滑川《なめりがわ》沿いの道に出た。

川を渡ってゆるやかな丘をひとつ越えると名越の館の背に出られる。丘に遮られてか風ひとつない坂道を時政はゆっくり馬を歩ませた。秋も半ばをすぎて、道の両側からさしのべられた梢は、少しずつ葉を落しかけている。その明るくなった梢を通して射してくる穏かな秋の陽は、馬の歩みにつれて時政の朽葉色の直垂の肩にさまざまの光と影を織って行った。

さわやかな、身のひきしまるような秋の朝である。が、急ぎもしないこの坂道で、なぜか時政は時折無意識のように汗を押えるしぐさをした。

やがて丘を上りつめ、岩をくりぬいた低い尾根に出ると、急に風が変った。海の匂いを帯びて俄かに荒々しくなったそれは、あたりの穂薄を押しなびかせ、上って来た時政たちの顔にまともに吹きつけた。

時政はその荒々しい風を胸にうけたまま、暫くそこで立止まっていた。薄野の斜面の向うに見え始めた館の屋根をみつめる目が次第に厳しくなり、思い決したように後の新田忠常をふり返ると、

「急げ」

言うなり彼自身も一鞭くれた馬ともども、今迄よりもはるかに急な下り坂を、一気に駆け降りた。

まもなく招かれた中原広元がやって来た。その姿を見て改めて比企へ使が出された。

「かねて御案内申し上げた通り、薬師如来造立の供養を仕る。大官令（政所執事、広元

のこと）も既にお出でゆえ急ぎお越し願いたい。御相談いたしたい儀もござれば……」

やがて昼をすぎてから、供養にふさわしい白水干姿の比企能員がやって来た。

「遅うなった。大官令殿はすでにお渡りか。尼御台は？……」

出迎えの侍にこう言いながら、能員はついて来た郎従に馬の手綱を渡して奥へ消えた。それが郎従が能員の姿を見た最後であった。

時政の待つ持仏堂に入ろうとして、戸口で彼の姿は大きくのけぞった。赤黒い血潮が白水干に奔り、躍りかかった新田忠常がその首を刎《は》ねるまで、全く一瞬のことだった。忠常が体を起したとき、その背後に音もなく時政が立っていた。

返り血をあびた忠常が、膝をついて能員の首を捧げるのに、厳しい眼差しで肯くと、彼はすぐ奥へ入った。息をひそめて問いかける牧の方の瞳に同じように肯いてから、

「尼御所へ……」

彼は低く言った。郎従が直ちに呼ばれた。

「尼御所へ早駆けで参れ。仕りましたとだけ申し上げればよい。御所から四郎の館へ廻れ。じかに見参を願出て仔細を申し述べよ」

郎従が走り去ってから、時政は牧の方をふりかえった。

「四郎の所へは今朝寄らなかったのでな」

二人は薄い笑いを含んだ瞳で肯きあった。全成のときのような齟齬《そご》を恐れたのだろう、

今度は時政は政子と牧の方にしかこの計画を洩らしてはいなかったのである。

早馬の使は疾風《はやて》のように戻って来て、あえぎながら報告をすませると、さらに付加えた。

「四郎様より、用意はすべて整って居りますとのお言伝でございました」

「用意？」

「は、御台様よりお知らせを頂き、和田、三浦党、畠山一族、小山兄弟以下、出陣の手筈を整え、御下知をお待ちしています、とのことでございます」

「む、む……」

時政は短く唸った。

――そうか、政子が喋ったか。やっぱりな……。

それよりも彼を驚かせたのは、日頃と打って変った四郎の出足の早さである。能員を殺した上でもう少し様子を見て、と思っていた時政を出しぬいてもう動員をかけてしまったとは……。

「手廻しがよすぎるくらいだな、ちと」

牧の方にこう言ったが、あとになってみると、やはりこの方がよかった。異変に気づいた能員の郎従が走り帰ったことから比企館では意外に早く事変を知り、反撃態勢を整えたからである。

比企の館は御所の南、少し隔った懐ろの深い谷戸《やと》の奥にある。普通の谷戸の行詰りは屛風のように切立った丘陵になっているのに、ここだけは背の丘陵に向ってなだらかな傾斜があり、それを上るとかなりの台地が広がっている。由比浦まで見渡せる台地に能員は本拠をかまえ、若狭の生んだ一万の為にも新しい館を作って小御所と呼ばせていた。能員の死が伝わると、比企の館には続々と一族がつめかけた。長男余一、三郎、弥四郎、小笠原弥五郎、中野五郎……。

未《ひつじ》（午後二時）はすでに過ぎたけれども、朝から輝き通しの秋の陽は穏かで、騒動に関りなく空は澄んでいた。その柔かい陽ざしの中で比企勢は館の庭に溢れ、口々に時政への復讐を誓った。

「見ておれ、時政め」

「おのれ、長い間媚び諂《へつろ》うたのは、今日のためだったのだなっ」

兜の鍬形を陽にきらめかせた怒りの群れが、一団となって傾斜を馳せ下り、時政の館に向おうとしたそのとき、総門の前を流れる滑川を渡って、不意に兵士達がなだれこんで来た。

「な、なんと……」

激しい矢衾《やぶすま》に比企勢は不意をつかれて棒立ちになった。その間にも寄せ手の四郎やその子太郎の手勢は見るみる数を増し、さらに小山、三浦勢が横合から攻撃をかけて来た。

「よし！　それなら……」

比企勢は、若狭や一万のいる小御所を中心に陣を敷いた。が何といっても出陣の機先を制されたことは大きい。次第次第に防禦の輪は縮められて行った。

それでも数刻、比企勢は寄せ手をひるませるほど頑強に抵抗した。起ち上ったときすでに手負いの獣だった彼等は、詐謀への憤怒に燃え、ひとりひとりが死を賭していたからである。

が、間もなく——。小御所に火が放たれた。攻撃側の手でか、これまでと観念した比企自らの手でかは解らない。があっという火の雄叫びが人々の声を圧したとき、戦いは決したのである。阿修羅《あしゅら》のように狂い廻った比企三郎、弥四郎らが次々に炎の中で自決した。そして若狭局と六歳になる一万もその例外ではなかった……。

比企館が焼け落ちたとき、夕暮は近くまでしのび寄っていた。無残な焼跡に白煙をくすぶらせたまま、ふいに静寂が訪れた。懐ろの深いこの谷戸は、夕暮の一瞬、馬蹄の音も怒号も、音という音すべてを吸いこんでしまったのか。谷戸の上には、夕映えの明るさを残した蒼空が、この日の始めと変らないおだやかさを見せてひろがっていた。

比企館はその夜一晩くすぶりつづけた。そのくすぶりに似たわだかまりが、人々の胸

の中に長く残ったのは、この事件がひどく唐突に起り、無残な結末を遂げたからかもしれない。事件のすぐあと、

——将軍は一万殿と千万殿に分割相続をさせるおつもりだった。能員はそれが不満で、千万君の後楯の北条氏を討とうとされたので……。

などという噂も流れたが、人々は決して納得した顔はしていない。

「本当か？　その分割相続というのは……」

「第一能員が北条を亡きものにしようとしていたのなら、何でのめのめと平服素手で北条館へ乗りこもうか」

「薬師供養だとかいったそうだがね。たしかに大官令もよばれている。が、比企が来る前に、大官令はそっと帰ってしまっているんだ」

「じゃ、大官令も承知の上でか」

「さあて、そこまでは知らぬ」

不信と疑惑は深まるばかりであった。

しかも数日後、第二の事件が起った。真相を最もよく知っている筈の新田忠常が奇妙な事件に巻込まれて殺されてしまったのだ。

その日、忠常は時政の名越の館でもてなしをうけ、夜半近くまで引きとめられた。いつまでも出て来ない主人を待ちくたびれた郎従が、

――もしや、殿は比企のように？……。

ふとそんな気になったのは彼等自身も疑惑の虜《とりこ》になっていたせいだろうか。そしてそれを聞いた忠常の弟たちが逆上して四郎の館に押しかけたのも疑心暗鬼にとりつかれていたせいだろうか……。

が、四郎はこのとき小町の館には居ず、政子や保子、千万などのいる尼御所で話しこんでいた。見境いがなくなっていた新田五郎、六郎等は尼御所めがけて矢を射込み始めたのである。六郎は裏手へ廻って火を放った。恐らく比企同様に四郎たちを焼殺すつもりだったのだろう。が然し、火の手を見て駆けつけた御家人達に囲まれ、逆賊の名のもとに火の中で憤死したのは新田勢のほうだった。しかも名越からの帰途、火の手を見て、何も知らずに忠常が駆けつけたのは皮肉だった。彼もたちまち加藤次景廉の刀にかかって最期を遂げた。

まったく奇妙というよりほかはない、悪夢のような事件だった。能員の返り血をあびた忠常が、その血に呪われたように数日のうちに命を終ろうとは……比企の二の舞になることを恐れるあまり、その幻影におびえて新田一族は自らの墓穴を掘ったのである。

事件のあとで、またしても、

――忠常は実は北条を殺すつもりだったのだ。比企の乱のあと昏睡から醒めた将軍家が激怒され、忠常と和田義盛に時政誅殺を命じられた。義盛はすぐ北条に報告したからいいようなものの、忠常は黙っていたのさ。だから……。

などという噂が広まった。が、もう人々はそれについて何も言わなかった。ただ黙って薄い笑いを泛べて首をふるばかりである。忠常は時政の腹心だ。そこへわざわざ頼家が密命を下すかどうか。もし密命が下ったとしてもそれを秘してのこのこと名越に行く忠常だろうか……そんなことは解りきった話ではないか。人々は知っていた、暗殺者の手先が事を果したあとに辿る道を。そして忠常がまごうかたなくその道を辿ったということを……。

人々の口は重くなったが、疑惑と不信の中で時にはこんな呟きも聞かれる。

「運のいいひとだな、四郎というひとは……」

「もしあのとき、尼御所に居なければ――」

たしかに、あのとき四郎が尼御所にいなかったならば――、小町の館での戦いなら、これは新田と北条の私闘になってしまった筈だ。私闘ならどれだけの御家人が北条氏に味方したろうか……。

「あのとき、四郎は時政としめしあわせていたのじゃないか？」

「まさか……それでは話がうますぎる」

そのときひとりがそっと言った。

「そういうひとなのさ、四郎と言うひとは……目の色を変えて探しても、その場にいたためしはないんだ」

三

比企の乱は全成の事件より更に数々の疑惑を世間に残した。が、このとき、目の前の疑惑に気をとられて、人々は極秘裏に進められていた重大な工作を見落していたのではあるまいか。

彼等は気づいてはいなかったのだ、比企の乱の興奮もさめやらぬそのころ、すでに都に向ってひた走りに馬を飛ばせてゆく数騎の使者があったことを……。

使者が都へ入ったのは九月七日である。彼等はそのまま院の御所へ走り込む。やがて数刻、使者は姿を現わし、来たときと同じ疾さで、疲れも知らぬもののように東海道を馳せ下る。

彼等の懐中深く収められているのは数通の書状である。すなわち、これこそ「将軍頼家が薨《こう》じたために」千万を征夷大将軍に任じる宣旨と従五位下に叙する位記だったのだ。

頼家が薨じた？　冗談ではない。重病の床にあるとはいえ、使者が都へつくより先に、彼は奇蹟的に昏睡から甦っているではないか……にも拘らず鎌倉からの使者を迎えた都では、早くも頼家死すの噂が流れ始めていたのである。

使者が七日に都入りするためには、一日か二日——おそくとも比企の乱の当日には鎌倉を出発していなければならない。とすると比企の乱と前後して、頼家はこの世を去る「予定」だったのか……。

「予定」に反して生きながらえた頼家は、二十二歳の若さで七日に出家させられている。それが都で千万の叙位任官の決った日であることはまことに暗示的だ。

やがて修善寺に移された頼家が翌年そこで生命を終えたとき、とかくの黒い噂が囁かれたが、それよりも一年前に公式には頼家が「死んでいた」ことこそ注目されねばならないはずである。

千万の除書《じょしょ》（辞令）は十五日鎌倉に着いた。その手廻しのよさに驚き呆れながら、人々は十二歳の少年将軍をみつめる。そしてその後に、中原広元と並んで政所別当——鎌倉幕府の行政長官に納まった外祖父北条時政の姿を見る。十二歳の将軍と、六十六歳の別当と……その実権がどちらにあるかは誰の目にも明らかである。彼自身にとって治承の旗揚げ以上の意味をもつ今度の戦さに勝ちぬいた時政は、数々の疑惑と引換えに、今こそ権力の座についたのである。

更に人々の目をみはらせたのは、四郎と五郎の進出である。四郎はともかく、ついこの間まで比企の若者たちと蕩児仲間に入って蹴鞠にうつつをぬかしていた五郎は、千万——すでに元服して実朝と名乗っていた——の時代が来ると幕府内の雑事を取締る役として、一躍表面に踊り出た。彼のかつての仲間、頼家の側近だった中野五郎以下が領地を召しあげられやがて遠流《おんる》に処せられたのとはまさしく対照的な姿だった。営中に活躍する五郎はついこの間までの蕩児の俤《おもかげ》はどこにも見られない。四郎によく似た緊《しま》った風貌で兄よりさらに明快で颯爽としている。

——ほう、こういう男だったのか……。

人々はふと瞞《だま》されたような気がする。そう思うのも無理はない。実は父の時政だって始めから五郎をこんなふうに重用しようとは思わなかったのだ。比企の息子どもと仲間になっていた五郎をむしろ彼は謹慎させるつもりでさえいた。それを、

「営中の雑事をお任せになるのは五郎以外はないと存じます」

と進言したのは四郎である。

「しかし五郎は——」

言いかける時政を抑えて彼は言った。

「能員が討たれたあと、即刻比企の館を襲えと主張したのは五郎です。今度のことで、いや、今までのすべてで、一番手柄のあったのは五郎だと私は思っています」

短いが、ずしりとした言葉だった。時政はふと、全成事件のことを思い出したらしい。そして、ためらいながらもその気になったのは、その言葉の重み、いやその背後にある四郎の重みを意識してのことだったかもしれない。

たしかに四郎は今度の乱で目ざましい働きをした。彼の敏速な比企攻撃がなかったら、新田勢に対する巧妙な身のかわし方がなかったら、今日の時政はなかったかもしれない。北条の命運を賭けた一戦に、日頃とは打って変った活躍をみせてくれた四郎への時政の眼差しは今までと違って来ている。

四郎、五郎は相携《あいたずさ》えて時政の命じるままに物事を処理してゆく。いや命じないうちに彼の意志を読みとり適確な処置を施して行くことさえあった。二人に任せておけば間違いない、と時政は思ったし、また周囲もこれではっきり幕府は北条家のものになってしまった、と見たかも知れない。

が、がっちり体制を固めたと思われたそのとき、実はその壁に小さなひびが出来始めていた。ひび割れは後室牧の方の周辺から起った。四郎と五郎の擡頭に牧の方はいい顔をみせなかったのだ。

「あんな人達より六郎の方がずっと器量もすぐれています」

たしかに六郎政範は大器の萌芽は含んでいるが、たったの十五歳、四十に手の届いている四郎とでは比較にはならない。

すると牧の方は自分の縁辺の者の後押しを始めた。一人は上の娘久子の婿の武蔵守平賀朝雅である。彼は源氏の一族でしかも頼朝の猶子《ゆうし》になっていたから実朝に次いで源氏の最右翼にいるといっていい。

朝雅は今度の事件のあとで京都警固の役を命じられて上洛した。鎌倉幕府の出先機関として都方と交渉するこの大役に彼を推したのは牧の方である。

もう一人、牧の方の推したのは実兄大岡時親だ。駿河大岡牧を預る小身で——牧の方の呼び名も実はこのためなのだが——ただ小才のきくだけにすぎない兄を牧の方は時政の側近に押しこみ、無理に備前守にして貰った。源氏一族か大江、北条などの特殊な家柄でなくては国守になれない当時としては、これは異例の栄進である。

牧の方の身びいき振りは当然、政子や保子の反感を買った。実朝の除書の来た日、保子と示し合せて、ふいに政子が時政の手許から彼を呼び戻してしまったなどは嫌がらせの現れだ。つまり時政は男の子たちの協力と引換えに際限のない女同士の角突きあいを背負いこんでしまったのだ。

——牧の方の強引さに対する反感は、周囲からも起った。最初に反発したのは朝雅が国の守をしている武蔵国の豪族たちである。もともと国守と豪族とは年貢米の問題などでとかく反目しがちなものだ。朝雅が北条をかさに着て高飛車に出ると、豪族側は益々硬化した。しかもその豪族の筆頭が、治承以来の武功に輝く剛直な畠山重忠だったから事は益々面倒になった。

朝雅と畠山の対立がはっきりした形をとったのは思いがけない事件からである。比企の乱の翌元久元年、京都の坊門家から実朝の御台所を迎えることになって、十月の半ば鎌倉から若い侍たちが上洛したときのことだ。その中に加わっていた牧の方の愛息六郎政範が上洛の途次発病し、都へ着くと間もなく危篤に陥った。日頃自分も目をかけて来た義弟の病状に朝雅は少なからず狼狽した。自然発病からの経過を聞く口調が詰問の調子を帯びたのは、やむを得ないことだったかもしれない。

「何でこれほどになるまで気づかずに拋《ほう》っておいたのだ。近くにいたのは誰だ」

それが畠山重忠の息子の六郎重保だったのだ。若い六郎はむっとして答えた。

「加療をすすめたのですが、政範殿がどうしても早く都へ行きたいと言われたのです」

「しかし顔色をみても解るではないか。動かしてよいものかどうかぐらいは」

「私は政範殿の守役ではありません」

「なに？」

小ぜりあいをよそに政範の病状は益々悪化し、十一月四日遂に息をひきとった。

牧の方の落胆はみるも哀れだった。だいたい今度の実朝の縁談の橋渡しは牧の方である。彼女は平賀朝雅を通じて次女を前大納言、関東伝奏の坊門信清の息忠清に嫁がせており、この忠清の妹を御台所に推薦したのだ。この縁談に積極的だったのも、実を言えば実朝への好意からではなく、政子が自分の妹の高子と足利義兼との間の娘を推していたのをぶちこわすためだったのだが……自分の書いた筋書通りに事が運んだとき、皮肉にも牧の方はすべてを賭けていた愛児を失う結果になってしまったのである。

——牧の方が重保をひどく恨んでいるそうな。六郎は重保に殺されたようなものだと言って……。

坊門の姫君を迎えて婚儀の騒ぎが一段落した翌年始めごろから、鎌倉ではこんな噂がひろがりだしていた。

——馬鹿な。寿命なら仕方あるまいに。

——いや、あの盲愛ぶりではな。半狂乱になってそう思いこむかもしれないさ。

——また畠山が親子揃って融通のきかないときている。こりゃ、ひょっとすると……。

その予想通り、朝雅・牧の方と畠山の仲は半年足らずのうちに次第に険悪になった。四月になると秩父から稲毛重成が出て来た。彼は重忠の従兄で、しかも彼の亡妻は重忠の妻と同じく時政の娘である。仲裁に立つには最もふさわしい人物と思われた。事実、鎌倉と秩父を往復して彼が奔走につとめた結果、わだかまりは少しずつ融けてゆくようにみえた。

——どうやら牧の方も納得したらしい。

——重忠父子が近く挨拶に出て来るそうだ。

こんな噂が流れて人々が少しほっとしたときはすでに六月、鎌倉には炎暑が訪れていた。

四郎と五郎が時政の名越の館にひそかに招かれたのはそれから間もなくのことだ。海風の吹きぬける浜の館で、近侍の者まで遠ざけてぽつねんと待っていた時政は、二人の姿を見るなり、唐突に言った。

「坐れ。意見を聞きたい」

次いで時政の口から洩れた言葉の意味を、はじめ二人は理解し得ないような顔をした。

「何と仰せられます」

膝を乗り出したのは五郎である。

「父上、私は信じられません。畠山が謀反などと――」

「わしも始めは信じられなかった」

時政は肯いた。

「が、重成から急使が来たのだ。説得に失敗したとな。重忠は表面了承し、おわびに行くといって本拠を出た。然しその行装はただごとではない、十分御注意あるべしとな。それにいくつかの証拠もあげて来ている」

「………」

「どうするか。意見を聞きたい」

言いおわるや否や五郎がきっぱりした口調で言った。

「私には信じられません」

「ふむ」

「治承以来、最も源家に忠実だったのは畠山です」

「ふむ」

「しかも重忠殿の室は私の姉上、いわば義理の兄弟です、だからこそ比企の乱の折にも一番に駆けつけてくれました。あの協力がなかったらあるいは勝利も覚束なかったかもしれません」

「ふむ」

大きく時政は肯いた。

「その通りだ。が、かといっていつもそうだと思っていいかな。挨拶にと言っているが、それにしては様子がおかしいと重成は言うのだ」

「重忠殿がそんな小細工をするとは思えません。あの人は一本気なたちです……」

「む……では、このまま何の備えもしなくてもいいかな、四郎」

時政はさっきから一言も喋らない四郎に問いを向けた。父と弟の問答は聞いているのだろうが、四郎の瞳は海を見ていた。松の枝をすかして小坪から稲村ヶ崎まで一面に見下せる海は真昼の陽に盛上るようにきらめいている。

「は？」

ゆっくり問い返す四郎の言葉を横あいから五郎が奪った。

「父上、稲毛は何を証拠に畠山の謀反を言いたてるのです？」

「これまでの仲裁の間に見てとったのだ。口では納得しているが不満の気持はありありと見える。もう力及ばぬと言うのだ」

「が、然し、稲毛は――」

言いつのろうとしたとき、四郎がそっと五郎の袖を抑えて、初めて口を開いた。

「よく解りました。将軍家に災いを及ぼす企みがあるとなれば、たとえ畠山であろうと誰であろうと討つよりほかはございますまい」

低いが力のこもった声だった。

「む……」

つりこまれるように時政は深く肯いていた。

「が、今がその時期かどうか、帰りましてよく考えてみたいと存じます」

やがて二人は名越の館を出た。五郎はわりきれない面持だが、四郎は何事もなかったようにゆったりと馬上に揺られてゆく。ちょうど鶴岡の臨時の祭が近づいて、それを目あての雑多な物売りやら得体の知れぬ女やらが街に溢れている。

「ほほう、もう新栗売りが出ている。暑いと思ったがもう秋も近いのだな」

五郎をふりむくと、四郎は屈託なげな笑顔を見せた。

が、五郎はまだ納得はしていない。小町の館に帰りつくなり、四郎ににじり寄った。

「なぜ兄上ははっきりおっしゃらなかったのです。見えすいた嘘ではありませんか。稲毛は継母上に媚びているんです。どうしても畠山を没落させねば気のすまぬ継母上に……同族とはいえ稲毛と畠山は仲がよくない筈だ。稲毛は畠山の後釜を狙っているに違いない」

「………」

「あの二人が仕組んだ罠だということを、なぜ兄上はおっしゃらなかったのです？　父上になぜ、はっきりと畠山を討つべきではないと――」

言いかけたとき、四郎は目でその言葉を遮った。

「五郎、もう父上のお気持は決っている」

「え？……」

「われわれの意見をきく前にな」

「すると？」

それには答えず四郎は言った。

「父上には父上のお考えもあろう」

と、そこへ近習が大岡時親の来訪を知らせた。五郎に目くばせすると四郎はすぐさま彼を鄭重に招じいれた。

「牧の御方よりの使者として伺いました」

時親は一礼すると言った。四郎と同年配の彼は、四郎たちの前では賢明にも牧の方とのつながりをひけらかさない。いつも牧の方の兄弟としてではなく、家人の一人として の口のきき方をするのである。

「御方が申されますには、この度のことは政範と畠山六郎とのいきさつとは別に考えて頂きたいとの由にございます」

「……」

「牧の御方も将軍家の御身を気づかっておられます。畠山を警戒するのは決して私怨からではございません。御世を大事と思えばこそ……」

「その通りです」

四郎は軽くうなずいた。

「私どもも、継母上が畠山をどうのなどとは思っても居りません」

「それを伺って安心いたしました。いや、先程なかなか御承引なき御様子だったとかで」

「いや、そんなことはありません。私共は父上の御命令に従うまでのことですから」

時親はそそくさと帰っていった。頭の切れる牧の方は、四郎たちが自分のことに触れなかったのにかえって気を廻して、向うから念を押しによこしたものと思われた。

こうした網が張られているとも知らず、六月二十一日、父の重忠より一歩先に重保は鎌倉に着いた。まさしく五郎の見ぬいた通り、彼等父子には何の企みもなかったのだ。彼が鎌倉へ着いたのは鶴岡の祭礼の翌日で、街並みにはまだ汗くさい人が群れ、暑さをいやが上にも煽りたてていた。

畠山の邸は御所の南角、筋替橋の畔にある。邸に入ると重成から早速使が来て「牧の方もこれまでの行きがかりはすっかり水に流された。いずれ父の到着を待って御挨拶に出るように、自分も同道しよう」との事だった。重保にはいささか拍子ぬけの知らせである。口下手ながらもあれこれ弁解せねばならないと覚悟をきめて来たのが肩の重荷が一度に降りた感じだった。

「いや、もともと含むところなんかなかったんだからな、俺の方は……」

さばさばした顔でこう言うと、素裸になって郎従ともども一献の酒をあおった。

「涼しいですな、鎌倉は」

「秩父とは風が違う。涼みに来たようなものだな、鎌倉まで……」

翌日、というよりその夜の丑満刻《うしみつどき》をややすぎたころ、突然遠くから潮鳴りに似たどよめきが起った。と、五騎、三騎と慌しく門前を駆けぬける馬蹄の音が聞えた。同時に郎従が走りこんで来た。

「殿、お目ざめ下さい。謀反が起きたらしうございます」

「誰だ、謀反人は？」

飛び起きるなり重保は小具足をひきよせていた。

「さあ、暗くて何もわかりませぬ。とにかく由比浦に向って皆が走っております」

「馬ひけ、馬を」

このとき重保の胸の中に、ここで一手柄を樹てて、一挙に名誉回復をという気負いがなかったかどうか……。

郎従の仕度も整わないうち、すでに重保は、暁闇の道に馬を飛ばせていた。あたりは暗い。まだ頭上に星のまたたく若宮大路を一気に走る彼の傍を、五騎、六騎と騎馬武者が同じように海をめざして駆けてゆく。

「どこだ、謀反人は？」

暗がりで重保は騎馬武者に語りかけた。

「さあ、由比浦にいるらしい」

相手も手綱を弛めず、馬走らせながら答える。誰かな？　聞いた声だが——と重保は思った。

急に風が強くなり、波音が高くなった。いつか砂浜に出ていたのだ。彼は波打際まで出て右の方の由比浦をすかしてみたが、夥しい松明《たいまつ》が右往左往するだけで、合戦の模様は解らない。遠くからみる松明の動きは緩慢で、まるでふわふわと遊びたわむれているようにみえる。

気がつくと、隣の武士も馬をとめている。

「誰だ、そこもとは？」

それに答えず、相手は逆に問い返して来た。

「畠山六郎だな」

あ、三浦義村の声だ、と思ったときに、背後にふいに熱い痛みが走った。

「な、なんとする」

言いも終らぬうちに、黒いなだれのように襲って来た侍たちによって、重保は馬からひきずりおろされ、顔を手を、胸を、腹を、めったやたらに突刺されていた。

海がかすかな灰色に光り始めた。さっきまで由比浦にみえた夥しい松明はいつか消え、あたりには人影もない。嘘のような静寂の中に薄明は訪れようとしている。波は、今しがた吸いとった若者の血を、あとかたもなく溶かしこんでしまおうとでもいうように、柔かく砂浜を洗っていた。元久元年六月二十二日、昨日にまさる炎暑の日はまた始まろうとしていた。

そして、そのころ、御家人達の軍勢は、陸続として畠山討滅に向っていた。大手の大将は四郎、後詰《ごづめ》は四郎になだめられたらしい五郎が大将である。小山、三浦、和田などの数千の軍勢はものものしげに道に溢れ、ひた押しに北上した。

が、その翌日の昼下り、軍勢はもう鎌倉に戻って来ていた。武蔵二俣川辺で遭遇した重忠はたった百三十騎、赤児の手をねじ上げるような容易さで忽ち重忠の首級を挙げてしまったのである。

さすがに埃と汗とにまみれてはいたものの、侍たちはむしろ拍子ぬけの面持である。

——何のことはない。炎天下に行軍だけしたようなものだ。

——畠山謀反などというから、武者ぶるいして行ったのにな……。

服装を改めて四郎と共に夕刻名越にやって来た五郎も不服の表情をかくしていない。

時政が、

「大儀だった」

と自らさしてくれた盃を手に持ったまま、口をつけようともせず、

「思っていた通りでした」

五郎は無愛想に言った。

「何だ。思った通りとは」

「謀反の事実などはなかった、ということです」

笑いもせずこう言い、時政の後にいる牧の方をじろりと見た。

「これは明確なことです。畠山ともあろうものが、謀反を企てたとしたら、どうして百三十騎ぐらいの小勢で出て来るでしょう」

「御命令に止むなく出陣しましたが、気が咎めてなりません。愛甲季隆が持って来た重忠殿の首を私はよう検《あらた》め得ませんでした」

一座は白けきった。が、かまわず五郎は続ける。

「謀反の証拠が納得できない、と私は父上に申し上げましたが、益々その感を深くしています。これは誰かの計画に違いない――」

牧の方は頬をひきつらせたが、さすがに時政は落着いている。

「それは誰だというのだな、五郎」

「幾人かの人間が考えられます」

わざと五郎は言葉を切った。時政、牧の方の顔を交互に眺め、

「まず、稲毛重成――」

言いかけたとき、黙っていた四郎が静かに顔をあげた。

「今頃は三浦義村が……」

その声が小さかったので時政も牧の方も始めは何のことかわからなかったようだ。その口許をみつめ直したとき、四郎は呟くように言った。

「義村が稲毛の館に参っておりましょう」

「?……」

「……」

「恐らく打洩らすことはないと存じます」

牧の方があっ、と小さく息を呑んだとき、五郎はすかさず言った。

「私たちはどうやら重成の奸策にのせられていたようですな」

牧の方の頬に赤味が射した。口許が震えたが、次の瞬間、素早くこわばった笑いを泛べた。

「そう、じゃ、私も欺されてたのですわ」

みごとに身を翻したつもりだった。が四郎は牧の方の小細工を無視した。重成の名を口にして以来、彼は父の顔のどんな微細な変化も見逃すまいというように、時政だけをみつめていたのである。

時政の瞳にふっと翳がよぎった。

――よもや、読みちがいはしていないとは存じますが……。

四郎の瞳はそう言っているようだった。それに執拗に彼は食い下って来た。

――よかったのですな。そこまでお考えになっての事でしょうな。比企の乱のあとに新田を葬ったと同じように……。

――うむ、うむ。

その通りだと時政は思った。牧の方や重成に乗ぜられたと五郎はいきりたっているが、そうみせかけて畠山を打つことは時政の始めからの狙いだった。早晩叩いておかねばならない相手である。時政はよいきっかけを摑んだと思っている。そして更にその先まで手を打っている。よくやった、と言うべきかもしれない。

が、このとき時政の胸には、なんとなくしこりが残った。比企の乱の時も四郎はいちはやく先手を打った。以来四郎は時政の意の通りに動いている。

が、今度は違う。時政が意志する前に四郎は動き、先廻りして結果を押しつけて来た。何か出しぬかれたという感じである。四郎と五郎が結束し、いつの間にか自分の手に負えないふてぶてしいものに成長してしまったような気さえする。その思いを覚られまいとして、四郎の視線をはねかえすのが時政にはやっとだった。

四郎はやがて父から目を逸らせた。そして彼は初めて牧の方をまともにみつめ、かすかな微笑を泛べたのである。

「古くは九郎義経殿に縁座して誅された河越重頼。続いては比企、畠山、稲毛と、どういうものか武蔵の豪族は非運の最期を遂げるものが多いようでございますな」

やがて四郎は五郎を促して席を起った。小町の館に落着いたとき、

「父上もお年を召されたようだな」

こう言っただけで、もう今度の事件について、何一つ語ろうとはしなかった。

——武蔵の豪族は非運の最期を遂げる。

いつにない微笑をこめて四郎が牧の方にそう言ったのは、形を変えた挑戦状だったのだろうか。畠山、稲毛に続く第三の事件はその後間もなく起った。都にいる前武蔵守平賀朝雅が、謀反の故をもって、在京の御家人たちに誅せられてしまったのである。牧の方と気脈を通じて実朝を廃し、自ら将軍になろうとした、というのがその理由だった。

朝雅を庇うべき時政と牧の方は、それより一足先に権力の座を追われていた。閏《うるう》七月の十九日、名越の時政の館にあった実朝を突然連れ去ったあとで、四郎は牧の方の罪状を問いつめて来たのである。時政はこれに対し殆ど何の抵抗も示さず、その夜更けに落《らく》飾《しょく》した。ときに六十八歳、鎌倉幕府草創以来権力の座にあり、それを守るためにはいかなる権謀術数をも辞さなかったひとの退陣にしてはあっけなさすぎる幕切れだった。

あるいは——。

時政はこのときすでに、闘う意欲を失っていたのかもしれない。畠山を、続いて稲毛を屠《ほふ》ったあの夜、四郎と火花を散らせてみつめあった瞬間、時政は自分の命運を予感したのではなかろうか……。

翌二十日の朝、伊豆に下った時政に代って四郎は執権の座についた。小町の館で開かれた第一回の評定の席で、数年も前からこの席にあったような冷静さで、彼は朝雅誅殺の裁断を下したのである。朝雅に果して実朝にとって代ろうという野心があったかどうか、人々が真実を確かめる前にその運命は決ってしまったのだった。

形の上では畠山と平賀は喧嘩両成敗になったわけだ。が一見公平にみえるこの処置の持つ意味は決してそれだけのものではないということに人々はやがて気づくだろう。一つは、鎌倉から京都の匂いが急に薄らいだことだ。頼朝以来拭いきれなかった都ぶりへの追随は、公家にうけのよかった朝雅、しきりに娘を公家に嫁がせたがった牧の方の没落によって、大きく後退する。いま都の匂いを残すのはわずかに実朝とその御台所――武家の棟梁と呼ばれるそのひとたちだけが、鎌倉における唯一のみやこびとだったとは、何とも皮肉なことではないか。

もう一つ――がこれに人々が気づくまでには少し時間がかかるかもしれない。それは落葉の下をくぐる水のように、巧妙に姿をかくしてしまったからだ。数年ののち、木の下水はやっとせせらぎとなって人の目の前に現れる。

承元元年正月。

五郎が武蔵守時房朝臣《あそん》として登場したのだ。

四

重忠の死後一年半経って、人々はやっと四郎兄弟の意図のすべてを理解したのである。

五郎の武蔵守就任を一番驚きの目で眺めたのは侍所別当、和田義盛である。国の守は頼朝在世当時は中原広元のような京都出身者を除けば、源氏一族にしか許されなかった。頼朝の死後、北条時政が遠江守《とおとうみのかみ》に任じられたときだって、義盛は、

——御家人の分際で……。

と目を丸くしたものである。それがいつの間にか四郎が相模守になって、親子揃って国の守に並んだと思っていたら、今度は三十になるやならずの五郎が武蔵守に納まってしまった。

——それなら私も上総守に。

義盛が実朝にこう願い出た裏に、北条氏に張り合う気持がなかったとはいえない。が、彼の願いは、

——頼朝公は御家人が国守になる事をお許しにならなかったから……。

という政子の発言で拒否されてしまった。

——それなら北条四郎、五郎はどうなのだ。

義盛はひどく不当な扱いをうけたような気がした。そしてこれと同じころ、四郎が自分の郎従を御家人の列に加えて欲しいと願い出て却下されたと聞いたとき、

——四郎、つけあがるな。

そんなことは当り前だという以上に、妙に腹が立った。
——義盛が上総守になるくらいなら、私の家来も将軍直参の待遇をうけてもいいでしょう……。

四郎が自分に向って挑戦しているような気がしたのである。
義盛の直感は或いは正しかったかもしれない。そのあと続いて起った事件を思えば、これはたしかに最初に仕かけられた罠だった。

数年後の建保元年、泉親衡《ちかひら》という信州の侍が頼家の遺児のひとり、千手《せんじゅ》丸を担いで謀反を企んだのが発覚した。その謀反人の仲間として捉えられた中に義盛の息、四郎義直、六郎義重、甥の平太胤長もまじっていた。

が、これは始めから奇妙な事件だった。首魁《しゅかい》の親衡はとっくに逐電《ちくてん》し、捉えられたのは同調者ばかりだったという事実に、義盛は最初に気づくべきだった。
義盛は上総からやって来て、治承以来の勲功に免じて息子の罪を許されたい、と幕府に願い出た。この願いはすぐきき届けられた。彼はそこで止まるべきだった。が更に彼は甥の胤長の赦免も願い出た。しかし胤長は許されずに奥州に流され、その屋敷あとも、いったんは義盛に与えられたのを四郎が取返してしまった。

散々に自尊心を傷つけられた義盛が、目指すは四郎、と謀反の兵を挙げたのが五月二日。剛勇の息子たちが手を揃えて、御所、四郎の館、中原広元の館に火を放ち、捨身の攻撃をかけて来たので鎌倉始まって以来の騒乱になった。が、頼みにしていた一族の三浦勢が北条側に寝返った上に、急をきいて外部からかけつけた御家人に包囲された形になって、緒戦の華々しさに似ず、みるみる和田勢は由比浦に追詰められた。

このとき一番勇敢だったのは義盛だった。彼の頰から六十七歳の老いが消え、急に平家攻め、奥州攻めの昔がよみがえった。若者を凌ぐ敏捷さで馬を飛ばせ、獣じみた雄叫びをあげ続ける彼は、味方が減ったことなどはまるで眼中になかった。二日から三日にかけてのぶっつづけの戦いの中で、誰よりも闘志を漲《みなぎ》らせていたのは彼だったかもしれない。その息子の誰でもが多かれ少かれ瞳の奥に宿していた諦めと死の影も、彼の中にはないようだった。

が、三日の夕方、一番愛していた四郎義直が討たれたと聞くと、一瞬義盛は雄叫びをやめた。

「死んだか」

ふいに子供のように顔をくしゃくしゃにして、流れる涙をぬぐおうともせず、そのまま、怒号とも号泣ともつかぬ叫びを残すと、太刀をかざして敵陣に躍りこんだ。義盛らしい最期であった。

もし義盛が四郎と六郎の赦免に満足して引退っていたら、あるいはこの騒乱は起らなかったかもしれない。が、一本気で大変な身びいきの彼には、胤長を見殺しにはできなかったのである。

彼は三浦一族の援助をあてにしていた。以前、三浦と他氏が小ぜりあいを始めたとき、両者を調停する侍所の別当であることも忘れて、いちはやく三浦方に駆けつけたくらいの義盛は、和田氏の危機に際して、当然三浦義村は起つと思いこんでいたらしい。

三浦はいわば鎌倉の地元勢だ。他の豪族はそれぞれ本拠を遠く離れて出府して来ているので、鎌倉においてある兵力は多寡がしれている。が三浦はいざというときはいつでも名越口から全兵力を押出すことが出来る。鎌倉の騒乱では、だから三浦の動向は大きな意味を持つ。

が、このとき義村は起たなかった。はじめは義盛に同意したかにみえて、遂に彼を裏切ってその敗北を決定的にした。義村は形勢非とみて義盛を裏切ったのか、それとも始めから北条に内通していたのか——人々は義村の顔を窺ったが、そこからは何も読みとることも出来なかった。

乱が収まると、四郎は義盛に代って侍所の別当となっている。先に執権となって政《まん》所《どころ》——行政府を押えた彼は、ここに軍事的な指導権も一手に握ることになったのである。

しかも没落した和田や同調者の所領のうち、四郎は三浦に近い広大な山ノ内荘と菖蒲郷《ごう》を、その子太郎は陸奥遠田郡を、そして五郎は上総飯富荘を得た。乱を契機に北条氏の富力は飛躍的にのびたのである。が、これに反し三浦義村は奥州名取郡を得たのみだった。

——はて、おかしいぞ。義村の恩賞が少すぎる。あの裏切りがなくては北条の勝利も覚つかなかったろうに……。

——だから今度の功はひとえに義村の働きにあると相州(四郎)は言ったそうだ。

——ふふふ。褒詞《ほうし》で腹がふくれるものか。またそれで黙っている義村でもあるまい。陰口をよそに四郎は沈黙を守っている。義村の忠節を信じきっているからだろうか、それとも土壇場まで謀反に加担しかねなかった彼にはこのくらいな恩賞でちょうどいいと思っているのか。しかも相手の義村がそれで不満そうな顔をみせないのも、無気味といえば無気味だった。治承以来頼朝に従い、すでに五十路も半ばすぎた義村はいつも慎重だ。それが他の豪族の相継ぐ没落の中で三浦を支え、さらにのばして行かせたのだろうが……。

四郎への権力と富の集中と三浦氏の不遇——よそ目にも歴然とした不均衡を抱えながら、しかし、その後数年、鎌倉は不思議にも静かだった。血腥《ちなまぐさ》い噂がこんなにも絶えていたのは、幕府始まって以来のことかもしれない。平和な世にふさわしく、将軍実朝は和歌と蹴鞠にあけくれている。いや、四郎に幕府権力のすべてを押えられたこの鎌倉のみやこびとは、こうするよりほかはなかったのだろう。陳和卿《ちんなけい》を相手の唐船作り――夢のような渡唐計画は、そのせめてもの抵抗であったのかもしれないのだが……。

四郎は実朝の計画に逆らわなかった。したいようにさせておいた。渡唐計画が挫折すると、実朝は官位の昇進をやたらに望み始めた。四郎はこれにも逆らいはしなかった。

実朝に対してばかりではない、四郎は誰に対しても言葉が少く、余り意見を述べたがらない。並びない権力を手にしてからは更にこうした傾きが強くなったようだ。だから姉の政子が亡き頼家への罪滅ぼしのつもりか、急にその遺児善哉《ぜんざい》に目をかけ出した時も彼は黙っていた。善哉を実朝の猶子とした政子が、彼を落飾させて京都へ修業にやり、これを呼戻して鶴岡八幡宮の別当に据えたときも、格別異議は挟まなかった。すでに公暁《くぎょう》と名をかえていた善哉は鎌倉へ着くと間もなく、宿願と称して千日の参籠を始めたようだった。

建保六年、実朝は左大将に任じられた。特に望んで得た官だっただけに実朝は大喜びである。六月二十七日、勅使以下都の公家たちを迎えて鶴岡社頭で華やかな拝賀の礼が行われることになった。

当日は夏の陽がかっと照りつけるかと思うと忽ち大きな雲に遮られるという、何か落着かない空模様だった。一行の行列が御所を出たのは申《さる》（午後四時）の斜め、数人の舎人《とねり》を先頭に、黒い束帯姿の公卿たち、四郎以下の重臣や鎧兜の随兵に守られて、後鳥羽院から贈られた檳榔毛《びろうげ》の車に乗った実朝は御所の門を出た。

御所から鶴岡までの短い道の両側には見物が満ちあふれ、更に社頭には奉行役の山城行村以下の役人や、鶴岡の神官、僧官が並んでいる。四郎はこの中に、久しぶりに別当公暁の顔を見た。別当などという名にふさわしくない、どこか稚なさの残る顔——それもそのはず、公暁はまだ十八にしかなっていないのだから。父の頼家によく似た細面の頰をひきしめて、彼は食いいるように実朝の一挙手一投足をみつめている。慌しい雲の行き来につれて、時折夕陽が公暁の頰に照りつけたが、彼はそれを遮ることもしない。むしろ茜《あかね》色の夕陽を浴びたとき、彫りの深い顔には微妙な翳が走り、陽がかげると双つの瞳は異様な光芒をはなつようだった。長い間の都での修業で鍛えた体は身じろぎもしないが、その視線は敏捷に実朝の手足にまつわりついていた。

四郎はふと傍らを見た。そこには同じように公暁を凝視する五郎の横顔があった。更にその斜め後の三浦義村が、さりげなく公暁に視線を送っていた。

それきり、四郎は公暁を見ようとはしなかった。その間にも拝賀の儀式は滞《とどこお》りなく進んでいる。実朝の挙措はいつもより更に優雅にみえた。行村の介添で神拝をすませた彼は束帯の長い裾《きょ》を引いてすでに石段を降りかけている。公暁の瞳はまだ執拗に実朝を追いかけているらしかった。

「昨夜、鶴岡の僧坊のあたりで、ちょっとした騒ぎがありましてな」

五郎が小町の館でそんなことを言ったのはそれから二月ほど経ったころのことである。

「いやなに、鶴岡の警備にあたっている若侍と、元気のいい若い僧徒どもの衝突です。暗闇で何やらひそひそ話し声がするので侍が咎めましたら、月見の邪魔をする気かと突っかかって来たのだそうです」

五郎は何げなさそうに笑ってみせた。

「公暁どのが別当になられてから、鶴岡にも元気のいい僧徒がふえましたな。駒若丸――御存じですか？　三浦義村の息男です」

「いや」

四郎はかぶりを振った。

「別当に可愛がられている稚児ですよ。義村は公暁どのの乳母夫《めのと》でしたからね、そんな縁で公暁どのの傍に入り浸っているのです。昨夜も侍を向うに廻して一番元気がよかったのは駒若丸だったそうです。さすが三浦の息子だと誰かが言っていましたが」

四郎は微笑んだだけで何も言わなかった。千日参籠と称しながら、その実公暁がろくに経もよまず、三浦駒若丸等と何かを策しているらしいのも、四郎は格別気にとめていない様子である。

その年の暮、実朝は更に右大臣に任ぜられた。武門の棟梁として遥か鎌倉にいながら大臣に列せられるというのは異例の昇進である。右大臣拝賀の儀式は先例に準じて、翌年正月二十七日に行われることに決められた。

年があけると、先例通り後鳥羽院から牛車や装束が送られて来た。今度は実朝の御台所の実兄、新大納言忠信も下向する予定で、儀式は前回よりも更にはなやかになるはずだった。

雪の多い年で二十七日の拝賀の当日も、朝のうちは晴れていたのだが、夕方からは雪になった。つい数日前の残雪の上に牡丹雪はしんしんと降りつみ、あたりは見る間に白銀の世界に変った。準備がおくれた為に行列が御所の門を出たときは酉《とり》（午後六時）をすぎていた。夏のころと違ってすでにあたりは暗くなっていたが、降りつんだ雪は、かすかな夕あかりをふたたび呼びもどしたように見えた。

この日四郎は実朝の剣を捧持してその側近にあった。鶴岡の楼門の前の神橋のあたりで車を降りた実朝は、楼門から社殿まで隙間なく連ねられた篝火に、黒い束帯姿をくっきりと泛びあがらせながら、雪を踏んで社殿前の石階を昇って行く。それに続いて石階を上りきった四郎は、ふと社殿の廻廊に押し並ぶ人々の顔を見た。山城行光等の奉行役、神官、僧官すべてこの前の通りに顔を揃えている。

が、その中に公暁の顔はなかった。夏の夕陽を避けようともせず、射るような瞳で実朝を追っていた公暁の姿を、瞬間、四郎は廻廊の燭の輝きの中に探すふうであった。が、あの異様な熱と異様な暗さを漂わせた公暁の俤《おもかげ》はどこにもない。

定めの座についた四郎は静かにあたりを見廻した。傍らには五郎が控えていたが、三浦義村の顔は見えない。義村は所労だと言って随行を辞し、代りに長男小太郎を随兵に差出している。萌黄威の鎧を着た小太郎が、小桜威の鎧のわが子太郎泰時と並んでいたのを四郎は思い出していたのかもしれない。奥で小憩している実朝が着座して儀式が始まるまでにはほんのちょっと間があった。それぞれの座で緊張と軽いざわめきが混じりあっていたその時、ふと四郎が眉間を抑えた。

「如何なされました」

隣にいた随行のひとり、源仲章がそっと声をかけた。

「いや」

うつむいたまま四郎は答えた。

「冷えたとみえて気分がすぐれぬ。暫時休息して参る」

剣を、といって仲章に渡すと四郎は席を起った。まだ一座は静まってはいず、近くの人以外は、四郎の起ったのさえ気づいてはいなかった。儀式の装束を脱ぎすて、奥の局でちょっと横になった四郎が小町の館に戻ったのはそれから間もなくである。

椿事はその間に起った。

一番先に駆け戻ったのは太郎泰時である。小桜威の鎧の肩に雪を散らせて走りこむなり、膝をついた。

「ち、父上。将軍家が……」

五郎の慌しい足音がこれに続いた。

「残念です。取逃しました」

彼は太郎ほど取乱してはいなかった。

「やっぱり別当が……将軍家の御首級《みしるし》を挙げて行方をくらませました。今後を追わせていますが」

四郎は大きく肯いた。夏のあの日、敏捷に、そして執拗に、視線をからみつかせていた公暁が、実朝にからみつくようにして白刃をふるった姿を思い泛べているのだろうか。

「すぐ兵を集めねばなりませんな」

立ちかける五郎を彼は抑えた。

「もう手配はすませてある」

気がつくと、鎧直垂に服装を改めた四郎の傍には小具足も揃えてある。

「あ、それで席をお起ちになったのですか」

「いや、そういう訳ではないが……」

「私も別当と三浦がいないとは気づきましたが、よもやこんなふうに――」

四郎は無言である。

「仲章はやられた様子です。御運が強かった。もし、あのままでしたら……」

かすかに四郎は笑ったようだ。が、

「では、すぐ三浦の館を――」

五郎が言ったとき、四郎は微笑を消し、ふっと夜の底の音を探るような目をしてから、

「ちょっと待て」

短く言った。

「なぜです。早い方が――」

「いや、ちょっと待ってみるがいい。それよりも――」

傍にいる太郎をふりかえった。

「直ちに尼御所に参れ、尼御台に――」

四郎は口ごもり、瞬間、頬を翳らせた。どのような言葉よりも深い姉へのいたわりと、いつにないためらいとがその瞳にあった。

変事を知った政子は、恐らく劫火《ごうか》に身を焼かれるような思いでいるだろう。自分の公暁への偏愛が取返しのつかない結果を生んだのだと思いつめて……その政子にいま、

――これは決してあなたのせいではないのです。

と言ったところで何になろう。

――そんな簡単な事ではない。もっと深いところに根ざしているのです。太郎……。

が、いまの尼御台にその言葉が何の意味を持とう。な、そうではないか、太郎。

四郎のためらいと心のいたみを、太郎は理解したようだった。

太郎が尼御所に飛んで行ったあと、雪は細かくなり急に風が出た。今まで厚く雪を戴いてうなだれていた杉や檜は、俄かに梢を震わせて雪を払いのけた。白色の世界の中から、いっせいに立ち上ったという感じである。風が低く唸るのにあわせて樹々たちは吠え、飛雪は渦を巻いた。庭の篝火はその度ごとに身をよじった。

篝火のまわりには続々と侍がつめかけて来ている。が、四郎はまだ出陣の命を出してはいない。吹雪が募るにつれて、その口許は引緊り瞳は厳しさを加えて来た。かつての日、父時政と向いあったときのような瞳の据え方で、彼は一点をみつめ、何かと対決しているようだった。

そしてまさにそのとき――。

御所の南にある三浦義村の館でも、この日の惨劇の舞台に遂に登場しなかった義村そのひとが、大鎧に身を固め、飛雪の舞う庭に目を据えていたのである。

――将軍家御落命！

第一報は逸早《いちはや》く入った。

――よし！

義村の潮焼けした頬は大きく肯いた。

——社頭は大混乱。

——よし！

——別当は無事鶴岡を立退かれた模様。

——よし！

が、彼はまだ動かずに一つの報せを待っていた。供奉《ぐぶ》の侍と公暁配下の僧徒の小ぜりあいなどは逐一伝わって来たが、彼の待っている報せはなかなか入って来ない。遂に待ち切れずに彼は尋ねた。

——四郎はどうした。北条四郎は……。

——四郎の安否はわかりません。

続いてまた報せが来た。

——四郎は……小町の館に居ります。拝賀の始まる直前、ひそかに座をはずしてしまったらしうございます。四郎と思ったのは仲章の死体でした。

「う……む、む」

義村は鎧の草摺を摑んで唸った。

賭けは敗れたのである。

公暁が後見役の備中阿闍梨《あじゃり》の雪の下の家にいると知らせて来たとき、彼はすっくと立ち上っていた。

「小町へ！　四郎の館に使を出せ。別当の在所《ありか》が解ったと言ってやれ」

ふと戸惑う人々の前で、彼は大声で武勇の聞えのある郎従のひとりを呼んだ。

「定景！　長尾定景は居らぬか。雪の下へ参って別当を討ち奉れ！」

万に一つの狂いもなかった筈である。それがどうしたことだ。なぜ四郎は席を外したのか……。

ふと彼は誰かの呟きを思い出していたのかもしれない。

——そういうひとなのさ、四郎というひとは……血眼になって探しても、その場にいたためしはないんだ……。


公暁が誅に伏したことによって、雪の夜の惨劇はあっけない終りを告げた。雪晴れの朝が来たとき、早くも人々の間には、こんなときにありがちな風評が囁かれ始めていた。

——いろいろ不思議な前兆があったらしいぞ。鶴岡の神鳩が死んだりな……。

——将軍家は死を予感しておられたらしい。御髪《おぐし》上げに奉仕した者に、形見だといってわざわざ鬢《びん》の毛を渡されたそうじゃないか。

将軍とその甥の間に行われた血腥い悲劇に目を奪われて、人々はその後に音もなく流れる渦の深さには気づかなかったようだ。が、実朝も公暁もつまりはその渦に巻きこまれた二枚の木の葉ではなかったか……。

義村が公暁を見殺しにしたように、四郎も敢て実朝を見殺しにした。そして彼は、実朝を擁した保子が懐《いだ》いていたかもしれないひそかな野望も、もう一人の姉の政子の人知れぬ愛の苦悩をもすべて無視することによって、雄族三浦と対決したのである。

が、その対決の渦が余りに深かった為に、かえって人は気づかなかったらしい。事件が終ったあと、四郎は何事もなかったように義村に対し、義村も慎み深い態度を変えていない。ごく僅かな人々が、公暁を討った長尾定景に何の恩賞もなかったことに一寸小首をかしげたくらいで、鎌倉は不思議なくらいな迅さで平常に復した。

思えば和田の乱のとき、すでに三浦と四郎の戦いは始まっていたのではなかったか。以来六年、ついに白刃を交えることなしに、いま長い戦いは終ったのである。

四郎はさらに無口になった。

彼がいま、東国の王者の座についたことは誰の目にも明らかである。にも拘らず、四郎の瞳の光は、自らのかちとった王者の座に安住するもののそれでは決してなかった。岬に立つ一本の喬木がいち早く嵐を捉えるように、彼は次の嵐を予感しているらしかった。

五

鶴岡社頭の惨劇を目のあたり見て胆をつぶした公家たちが、愴惶《そうこう》として都へ引揚げたあとを追いかけて、政所執事の二階堂行光が上洛した。実朝に子供がなかったため、その後継ぎに後鳥羽上皇の皇子の六条宮か冷泉宮《れいぜいのみや》を迎えたい、という交渉のためである。

これについては、実朝の奇禍とはかかわりなしに、先年政子が上洛して、後鳥羽院の乳母で政界に勢力を振っている卿二位《きょうのにい》——藤原兼子とそれとなく密約を交しているので、当然聞き届けられる筈であった。が、上洛した行光からの使は、

「上皇はお二人のうちのどちらかを必ず遣わそうとはおっしゃるのですが、今すぐでは具合が悪いとの事で……」

というきわめて曖昧な返事を伝えて来た。

「なんということを……あれほど卿二位が請合われたのに」

政子は顔色を変えた。

間もなく内蔵頭忠綱が、後鳥羽の使として、弔問にやって来た。彼は前年、実朝の左大将拝賀のときにも勅使として下って来た顔なじみで、公式の悔みのあとに、

「半年前の凜々しい御姿が今も目に泛んでおりますのに……」

細やかな心づかいをみせて政子を涙ぐませた。が、その忠綱も、将軍後嗣の問題に触

れてくると、

「さあ……私は院の弔問の御使でございまして、その辺のことは何とも……」

と俄かに表情を固くする。しかも彼は弔問をすませると、思いがけない事を切出した。

摂津の長江、倉橋の両荘は後鳥羽上皇のお気に入りの白拍子亀菊の所領であるが、この荘を預る地頭が亀菊のいうことを聞かない。地頭の任免は鎌倉が行うものだが、この際、地頭を変えてほしい、というのである。

将軍の問題は知らない、と言っておきながら忠綱は言外に、もし地頭改補がきき入れられれば将軍問題もうまく行くかもしれないということを匂わせた。昨日まで政子の胸の中に分けいって、その傷口をいたわるかにみえた忠綱は、今日は老練非情な外交官に変貌したのである。

「こんな折に地頭がどうのと……それが人を弔いに来て吐く言葉か」

政子は口惜しそうだった。

「昨日までの慰めは口先だけのことだったのか……」

その言葉に誘われて、つい涙まで流してしまったことを悔いているらしい姉に、

「都の考えはおおかたそんな所でしょう」

事もなげに言ってから、ふいに四郎は瞳を厳しくした。

「姉上、御心静かに。関東は今一番むずかしい所に来て居ります」

どうやら早くも黒い嵐は近づいて来たようだ。その嵐にたち向う四郎の眉には、これまで一度も見せたことのない激しい気力が溢れていた。

勅使忠綱が表面鄭重に、しかも何の確答も与えられずに送り出されたのが三月十一日、その四日後には、そのころ相模守になっていた五郎時房が勅答の使として千騎を従えて鎌倉を発った。平家討滅以来のものものしげな上洛である。

陽光の中に群れる兵馬を久々に見た鎌倉の人々は、このときすでにその行列の意味するものを知っていた。勅使が地頭改任を要求したという噂は早くも鎌倉じゅうに流れていたからである。

——なに？　上皇が地頭職を改任せよと……。

——たかが白拍子風情《ふぜい》の申請にまかせてか……。

御家人たちはそれぞれ何らかの勲功の恩賞として地頭職を得ている。いわば生命を賭けてかちとった経済源、権力源なのだ。それをむざむざ奪われてよいものか。俺たちはいつまでも公家の走狗ではないはずだ……。

御家人の怒りが盛りあがって来たそのとき、四郎は矢を放つように、千騎の軍兵を都へ向けて押出したのである。御家人たちの期待に応えて、力に訴えてでも地頭職を守りぬく――五郎をはじめ人々の頬には固い決意が窺われた。

が、五郎たちを待ちうけていた京都の状勢は決して容易なものではなかった。地頭職改任が拒否されると、都方は忽ち態度を硬化し、冷然と親王将軍の密約を反古《ほご》にした。一月、二月、三月……五郎は粘り強く交渉を続けたが、その才気と粘りを以てしても、遂に都方の壁を抜くことは出来なかった。都方の神経戦的な小細工に敗れた五郎はやむを得ず、左大臣九条道家の子三寅を将軍にすることで折合いをつけた。源家の血を多少ひくにしろ、三寅はまだ二歳の幼児である。襁褓《むつき》にくるまれた幼児を大事そうに抱えて鎌倉に戻ってゆく五郎を見て、都方はあるいは勝ったつもりになったのかもしれない。

が、都方はどうやら大きな見落しをしていたようだ。鎌倉は負けたのではない。将軍問題では一歩を譲っても、遂に彼等は地頭職を護りぬいた。そしてその方が、鎌倉御家人にとっては遥かに重大な事だったのである。

頼朝のように公家の顔色を窺って妥協を繰返す武家の棟梁ではなく、はっきりと自分達の側にたって権利を守りぬく新しい代表者、北条四郎を彼等は見出す。非情なまでに冷静な、気心の知れない策略家とだけ思われて来た四郎が、俄かに小細工をかなぐりすてた力の人として彼等の目に映りはじめた。都方が小手先の取引の具にした地頭問題で、かえって四郎は人々の心を捉えてしまったのだ。

たしかに四郎は変って来たようだ。六十に手の届きかけたいまは髪も半ば以上白く、額の皺も深くなった。その彼が、三寅に代って政治に与る政子の背後に坐るとき、人は言いしれぬ重みと大きさを感じるようになった。相変らず四郎は無口である。表面に立って指図がましい事は殆ど言わない。が、比企の乱を契機に変貌をとげたように、東国の王者の座についたいま、更に大きなものに立ちむかうべく、四郎はもう一度変りつつあったのかもしれない。

　都ではそれに気づいてはいない。四郎の才覚などは知れたものだと多寡をくっている。現に小手先であしらわれて、手もなく親王将軍を引込めたではないか……癪《しゃく》にさわるのは千人の土足で踏みこんで来たことだが、狗を追い払うには狗を雇えばいい……後鳥羽院の近辺には、俄かに北面や西面の武士が群れはじめた。

　それから二年、都方は武士集めと小手先細工にあけくれた。彼等はしきりに鎌倉御家人と四郎との離間を計ったり、四郎調伏《ちょうぶく》の修法を行わせたりした。頽廃に蝕まれた彼等にはそれが高級な政略に思われ、そんな小細工で治承以来根を張りつづけた武家社会が突崩せるとでも思ったのだろう、そのまま、まっしぐらに、自ら承久の変にのめりこんで行くのである。

　承久三年五月十四日、流鏑馬汰《やぶさめぞろえ》に名を藉《か》りて、都方は千七百騎を集め、時を措かずに、京都守護、伊賀光季を血祭にあげた。と同時に、幕府方と目される公卿、西園寺公経父子を幽閉し、三浦義村はじめ千葉、小山などの関東の諸将に、四郎追討の院宣を下した。

離間工作に自信を持っていた都側は、院宣ひとつで彼等が四郎から離れると思ったらしい。中でも最も有力な三浦義村が、公暁事件の折、ひそかに四郎との対決を終っていたことなどには気づいてはいなかったのである。

院宣を持った使は十九日鎌倉に着いた。が、これより一足早く光季、公経の使が着いていたために、彼はすぐさま捕えられてしまった。

忽ち重だった御家人が尼御所に集められた。四郎、五郎、太郎泰時、足利義氏、秋田景盛、長い間政所別当として都方との困難な折衝に当っていた大江（中原）広元の姿もあった。老齢の上に病んで目が不自由になった彼は、職を辞し、出仕も殆どしなくなっていたが、緊急の招きをうけて杖にすがってやって来たのである。

重苦しい梅雨の雲が突然切れた昼下り、俄かな熱気の中で油蟬が鳴き始めた以外は、樹々の緑にかこまれた尼御所はひどく静かである。緊張しきった顔が並んだ所へ、一足遅れて三浦義村がやって来た。彼は坐るなり、無言で一通の書状を差出した。在京中の弟、胤義が、後鳥羽の誘いに乗せられて四郎追討をすすめて来た密書である。

四郎は無言でそれを受け取って開いた。尼御所は更に静かになったようだ。

四郎が書状から目をあげたとき、義村はかすかに肯いてみせた。ほんの一瞬のことではあったが、このとき、義村は公暁事件のすべての負い目を返したのである。

人々はそのまま協議に移った。都方の兵力は千七百、北面、西面に叡山の僧兵などを加えたものであろう。まず出撃を主張したのは三浦義村である。

「多寡が千七百。何ほどの事があろう。直ちに出撃すればひとたまりもあるまい」

足利義氏や秋田景盛がこれに同調した。

「木曾や平家に比べれば物の数ではない」

「こちらは、いざと言えば数万の軍兵がたちどころに集まりましょう」

四郎は無言で眼を光らせ、そのひとつひとつに強く肯きかえす。

「が……しかし」

若い太郎泰時は意外に慎重だった。

「今度の戦いは今までと違うということです。これまで我々は院宣を奉じて木曾、平家と戦って来ました。が今度は院宣を下すそのひととの戦いです。今、本当にここで踏みきってよいものかどうか……」

彼が言葉を切ったとき、一座は沈黙した。たしかにそのことは、ここに集まった諸将の心のどこかにひっかかっていたことだった。今度の戦さは兵力の問題ではない。それだけに限っていえば、こんな容易な戦いはあるまい。が、今度の戦いの相手は、実は、一掴みの北面の侍ではなく、その背後にある公家政権——伝統の権威なのだ。この戦いに踏みきることは歴史への挑戦でもある……。

彼等はこの事実を率直に投出した泰時を勇気ある武士だと思った。それを四郎がどう受止めるか……ひそかに彼等は四郎の顔を窺った。が、四郎は眉ひとつ動かさない。むしろ彼等の反応をあますところなく吸いとろうとしているような鋭い視線に遭って、彼等はどぎまぎして目を逸らした。

ややあって、その沈黙を焦立たしげに破る声があった。

「かといって、このまま手をこまねいていてよいものか」

秋田景盛である。それをきっかけにふたたび議論が沸騰した。

「そうだそうだ。いずれはっきりした形をつけねばすまぬ相手だ」

「が、今は三寅君も御幼少。もう少し武家の府を固めてからでは……」

「いや相手が挑んで来た今こそ好機」

このとき、隅の方でかすかなしわぶきがした。素枯れた体で影のようにうずくまっていた大江広元である。

「相模守、北条五郎どの……」

彼はしわがれた声で五郎を呼んだ。

「さっきから一向に何も仰せられぬが……」

言われて人々は五郎がこれまで一度も意見を述べていないのに気がついた。

「私ですか……」

微笑を泛べて五郎が初めて口を開いたとき、声の方に広元は盲《めし》いた目をむけた。

「左様、相州の御意見が承りたい。いや、いま意見を申し述べる資格がおありなのは相州殿を措いてないと思うが……」

沈黙の中に広元の声が続いた。

「すぐる承久元年、相州は千騎を率いて上洛なされた。そのとき、今度の合戦は始まったと私は思っている。な、そうではござらぬか」

一座ははっとしたようである。

「相州はみごとそれを切抜けられた。形はどうあれ、私は相州が勝ったのだと思っている。されば、なんでこの期に及んで論議の余地があろう」

息遣いも苦しげな切れ切れの声が、このとき、何者よりも力強い響きを以て人々の胸に伝わって来た。

「出撃、これあるのみ。院宣？　それが何と？」

歯のない口をあけて声もたてずに広元は笑った。

「院宣などというものは、勝ったものには後からいくらでも下されるものじゃ。各々方よもやお忘れはあるまい。九郎義経殿に鎌倉追討の院宣を賜わったすぐあと、鎌倉殿の力侮り難しとみるや、直ちに九郎殿追討の院宣を賜わったではないか？」

そこへもう一人の老臣、三善善信が人に支えられて入って来た。広元とともに草創以来幕府の頭脳となって働いて来た彼も老病の床にあった。善信の衰弱ぶりは広元よりもさらに激しかった。病み衰えて眼窩はくぼみ顴骨《かんこつ》だけがとがり、たるんだ頬には死斑に近いしみが浮出ている。

荒い息をしながら座についた彼は、広元の言葉を聞くと、衰えた頬に満足げな笑みをうかべ、太郎をふりむくと、

「総大将は、太郎殿、其許《そこもと》でしょうな」

孫を見るようなやさしい瞳でみつめた。まだそこまではきめていない、と太郎が言い出す前に、

「おやりなさい、太郎殿。堂々と出陣なさるがいい。躊躇は許されませんぞ。出陣はなるべく早くがいい」

いつかその老いた頬からは笑いは消えていた。善信はまっすぐ太郎をみつめると力をこめて言った。

「私は戦さのことは何も知りません。が、太郎殿、あなたお一人でも先ず出陣なさるべきです。大将軍が御出陣とあれば東国の侍は自然とついてゆくはずだ」

それから善信はゆっくりと一座を眺め渡した。

「年寄りの、戦さも知らぬ者たちが、とお思いかも知れませんな。が、失礼ながら私達は其許たちより都というものを知っている。都の恐ろしさも、くだらなさも……」

かすれてきた善信の言葉を広元が引きとった。

「それゆえに我々は都を棄てた。我々がこの鎌倉の府に来たとき、すでに今日の日あるを予想していたと言ってもよい」

盲いた目を一座にむけて広元はきっぱりと言いきった。

京官出身の二人の老人によって主戦論に固まったというのは不思議なことだが、血気に煽られての決戦でないだけに、かえって底から盛上って来る厳しい力に支えられ、一同の決意はより固いものとなった。

「父上！」

太郎は遂にこれまで一言も発しなかった四郎をふり仰いだ。

「行って参ります」

四郎の視線は鋭く太郎を射た。無言で深く肯いてみせる彼に、

「直ちに出陣いたします。父上、たとえ謀反の汚名を被りましょうとも――」

言いかけたとき、

「謀反ではない」

はじめて四郎は口を開いた。重く力強い声であった。

「謀反ではないぞ、太郎。上皇こそ御謀反遊ばされたのだ」

木蘭地の鎧直垂を着た四郎の姿が俄かに大きくなったようだった。譎詐《きつさ》も権謀も敢て辞せず、苛烈な相剋の中を生きぬいて来た彼は、この瞬間、生命のすべてを凝結させて

立ちはだかる巨人であった。

長い評定の間、結局四郎が口にしたのはこの一言だけだった。すべてを義村、広元、善信等に任せて、言いたいことを言わせている間に、四郎のみを浮き上らせて追討するという都方の小細工はいつのまにか色あせて、何の意味も持たなくなってしまっていた。上皇御謀反、と激しく言い切ったその言葉には武家の世を支えて生きる四郎の確信がこめられていた。次の瞬間、その確信は次第に並みいる武将の間に拡がって行った。

——そうだ、俺達は、源家三代のなし得なかった対決を今敢てしようとしているのだ……。

四郎の言葉に支えられて、一座にうねりはじめた闘志の渦のなかで、善信ひとりは目を閉じている。死の影を漂わせたその頬には、このとき静かな微笑が湛えられていた。

やがて政子の名によって出陣が宣せられた。四郎に何の罪もないこと、此の度の出陣は君側の奸を除くためであること……いやそうした大義名分より、集まった将兵の心を捉えたのは、今度の事態は二年前の地頭職改任拒否に始まることを打出したからだ。

——四郎は宣旨に逆らって地頭職を護った。その為の勅勘であるが、もしこれに屈すればそなたたちの地頭職はすべて奪われてしまうかもしれない……。

訴えは見事に効を奏し、数万の兵は一丸となって都へと押出したのである。

——四郎め……。

おそらく後鳥羽はじめ都方は歯がみをしたに違いない。鎌倉武士から四郎だけを浮き上らせて討とうという計画は空しく挫折したのである。

「四郎！」

と彼を名指したとき、またしても四郎はみごとに姿を隠してしまったのだ。代って現れた坂東武者の荒くれ姿の前で、彼等はなすすべを知らなかった。都方の軍勢は殆ど戦わずして敗走し、一月のうちに京都はすべて鎌倉軍の手に収められた。後鳥羽上皇はいったんは京を出て叡山を頼ろうとしたがその力のないことを知って京に戻り、院宣を太郎の陣に遣わした。——この度の挙はわが意志ではない。すべて謀臣の計略である……万事は広元の予測した通りだった。

このとき、四郎は遂に都方と妥協はしなかった。主謀者とみられた数名の公卿は、すべて斬罪か流罪に処し、鎌倉御家人でありながら誘いに乗って都方に奔った者には、特に厳罰を以て臨んだ。そして最後に、後鳥羽以下の三上皇と皇子を隠岐、佐渡等に配流《はいる》して処分を終えた。

歴史は大きく転換した。武家の優位が確定されたその時点は、すなわち四郎が東国の王者から日本の王者になるときであった。

が、なぜかこのとき――。

四郎は起とうとはしなかった。五郎と太郎を六波羅にとどめて都および新たに支配の確立した西国地方の行政をゆだねたあと、彼は突然これまで与えられていた陸奥守、右京権大夫の官職すらも辞してしまったのである。

鎌倉の府では相も変らず、彼は執権として政子の背後に座を占めている。彼は前と同じように無口で人の言うことをじっときいている。が、人々はその瞳が以前のような鋭い輝きを放たなくなっているのに気づいた筈だ。彼はひどく穏やかな眼差しで相手をみつめる。相手はその穏やかすぎる光に時として戸惑い、執権は本当に自分をみつめているのかとふと疑いたくなることさえあるくらいだ。たしかにこんな時、彼は目の前の相手よりも、彼自身の裡《うち》をみつめていたのかもしれない。

あの京都出陣を前にした日、巨人が立ちはだかるかに見えた四郎はどこに行ったのか。あの瞬間に四郎は生命のすべてを賭けきってしまったというのか……。

なぜか急激に外への興味を失いかけたらしい四郎は、それと引きかえに、ふいに愛欲に惑溺し始めた。若い頃からむしろ淡泊でさえあった彼は娘よりも若い側室伊賀局に耽溺し、二人の間には次々と女児や男児が生れた。六十歳を迎えたいま、ふしぎにみずみずしい愛欲が四郎のからだに灯をともしたようだった。小町の館では俄かに嬰児《みどりご》の啼き声や、幼児の舌たらずの甘え声が聞え、のどかに彼等とむつみあう四郎の姿が見られた。それは荒野にひとり立つ落葉寸前の大公孫樹《おおいちょう》が、空にさしのべた黄金の葉に夕映えをうけたとき、ふと見せるふしぎな静かさと和やかさに似ていた。

頼朝が全成が、そして景時が時政が、あるときは激しく、あるときは陰湿に狡猾に、いのちの炎を燃やしつづけて登ろうとした権力への道を、四郎は遂に上りつめた。そしていま、冷たく燃える炎の中で、たったひとり四郎は自分の姿をみつめ直しているのかもしれなかった。

承久の変の翌年、貞応元年から数年の間、世の中には天変地異が続いた。大地震、旱《かん》魃《ばつ》、霖雨《りんう》が繰返され、これまで見たこともない巨大な彗星が現われた。半月ほどもあろうかと思われるそれは、紅蓮《ぐれん》の炎に似た長い尾を引いて、毎夜中天に輝いた。

貞応三年六月、突然死が四郎を襲った。ときに六十二歳。その死のあとも、天変地異は熄《や》まなかった。

あとがき

「近代説話」に発表したものに最後の一編を書加えたこの四編は、それぞれ長編の一章でもなく、独立した短編でもありません。一台の馬車につけられた数頭の馬が、思い思いの方向に車を引張ろうとするように、一人一人が主役のつもりでひしめきあい傷つけあううちに、いつの間にか流れが変えられてゆく——そうした歴史というものを描くための一つの試みとして、こんな形をとってみました。

昭和三十九年十月　光風社刊

新装版に寄せて

初めて本というものを出したのが、この『炎環』。読者、出版社の方々に支えられて、版を重ねて半世紀近く。その歳月を顧みて、ある想いがあります。

題名は恣意による造語です。進藤純孝氏が解説の中で、じつに的確にその意図に触れておられるので、更につけ加えることはありません。

平成二十四年三月

解　説

進藤純孝

作者が「炎環」で直木賞（第五十二回）をとったのは、昭和四十年春（年度としては、昭和三十九年下半期）のこと。

その「炎環」の上梓されたとき、私は次のような会見記を書いているが、これは直木賞受賞の二カ月ほど前のこと（「新刊ニュース」十二月十五日号）で、まだ候補作の名も挙がっていなかった。

永井さんとのおつき合いは、深くはないがもう十余年になる。最初にお会いしたのは、昭和二十五年の春だったか。川端康成氏のお宅である。

川端康成全集の担当編集者であった私は、鎌倉の川端邸に足しげく通ったが、そこで永井さんに会ったのは一回きりである。やはり川端氏の担当編集者だった永井さんも、けっこう川端邸に通った筈だが、どういうわけかぶつかることはなかった。

が、その一回きりの出会いで、永井さんは強く私の印象に残った。美人であったせいもあるが、それよりも、彼女の小柄なからだに影落ちているつつましやかな知性が、豊かな気息をもって私に迫った。

川端さんと私とは、春の陽にあたためられた縁側に対してい、永井さんはコートに身を包んだまま、庭の灌木の間を抜けながら、川端さんの問いかけに応じていたように思う。

たしか話は、永井さんの、終えたばかりの大和の旅にかかわっていて、その話しぶりから推して、彼女が歴史の呼吸や古人の息吹きに相当高い理解と、深い関心を持っていることがうかがわれた。

結婚して間もない時期の旅だったらしく、大和の風物について川端さんに問われるままに答える彼女の話には、柔らかな幸福が匂っていて、冷たい知性の肌がほんのりと温められているようだった。

帰りが一緒になり、あらためて挨拶し合うまでは、同じ稼業の編集者とは気づかず、川端さんのお知り合いの若い婦人とのみ思い込んでいた。そう言えばあのとき、彼女は、原稿のことなぞ、川端さんとひと言もしゃべらなかった。

川端さんの縁に出て来た様子の微妙で、仕事の具合を察し、雑談にひとときを過して引揚げる、ゆきとどいた神経の編集者だったわけだが、このしあわせそうな若い婦人が、小説を書くことになるなどとは、うかつにして考えてもみなかった。

だから、永井さんが、昭和二十七年「三条院記」八十枚の作品で「サンデー毎日」百万円懸賞小説の歴史部門の二席に入賞したときも、間ぬけなはなしながら、川端邸で会った小柄な美人を思い浮べることはなかった。

永井さんが小説を書く人だと知ったのは、いつ頃からのことか、たしかな記憶は私にない。「下剋上」で「オール讀物」新人杯次席になった昭和二十九年にも、私の知る永井さんが作者であるとは気づかなかった。してみると、私の覚えのなかで、作家永井路子が、川端邸で会った永井さんとはっきり結びついたのは、あまり遠い日のことではなさそうだ。

昭和三十六年、永井さんが婦人雑誌の副編集長を最後に、十三年間の編集者生活から脱け、筆一本の態勢をとったときは、作家永井路子はすでに私の覚えの中に棲んでいた。しかし、その年、直木賞候補になった「青苔記」も、それまでに書かれた「応天門始末」などの作品も、動く筆の熱の乏しさが気になり、私はこの女流に期待する姿勢になりかねていた。

それがこんど、「悪禅師」「黒雪賦」「いもうと」「覇樹」と綴って連作を成す「炎環」を一本としたことがきっかけで、私は永井さんを見直す構えになった。

「炎環」の「あとがき」は、

——「近代説話」に発表したものに最後の一編を書加えたこの四篇は、それぞれ長篇の一章でもなく、独立した短篇でもありません。一台の馬車につけられた数頭の馬が、思い思いの方向に車を引張ろうとするように、一人一人が主役のつもりでひしめきあい傷つけあううちに、いつの間にか流れが変えられてゆく——そうした歴史というものを描くための一つの試みとして、こんな形をとってみました。

という、きわめて簡潔な数行である。

が、ここには、「炎環」と銘うった連作の芯に深く強く埋め込んだ作者の「歴史の見かた」が、端的に表現されている。

「一人一人が主役のつもりでひしめきあい傷つけあううちに、いつの間にか流れが変えられてゆく」歴史。

源頼朝、阿野禅師、梶原景時、北条時政、北条四郎……「あるときは激しく、あるときは陰湿に狡猾に、いのちの炎を燃やしつづけて」権力への道を登ろうとした人々。

これらの人々が、一人一人、主役のつもりで、ひしめきあい、傷つけあう姿、その「主役のつもり」を描き出したのが、「悪禅師」であり、「黒雪賦」であり、「いもうと」「覇樹」である。

そして、これら四編を連ねてみるとき、それぞれの「いのちの炎」が環を成して歴史を結晶してゆく凄まじい勢いが、作者の眼にあかあかと映るらしい。

一編一編は、「青苔記」や「応天門始末」にもあらわなように、作品を燃え立たせる熱に乏しく、締め木の効いてないうらみを残している。が、これらを連ねて「炎環」と銘うち、そこに時代の変転の真実を把捉しようとする作者の「歴史の見かた」は、私を魅きつけずにはいない。

魅きつけられて私は、永井さんのこの「歴史の見かた」が、本格的な歴史小説として実る絢爛を想わないではいられなかった。それだけの腕前を「炎環」の出来ばえから期待できるかと訊されれば、返答に窮する。

にもかかわらず、私は永井さんにこそ、「炎環」的史観を、歴史小説の上に結晶させてほしいと思う。なぜかならば、この「歴史の見かた」は、才にまかせた単なる思い付きなぞではなく、彼女の半生が、現代という歴史の中で、一呼一吸の手応えを通じて把みとったものだからである。

永井さんの生まれたのは、大正十四年（と言うと、彼女は不愉快な顔をする。天皇の死によって、われわれの運命を〝明治生まれ〟だの、〝大正っ子〟だのと限るのは、無意味だと言うのである。そうムキになることもあるまいとは思われるのだが、彼女の気持を尊重して、ともかく一九二五年と言い直しておこう）。

その三月三十一日に東京に生まれたのだが、育ったのは、茨城県の古河市。永井さんの生家は、文化・文政の頃から古河で瀬戸物を商う町人であったという。昭和十六年、県立古河高女（今の古河第二高校）を卒業し、東京女子大の国語専攻部に入った。

文学好きであった彼女は、ここで文学を学ぶつもりだったらしいが、あては見事にはずれた。国語専攻の文字の通り、文学なぞは強く断ち切られた領域で、古典の読み方、異本の取扱い方などを学ぶばかりであった。

けれども、彼女は、失望はしなかった。というよりも、文学好きの垢をきれいさっぱり払拭して、古典の背面に息吹く世界の骨格から学び直す姿勢になった。次第に文学を離れ、社会経済史的なものに強い関心を示すようになる。

それはそれとして——女子大入学の年の暮が太平洋戦争の勃発、卒業が敗色の急激に濃くなった昭和十九年の秋。そういう言い方は永井さんの好みに合わぬかも知れないが、彼女はまぎれもない戦中派世代の一人なのだ。

この世代の誰もがそうであるように、永井さんは、昭和の動乱に愛撫されつつ、少女期、青年期を過している。そして、主役のつもりの大日本帝国が、戦運われをめぐって動くと思い上っていた愚劣、稚気、滑稽、狂気を、柔らかい心の襞々に刻みつけていった。

と同時に〝一国一国が主役のつもりでひしめきあい傷つけあううちに、いつの間にか流れが変えられてゆく〟世界史の生きたすがたを、彼女ははっきりと見た。

祖国の敗亡は、おそらく若い永井さんには、哀しくなかったろう。それよりも、まのあたりにした世界歴史の真実は、彼女を世界の骨格の探求へと駆り立てずにはおかなかったようだ。

昭和二十二年から翌年にかけて、彼女はもう一度勉強をやり直すつもりで、東大の経済学部で「日本経済史」を聴講している。結婚は二十四年だが、国史専攻の人を夫に選んだのも、偶然のことではなかったのに違いない。

こうした歴史への関心が、どのようにして歴史小説の創作へと傾斜したのか。永井さんは話をそらし、不如意の新婚家庭の経済で、何よりも「百万円」というのが魅力で「サンデー毎日」懸賞小説に応募し、それがきっかけで小説を書きはじめたのだと笑う。

各部門併せての賞金総額百万円を、入賞したら百万円もらえると思い込んだというのは、本当の話かも知れぬが、とにかく彼女の歴史への関心が、表現の通路を求めて疼き喘いでいたことは確かだ。

その通路を、彼女は小説に見出した。彼女の「炎環」的史観は、短い一編一編の小説を結晶するには大き過ぎたか、それ故に永井さんの筆は冴えかねているのだが、彼女は大長編「炎環」をいやでもおうでも書かねばならぬ筈である。

こう激励したのが、直木賞作家永井路子に対してではなく、受賞前の永井さんに向ってであったこと。そしてまた、採り上げた「炎環」が、その期の直木賞を獲得して高く評価されたこと。もう一つ言うなら、「作品を燃え立たせる熱に乏しく、締め木の効いてないうらみを残している」なぞという私の妄評が、直木賞受賞で吹っとんでしまったこと。

これらは私の愉快であり、「炎環」が文庫本となると聞いては、十余年前の、それも受賞とはまだ知るべくもない時期の会見がなつかしく、格好の解説と自負して差し出した次第。むろん多少手を入れはしたが、気になる表現を訂したまでで、「炎環」を推した構えと意気は、いささかも損じてない。

さて、「炎環」後の永井さんの仕事だが、「北条政子」「新今昔物語」「王者の妻」「一豊の妻」「雪の炎」「朱なる十字架」「乱紋」と、思いつくままに並べても、この十余年の制作ぶりは、大変なものである。

小説ばかりでなく、「旅する女人」「歴史をさわがせた女たち」「女性史探訪——女の愛と生き方」「にっぽん亭主五十人史」から「万葉恋歌」「平家物語の女性たち」「愛のかたち——古典に生きる女たち」「悪霊列伝」といったものまで——つまり、史談史話、随想の類をも数えると、著書だけでもおびただしい量である。

「わたしの資質の中に、小説で書けない部分を語ろうとするいまひとつの筆があるので……」

と、永井さんは、旺盛な仕事ぶりに呆然と見とれている私に、謎解きの鍵を与えてくれる。「小説で書けない部分」の出口をふさいだとしたら、それらは小説の中へと逆流し、小説の味をそこねてしまうということだろう。

描写で構築する宇宙の小説世界に、「小説で書けない部分を語ろうとする」説明が土足で踏み込んで来る。そうなると読者はその世界にひき入れられるどころか、名所旧跡の案内人の饒舌にうんざりして興ざめるのに似て、索莫たる気持に追いやられよう。

いい小説を書くには、小説で書けない部分の始末をちゃんとつけてやらねばならない。そこをいい加減にしていると、描写の小説が説明の土足で踏み荒されることになる。そう考えると、おそらくは小説よりも多いかと思われる、史談史話、随想随筆の類は、この筆によって小説の純粋をはかる、いわば制作の一環だと合点できる。

――ひとつの城の命が終わり、人々が別れの近づいて来たことを確かめ合う、灰色の時間が来ているのだ。そして二人の主役は、あたかも影絵のように、泣きもせず、叫びもせずに、淡々とその灰色の時間に吸い込まれようとしている。

とは、「乱紋」の一節だが、「一人一人が主役のつもりでひしめきあい傷つけあううちに、いつの間にか流れが変えられてゆく」歴史の、その流れと淀みを凝視する作者の眼は、酷なまでに冷たい。

この突き放して酷なまでに冷たい筆は、「小説で書けない部分」を存分に楽しく語ることで贅肉を落とし、「小説で書ける部分」だけを見つめて磨ぎ澄まされて来たものに違いない。

永井さんが「炎環」以来、ずっと持ち続けて来たものは、〝鎌倉〟への関心と興味。つまり、「炎環」は、彼女の作家生涯の起点であるばかりでなく、永井文学の原点なのである。

源頼朝が〝東国武士団〟の頂点に据えられ、象徴としての頼朝の出世が、即ち〝武士団〟の権力、発言権の伸長につながるようになったときから、「上官の命令は朕が命令」の体制が出来上ったのだと、彼女は力説する。

会見記でも紹介したように、一九二五年生まれ、まぎれもない戦中派の永井さんは、「上官の命令は朕が命令」の体制の暗さ、重さをいやというほど身に刻みつけている。いわばその怨恨が〝鎌倉〟凝視となっているとも言えよう。

〝鎌倉〟という根っ子を見つめながら、永井さんの筆は、時をさかのぼり、あるいはくだりして、さまざまな変革の時代を掘り起し、芯にあるものを把み出す。

「〝明治〟は〝鎌倉〟の終り」と彼女が言うのもその一つ。そういう眼で語られる明治、そしてそれからの百年間は、どんな彩色になるか。永井さんのこれからの仕事が見ものである。

（一九七八・七・二〇）

本書は一九七八年に刊行された文庫の新装版です。

DTP制作　ジェイ エスキューブ

文春文庫

炎《えん》環《かん》

定価はカバーに
表示してあります

2012年6月10日　新装版第1刷
2021年7月25日　第7刷

著者　永《なが》井《い》路《みち》子《こ》
発行者　花田朋子
発行所　株式会社 文藝春秋

東京都千代田区紀尾井町3-23　〒102-8008
TEL 03・3265・1211㈹
文藝春秋ホームページ　http://www.bunshun.co.jp

落丁、乱丁本は、お手数ですが小社製作部宛お送り下さい。送料小社負担でお取替致します。

印刷・凸版印刷　製本・加藤製本
Printed in Japan
ISBN978-4-16-720050-3

文春文庫　最新刊

百花　川村元気
「あなたは誰？」息子は封印されていた記憶に手を伸ばす…

一夜の夢　照降町四季（四）　佐伯泰英
藩から呼び出された周五郎。佳乃の覚悟は。感動の完結

日傘を差す女　伊集院静
元捕鯨船乗りの老人が殺された。目撃された謎の女とは

彼方のゴールド　大崎梢
今度はスポーツ雑誌に配属!?　千石社お仕事小説第三弾

雲州下屋敷の幽霊　谷津矢車
女の怖さ、したたかさ…江戸の事件を元に紡がれた五篇

トライアングル・ビーチ　林真理子
恋人を繋ぎとめるために、女はベッドで写真を撮らせる

太陽と毒ぐも〈新装版〉　角田光代
恋人たちに忍び寄る微かな違和感。ビターな恋愛短篇集

穴あきエフの初恋祭り　多和田葉子
言葉と言葉、あなたと私の間。揺らぐ世界の七つの物語

色仏　花房観音
女と出会い、仏の道を捨てた男。人間の業を描く時代小説

不要不急の男　土屋賢二
厳しく優しいツチヤ教授の名言はコロナ疲れに効くぞ！

メランコリック・サマー　みうらじゅん
心ゆるむムフフなエッセイ。笑福亭鶴光との対談も収録

手紙のなかの日本人　半藤一利
漱石、親鸞、龍馬、一茶…美しい手紙を楽しく読み解く

太平洋の試練　ガダルカナルからサイパン陥落まで　上・下　イアン・トール　村上和久訳
米国側から描かれるミッドウェイ海戦以降の激闘の裏側